门罗先生的
普普人生

THE GREAT UNEXPECTED

[爱尔兰] 丹·穆尼————著

周唯————译

江苏凤凰文艺出版社
JIANGSU PHOENIX LITERATURE AND
ART PUBLISHING, LTD

> 那张床将要夺走另一条生命。它会像带走露西一样带走米勒。悄无声息，毫无预兆，不为人知。

"米勒，"乔尔向对床低唤了一声，"你怎么还没死？"

米勒昏迷了两年多，不发一语。他那骨节突出的衰老胸脯只是上下起伏，在单薄的棉布床单下几乎难以察觉。

"得了。你就那样躺着吧。"乔尔对他说。

米勒没理他。

当他们第一次将米勒带进来时，乔尔·门罗就对此表示反对。只不过人们丝毫没有注意到他的抗议。在他们将那具行尸走肉推进来的前一年，住在那张床上的一直是露西。乔尔每晚都在她的陪伴下入睡，每天早晨醒来时，就看到她已经起床走动，穿衣打扮，打扫卫生，四处闲逛，当护士们拿着早餐进进出出时，她就轻声地和他们聊天。

露西让养老院的生活变得似乎可以容忍，甚至趣味盎然，而不是像她死后那样，到处充斥着不断的侮辱与伤害。她将这地方布置了一番：装在从跳蚤市场搜罗来的旧花瓶里的鲜花，他们小家庭的照片，那时候一家三口在海滩上，他的怀里还抱着小伊娃。她铺上色彩鲜艳的床单，一扫这里的贫乏单调，让它变得美好起来。在他们共度的一生里，这是她一直在做的事情：为他创造美好。她为所到之处带去了光明，她的笑声温暖了她身处的每一个房间。在乔尔眼中，她从未显现出任何衰老的迹象，因为她一直都是那样心情愉快、精力充沛，自然之力也丝毫未能将之削弱。而他却慢慢地消瘦了，在她死后，他消瘦得更快。失去了她，这里就是一个冰冷的地方。如今，照片还挂在墙上，可随着时间的流逝，乔尔已经越来越少地注意到它。他偶尔会瞥一眼自己怀中的婴儿伊娃，想着自己到底做了什么，才活该被困在这里，困在一个没有露西的地方。

乔尔无法容忍让米勒取代她的耻辱。他告诉过他们，他不想让米勒来。不想让任何人来。

但事实上，他过了一段时间就轻松地适应了。米勒咀嚼的声音不是很大，也不管乔尔看什么电视节目，不参与无意义的闲聊，也不在足球比赛开场时插嘴。除了护士们来给他做检查，挪动他的身体为他做清洁的时间外，他都十分可爱。他是一个糟糕的聊天对象，却是一位很好的室友。这并没有让乔尔停止怨恨那些把米勒硬塞给他的工作人员，但至少他们相处得很轻松。

"如果你今天不吃早饭，我能吃了你的鸡蛋吗？"

米勒当然什么也没说。

"你又在和米勒先生说话吗，门罗先生？"利亚姆护士问道。他端着乔尔的早餐匆匆走了进来，把早餐放在一张可折叠的小桌子上。在那双年轻人沉稳有力的手中，橙汁表面几乎连波纹都没有泛起。他朝气蓬勃，完美无瑕，一点儿也不像乔尔看上去的那样粗糙不堪。

"无礼至极，"乔尔咕哝道，"他来了就没开过口。"

利亚姆护士听了这句玩笑后微微一笑。这并不新鲜。养老院里没什么新鲜的。一切都是陈旧衰老、使用过度、近乎报废，所有的一切，就连家具都显现出了它的"年迈体衰"。乔尔试着不去想这些，但他看到的似乎尽是衰弱与无用。

"该吃早饭了，乔尔。"利亚姆对他说道，好像他不知道要吃早饭一样。

"我很清楚现在几点了，利亚姆护士。"乔尔不耐烦地回答，"我在这儿待了五年了。早上八点除了吃早饭就没干过别的。一千八百多天过去了，现在还是这样，早饭时间一直都是八点。"

"好吧，好吧。没必要发脾气，我只是想和你说说话。"

"如果你就是这样找话说的，孩子，那你要学的东西还有很多。"

利亚姆叹了口气，努力挤出一个紧绷的微笑，将小桌子架在了乔尔的腿上。他已经习惯了乔尔，甚至有时候还有点喜欢他。

利亚姆讨厌别人叫他孩子，这自然意味着乔尔经常能找到机会使用这个词。倒不是他不喜欢这位年轻的护士，恰恰相反，他一直很喜欢有这位年轻人作伴。问题出在利亚姆及养老院其他工作人员在吃饭、分发药品或是就寝时对他讲话的方式上。那是一种假惺惺的腔调，像唱歌似的，乔尔确信那声音本该是积极而愉快的，但不知怎么的，听上去却像是出自检查一个十岁孩子作业的老师之口。他本想再开口反驳他一次，但转念一想，这座养老院让自己真正喜欢的地方已经越来越少了，而利亚姆护士是他喜欢的。

别人有时候很难判断乔尔喜欢上了什么，因为他的行为举止丝毫不会发生变化。

利亚姆三十来岁，比乔尔整整年轻了四十岁，但他的脸上有一种沧桑的气质。这和他的眼睛有关，他眼里流露出的某种谨慎表明他走过的路可能比别人更为艰难。其他的都很平常。他很英俊，有一张狭长的脸，随时会露出微笑。他很高，但不会给人压迫感，很瘦，但还不至于瘦骨嶙峋。除了那双饱经沧桑的蓝眼睛，他身上没什么特别的地方。

他的双手熟练地操作着，带有一种从业多年的人特有的镇定和自信。那双手熟悉脆弱易碎的东西，因此动作很温柔。乔尔在想自己是否就是易碎品。他觉得是。

利亚姆似乎注意到了乔尔正默不作声地抑制着想要刺激他的冲动。他紧绷而勉强的微笑松弛下来，变得更加真诚，还调皮地将一张餐巾塞进了乔尔睡衣的领口，在老人还没来得及将它撕碎并朝他扔来之前迅速躲开了。

"没礼貌的小……"乔尔愤怒地开口说道。

"我给你拿点茶来。"利亚姆一边对他说，一边笑着退出了房间。

乔尔很生气。一想到自己忠于内心的某种情感，原本决心不拿人开玩笑了，可这个小浑蛋却跑了，还给他塞上了围嘴，好像他是个孩子一样。更糟糕的是，他害得乔尔差点骂出了脏话，而乔尔一向鄙视污言秽语。

"你相信吗，米勒？你相信现在的孩子有多傲慢无礼吗？"

米勒呼吸着。吸进，呼出。

"米勒，如果你完全同意，就什么也别做。"

米勒当然什么也没做。

他在这方面是个讨人喜欢的家伙。他总是同意乔尔在各种问题上发表的看法。

"很高兴你又站在我这边，老伙计。等他回来的时候，我要你做一件你唯一能做的事——别理他。一句话也别和他说。"

"喝点茶吗，门罗先生？"利亚姆回屋时问道。

"我们没和你说话。"乔尔一本正经地对护士说。

* * *

早餐过后，乔尔将自己清洗干净，穿戴整齐。他近来一直不修边幅，连他自己意识到这一点的时候都颇感意外。他这辈子对自己的外表多少有些挑剔。他的穿着就是社会地位的象征：一个小老板，一名工作者。他身穿制服，这样过路人就能知道他的身份地位了。每天早晨上班前，他会洗漱、刮脸、梳头，接着穿上衬衫、打好领带，再前往汽车修理厂。尽管知道要换上工装，也知道自己会弄得脏兮兮的，他还是会这样做。工装也是地位的象征，表明他有用武之地。一个穿着脏工装的人基本不会是个懒汉。

刚退休时情况也没什么不同：他穿戴整齐，每天刮脸。他的仪式一成不变，直至露西去世。然后便发生了一些变化，他的一部分生命力随她一同离开了。乔尔突然发现自己像是住在这里的客人，下午五点，他穿着睡衣和居家服，看着自己不愿看的电视剧，因为现在轮到别人来决定他们在公共休息室看哪个频道了。对乔尔来说，比电视里那些蠢得离谱的情节更糟糕的是还有人追着看。山顶养老院聚集了一小批铁杆剧迷。

那些他卧床不起，不停调着房间里小电视的频道，却对任何东西都不满意的日子也很糟糕。他对什么都不满意。他不愿也没力气关掉电视，然后去找点别的事做。

前天吃午饭时，他在餐厅沙拉台上用来防喷嚏飞沫的透明罩板里偶然瞥见了自己的身影，惊讶地发现了自己脸颊上的汗毛和睡衣上的污渍。他的脸颊看上去格外凹陷，尽管还有点肉，却也离骨瘦如柴不远了。他讨厌这个身影。因此，他决定不再让自己衰老下去，吃完饭后，乔尔迫使自己从床上爬了起来，毅然决然地开始清洗和穿戴。

他拔了鼻毛，刮了脸，用发蜡把头发往后梳起，那还是外孙克里斯近六个月前送给他的圣诞礼物。他洗干净后开始穿戴：一件白衬衫，一条简单的棕色领带和一件羊毛夹克，一条棕色长裤，加上一双棕色的鞋。他挺直身子打量了一番，自我感觉不错。不是很好，但也不差。

乔尔从未有过明显的弯腰驼背。他的父亲，一个有时很狠心的人，一直坚持着三件事：有礼貌、不骂人以及良好的仪态。只要乔尔做到其中任何一种，他都会大方地奖赏他。若是做不到，便是严厉的惩罚。乔尔长得很高，到现在还有近六英尺。多年的体力劳动和长年踢足球的习惯磨炼了他，使他的体格依旧结实，只有衬衫上的扣子暴露出了他有些啤酒肚的迹象。他父亲死的时候是秃顶，而他至少现在仍有一头浓密的头发。乔尔试图假装对此不甚满意，但那是假的，他其实有点儿高兴。

"待在这里，守住阵地，米勒。我出去溜达一会儿。"

上午九点左右，在处处潜伏着死亡的山顶养老院，走廊已经活跃到极点。吃过早餐后，居民们互相串门，开始了他们的一天。工作从送早餐开始的轮值护士们充满了活力与热情。当然，这份热情向来都无法一直保持下去。有时是在他们不得不说服罗斯对街的房子不属于她哥哥之后，有时是在他们第一次就居民要吃什么药同家属发生争吵时，有时是他们不得不换上一天中第一片成人尿布之际，他们最初的积极便会消耗殆尽。利亚姆护士通常保持着良好的精神状态，菲律宾姑娘小安吉莉卡也精力旺盛，她的笑声能从大楼的一头传到另一头，但只要时间一长，山顶养老院就会让每个人精疲力竭，乔尔已经见过一两次了。生活。是生活让每个人精疲力竭，不是吗？

"犀牛"尤是如此。生活将她异化了，让她变得刻薄而冷酷，还有一点可怕，尽管乔尔从不向人承认这一点。

弗洛伦斯·瑞安，人们在背后叫她"犀牛"，既是护士长，也是养老院的所有者。将这样一个矮小的女人唤作犀牛似乎有些不妥，她的身材让人觉得她很秀气。但那是个假象。她被称作犀牛是由于她的冷酷，以及她总是故意冲过走廊，将居民和工作人员冲散。

山顶养老院曾为她父母所有，她从小在这里长大，在这里工作了一辈子，学习成为一名护士，继承家族产业。而现在，她以一种能让波尔布特[1]引以为傲的权威统治着这个机构，像暴风雪一样，带着一股冷酷无情的力量

---

[1] 波尔布特（1925—1998），原柬埔寨共产党（红色高棉）总书记。（本书中所有注释均为译者所加。——编者注）

穿梭于养老院之中,所到之处皆有被毁灭的威胁。犀牛走动时,连利亚姆和安吉莉卡也会原地立正,将他们温柔的微笑换成严厉得近乎苛刻的表情,好像老犀牛会传染一样。

家属们在与其他护士打交道时往往大声抱怨,对犀牛却小心翼翼,语气和缓,偶尔还会奉承几句。当她像拧湿抹布一样把他们制服后,犀牛便怒气冲冲地席卷而去。

那天,她发现一名家属偷带了一瓶威士忌给老蒂姆·班杰——乔尔一想起这事就会打个寒战。他看着她仿佛膨胀变大,老提姆的儿子在她面前缩成一团,瑟缩得像是要从自己的衣服里脱落出来。她像挥着一根棍棒一样挥舞着那瓶威士忌。乔尔发誓,当她处理完此事时,整个人都足足高了两英尺,而老蒂姆的儿子却快要哭出来了——那可是真的眼泪。乔尔一想起来就不寒而栗。

他在走廊里搜寻着犀牛的踪迹,努力装出若无其事的样子,但他所见所闻只有愉悦的居民和工作人员。

“我想她这会儿不在。”尤娜在自己房间门口对他说。

“什么?”乔尔回答。

“你找瑞安太太,我想她这会儿不在。”

尤娜·克拉克在山顶养老院住的时间比乔尔还长,她和露西一直交好,两人曾组队打桥牌。山顶养老院里的人多少都有些萎靡,而尤娜却未露此态,她很漂亮,也会打扮。她并不富有,有些衣服还是露西给的,这让乔尔很是恼火,却也无可奈何。

“我绝不是在找瑞安太太,我对那女人的去向没兴趣。”乔尔撒了个谎,试着用余光偷偷看她。

尤娜轻声笑了。

"你今天看上去很不错，乔尔。你脱掉了睡衣，还把自己收拾得很干净。今天是什么大日子吗？"

乔尔一口否认。

尤娜穿着一件整洁的深蓝色开襟羊毛衫，上面缀着大大的金色纽扣，这是他们以前周六去集市时露西常穿的。露西总是在周六上午去集市，她有回拉着他同去，而他惊奇地发现，那地方的活力十分迷人。从那以后，他便一直盼着和妻子的清晨约会，他们穿着各自的羊毛衫，她通常会挑一些奇怪的果蔬来做晚餐。他并不总是喜欢，但向露西抱怨没用。这么多年来她已经听惯了他的牢骚，她会抛诸脑后、一笑置之，然后继续烹饪她喜欢的食物。那一抹微笑很美好。

羊毛衫穿在尤娜身上很好看。他讨厌这一点。他想告诉尤娜她穿得很好看，他还想告诉她别再穿他妻子的衣服了。

"我只是想这么做罢了。"他咕哝着说。尤娜不是敌人。想到这里，乔尔也并不确定到底谁是敌人。

"很好的改变。很高兴看到你变得积极了。"

积极。他并不觉得积极。他感觉到了别的东西。

那是一种更为黑暗的，邪恶却无形的东西。一种他难以名状，似乎在他的意识边缘伺机而动的东西。他不是第一次感受到它了，但现在的感觉更直接、更迫近。那阴郁的东西像浓厚的乌云一般笼罩着他，侵入他的生活与精神。他希望它会过去。

"是的。嗯。我想着可以刮刮胡子什么的。"他试图结束对话。

"我记得那件夹克。那不是在特殊场合穿的吗？"她问。

她显然想起了露西为他挑选衣服的时候。他记不清自己哪件衣服是特殊场合穿的，他不愿去想这件事，也不愿回想露西温柔的双手为他扣紧衬衣领子。伊娃受洗时，她为他穿戴，他在她的服侍下动来动去，那多半是装模作样，因为他喜欢她为他操心，他越是这样，她就越忙乱。伊娃在摇篮里对着他们咿咿呀呀。

那天多好啊。阳光灿烂，露西一如既往地美丽，他们的家人和邻居都来参加这一盛大的庆典。那感觉是很久以前的事了，这份记忆好像是属于别人的。属于那些更快乐的人。

"只是一件夹克而已。"乔尔嘟囔道，他感到自己的呼吸有些急促。

"那今天有什么安排？"尤娜注意到了他阴沉的举止，问道。

"这地方每天都有些什么安排？"他愤懑地回击道，"在公共休息室里看电视，直到他们把像一头累垮的牛一样的我们推进餐厅？看书？听着威猛吉姆胡说八道？"他不明白自己的嗓门为什么变得这么大，"在房间里找个角落打盹儿，盼着醒来的时候一天已经打发得差不多了，这样就不必在厌倦中度过了？"最后他几乎喊了出来。

他的话让自己吃了一惊，也让尤娜吃了一惊。两人都惊住了，他们尴尬地站在那里，面面相觑。他听见这话是从自己口中出去的，所以他知道是自己说的，但他不知道自己还想过这些。

"呃……对不起。我不知道为什么会说这些。"他强装镇定地解释道。

"你想聊聊吗？"她问。

"不。说真的，我得向你道歉。我没想说那些话。"

她以一种真诚关切的目光看着他。

"也许今天电视上会有一些好节目，嗯？"他努力挤出一丝快活的语气，让自己听上去正常一些，"我们上周看的那个节目还不错，不是吗？"

她继续关切地看着他。

"也许我们应该找利亚姆护士……"她开口说道。

"不，不，不，"他打断了她，"我很好。我可能会去和威猛吉姆下盘棋。"

他没等她回答就走开了，在她坚持要去找利亚姆护士之前，他大步逃离了危险。他努力思考方才那番话是怎么冒出来的。可能是因为看到尤娜穿着露西的旧羊毛衫，也可能是出于对犀牛的恐惧，还可能是他因为被当成孩子对待而感到沮丧。但乔尔怀疑是他身上那团阴郁的东西作祟。他一面想分析它、理解它，一面又恐惧它、害怕逼视它。他将它甩开，去找威猛吉姆了。

* * *

那天下午，乔尔在公共休息室里盯着棋盘，试图不去想早上情绪爆发后就一直挥之不去的恼人感觉。他一放松思绪就会不断回想。

"我说的是相对的。它不该是个死局……"在等乔尔下棋的时候，威猛吉姆小声嘀咕道。乔尔早就不再试图理解这个老头在说什么了。他在这里住了近十年，苍老的脸上布满皱纹，驼着背，粗糙的双手因关节炎而多有不便。许多年前，他的精神就离开了残败的躯体，现在走到哪里都会咕咕哝哝说着废话，那张饱经沧桑的脸上堆着笑。

乔尔记得当威猛吉姆还是吉姆·林肯市长的时候，他是一个精明强干的政治家，穿着时髦的西装，庄重地同人们握手。他是力量、权威和命令的象征，是男子气概的代表。现在他已经是个不再备受关注的普通人了，乔尔怀疑吉姆对此也无所谓。关于前市长的记忆还将继续存在——那是一个强大的人物，而不是这个痴呆、驼背、时不时歪嘴笑的老东西。

就在他放任思绪的那一刻，那团末日阴云又回来了，它带着消极和绝望笼罩在他的头顶。他几乎实实在在地感觉到了它。他以前会感到孤独。事实上，自从露西撒手人寰，留他独活于此之后，他就开始感到孤独了。但这片阴云是陌生的，陌生且可怕。

部分原因是尤娜大惊小怪的担忧，他总结道。自从露西去世后，她一直对他很好。她会来看望他，试着让他加入自己的园艺俱乐部，问他对电视剧的看法，带着她没做完的填字游戏找他帮忙。乔尔十五岁就辍学当技工学徒了，因此不擅长书本知识。他经常读书，但没什么高深的学问。那是露西的专长。他不知道尤娜的填字问题的答案，但即便他有明显的知识短板，她还是会想到他，这让他心生感激。她对他很好，他不想让她难过，但事情又没这么简单。那股莫名的怒气中有更多他难以名状的东西，最主要的是一种似乎悄然降临、令他无从脱身的可怕的绝望。再仔细观察一下，或是内省一会儿可能有用，但这远远超出了乔尔的能力范围，因此他再次选择了忽略它。

乔尔小心翼翼地挪动了他的骑士。在与威猛吉姆的数百场对弈中，他从未取胜。无论对手的大脑有多混乱，他也没有忘记如何下棋。令乔尔沮丧的是，他也从未有过败绩。和威猛吉姆下棋有一种魅力，那就是同一模式的重复：吉姆会持续进攻，消灭乔尔一半的兵力，然后回到没完没了的僵局。乔尔每次都告诉自己，他已经受够了这种愚蠢的行为，并发誓要远离老头那些无聊的恶作剧，但几天后，他发现自己又回到了棋桌前，下决心一定要赢下这局。就这一局。

"我们必须达到一个更高的境界。"吉姆一边严肃地对他说话，一边把主教挪到一个厮杀的位置。

"当然。"乔尔回答，努力想办法摆脱这场无可避免的屠杀。

在他们身后，一群叽叽喳喳的女人发出一阵笑声，尤娜就坐在她们中间。这笑声令他心烦意乱。

"她们到底在笑什么？"他恼火地问威猛吉姆。恼火是乔尔的常态。

"脑海中的浪漫谎言。"吉姆睿智地回答。

乔尔点了点头。他漫不经心地想着吉姆听懂了多少，吉姆又指望自己听懂了多少。

"那么笑声不会打扰到你咯？"他问道。

"世界上百分之九十信教的人都错了。"吉姆咧嘴一笑，回答道。他自顾自地笑了笑，高兴地把目光转移到棋盘上。

他的快乐也让乔尔心烦意乱。乔尔想知道这个老魔头到底在开心什么。他端详着对面那张布满皱纹的老脸。他看上去很快乐。那是一种真正的快乐。虽然他有时候歪着嘴笑，但那不是装出来的。他只是看不到，也不在乎自己生活的环境，他不在乎自己或是身边的居民缓慢地衰老，不在乎那些平庸的甜点，不在乎不断塞给他的药片。他年事已高，对此也满心欢喜。无知是福，乔尔心想。

房间的另一头，一些居民又开始聚在电视机前聚精会神地看剧。乔尔摇了摇头，思考着他的下一步棋——一定有办法打败威猛吉姆。

下午的晚些时候，他坐在公共休息室靠窗的地方，从那里可以一路看到山下的景色。那是一道别具一格的美丽风景，高大的树木环抱着花园，如果不是那堵高墙让人感到攀越无望，那本该是壮观的景致。他翻着在读的犯罪小说，享受着远离山顶的感觉。这是一种怡人的分神方法，可以让他摆脱"一切都糟透了"的恼人感觉。这种感觉似乎正在渗入他的头脑，分散他的精神，侵蚀他的意识。乔尔加快了阅读。他脑海中的某个地方想着，如果能读得更快一些，就不太可能为压迫着他的东西分心了。

他读到厌倦后便出门散步，沿着通往山顶大门的长长车道走，绕着一排环抱大花园的大树外的小路走，一直走到厌倦。

到了晚上的固定时间，乔尔把晚饭拿到了卧室，以便观看电视上的足球比赛。尽管他很想发牢骚，但食物还不错。他毫不怀疑犀牛在雇厨子上花对了钱。这女人显然热爱她的工作，她在养老院里待了很多年，但在乔尔看来，像她这样有才干的女人完全可以挑选比山顶更好的地方工作。他一边吃着饭，一边抱怨着足球比赛。

"不知道是战术差还是球员差，但不管怎么说，我们这支球队都很烂，对吧，米勒？"

米勒安安静静的。他从没在晚饭时间说过话。

"说真的，如果你继续和米勒先生说话，有人会担心你的心理健康的，乔尔。"

利亚姆又带着药进了门。他又要坚持看着乔尔吃下去。乔尔突然觉得很恼火。

"请你把它放在台子上，利亚姆。"乔尔直接对他说道。

"这可不行，你是知道的，门罗先生。药放着不吃可起不了作用。"

门罗先生。当他被告知该做什么时，就总是"门罗先生"。当利亚姆护士试图表示亲密时，他会说"乔尔这样""乔尔那样"，这都没问题，但一旦他开始发号施令，称呼就突然变成了"门罗先生"。乔尔讨厌这种两面派。

"请放在台子上。"他更坚定地说道。

"当然。"利亚姆回答，他改变了策略，把药放在床头柜上，接着双臂交叉站在原地。

"你需要帮忙吗？"乔尔问。

"不用。我哪儿也不去，也不做什么。"

"你一小时后就换班了。我可以等那么久的。"

"但我得为了你加班呢，门罗先生。你不吃药，我哪儿也不去。"

乔尔得吃药这件事不打紧。他曾经中过一次风，据说那次程度很轻，但毕竟是中风，而药物可能是防止他情况恶化的唯一办法。但是，乔尔·门罗很讨厌别人告诉他该做什么，无论这是否能救他的命。

他们盯着对方。护士坚毅的双手和凝视的蓝眸使他看上去十分强硬。争执是毫无意义的，他就要败下阵了。乔尔很清楚，一开始的争执就没什么意义，但一股酸楚的力量控制了他，让他变得好斗了起来。

他最终做出了让步，但即便是伸手取水和药片，他也紧盯着护士不放。乔尔吞药片时连眼睛都不眨，但看到利亚姆护士满意地点了点头时，他满脸痛苦，最后嫌恶地回去看他的电视了。

"你有什么烦心事吗，乔尔？"利亚姆问道。

又变成乔尔了。当他像个好孩子一样完成了要求后，他就又变回了乔尔。

"我不知道你在说什么。"乔尔回答，但他心里明白自己一整天都在拼命回避这个问题。

"你不太对劲。我的意思是，你是脾气火爆，那并不新鲜，但似乎还有别的东西。"

"只要安静一点，孩子，就没有我解决不了的事。"乔尔回击道。

"你确定吗？尤娜说……"

他话还没说完，乔尔就再度爆发了。

"好吧，可能你俩都该少管闲事！"他吼道，"可能我的问题就在于，我的生活还不够你们每个人来掺和的。吃这个，吃那个，吃这些，喝这个，喝那个……你们好像也觉得自己有权知道我在想什么。可能我的问题就在于，这里根本没有隐私可言，我的想法就是供身边人指指点点的。"

利亚姆看上去很震惊，但他是一名在山顶疗养院工作已久的职业护士。他见过也亲历过更糟糕的状况。他很快就恢复如常，那温和的面容似乎已经将震惊消化掉了。

"我想你我都清楚，很多迹象都表明你不太对劲，乔尔，"他温柔而同情地说道，"如果你想聊聊，我明早就来。你这会儿想喝杯茶吗？"

利亚姆语气和缓，能够很快自我调节。即便方才的爆发冒犯了他，他也没有表现出来。光是这一点就足以激怒乔尔。难道利亚姆就这样轻视他，以至于被他羞辱的时候，都不屑于将之视为一种冒犯？

"我不想喝什么该死的茶。"他违心地说。

利亚姆点了点头，退了出去。乔尔试着重新开始看电视。足球比赛仍在继续，球员们四处跑动，但乔尔视若无睹。他试图回答利亚姆方才问他的问题——到底是什么在困扰着他？

* * *

比赛结束后的深夜，乔尔睡着了，他还是没能想出答案。几小时后，他被安吉莉卡护士轻柔的脚步声惊醒，安吉莉卡走进房间，关掉了电视，查看着他和米勒的情况。他是从她身上的香水味以及她标志性的哼歌声中认出她的。乔尔闭着眼睛装睡，他仍为一天中发了两次脾气而沮丧，而且他完全不知道爆发的原因。他深夜失眠时偶尔会和她聊天，但今天他不想，他不想冒犯到这位温言软语的菲律宾姑娘。她脾气很好，他担心自己会对她出言不逊。

她关掉电视，在房间里踱来踱去。接着她停下了脚步。他听见她的呼吸加快了。

有什么不对劲。他睁开眼睛，看见她正俯身检查米勒的脉搏。情况很不对。她按下了米勒床上的警报，从房间里跑了出去。乔尔在他的室友身上寻找着胸脯起伏的迹象。它是静止的。越来越强烈的恐慌攫住了他，令他瘫软无力。他默默祈求米勒的胸膛动弹一下，祈求他老迈的身体抽搐一下、痉挛一下或是发出点别的什么动静，而不是死寂地躺在那里。

他还记得露西的尸体躺在同一张床上时那可怕的静寂，她脸上神情弛废，失去了生命力的她看上去很吓人。那时他也是一样的瘫软无力。

安吉莉卡和另一名护士一起推着什么东西回到了房间，他们的动作快得惊人。乔尔看到他们扯开了盖在老米勒身上的被单，米勒因多年的昏迷而瘦骨嶙峋。他看着他们撕开米勒的棉睡衣，开始为他做心肺复苏。他们的手重重地按在那瘦小的身体上，继续拉扯着床单和衣服，然后紧急地猛按他的胸膛。他看上去就像一根小树枝，而他们的手就像是木槌。他担心他们会把这个可怜的人压碎，面对他们的冷酷无情，他是如此的脆弱无助。

露西的尸体最可怕的地方就在于脆弱。她曾经精力充沛，笑口常开，热情而坦率。但她那死寂的尸体却是那么脆弱，好像一碰就会粉碎。

他们从胸部按压开始，安吉莉卡的大手不停地上下挤压。她停了下来，检查着他的呼吸道。而当她又开始按压米勒的骨头时，乔尔感到刚出现的一丝希望很快破灭了。

看着他们努力抢救他的室友，他开始无声地哭泣。为米勒，也为自己。那天困扰他的挥之不去的感觉又浮现了。

他们疯狂地、拼命地想把生命按回那小小的胸腔。一直以来，只有通过它的动作，乔尔才能知道他的室友还活着，它持续的一起一伏虽然幅度微小，但也曾连接乔尔和另一个人。而现在他们猛击着它，在粗暴的动作下，那具小小的身体在床上弹起弹落。

那时候没有人试着抢救露西。她死的那一刻就死了，就是这样——脆弱地，冰冷地，僵硬地死去。

乔尔不知道自己是否希望他们能把米勒先生抢救回来。也许那个老头死了更好？他们会把他带回怎样的生活中？如果他能说话，会希望他们把他救回来吗？乔尔不知道米勒是不是死了更好，他哭得更伤心了。

他们仍在按压那具尸体，好像米勒逝去的生命能被重新塞回身体一样。

乔尔看着他们，大脑一片混乱，一面想着米勒还是死了更好，一面又默默祈求他们不要停下来，要想法子把他救回来，这样乔尔就能看着他那衰弱的瘦小胸脯再次起伏了。

那张床将要夺走另一条生命。它会像带走露西一样带走米勒。悄无声息，毫无预兆，不为人知。

突然之间，这个问题失去了意义。他们停了下来——米勒先生死了。即便知道他们曾试图救他，但在乔尔的想象中，是护士们刚才的击打驱走了米勒身上仅存的生命微光。

当乔尔努力忍住哭泣时，护士们也在互相安慰，他们彼此拥抱，或是拍着对方的背。乔尔知道他们已经尽了全力，但他还是失去理智地痛恨他们停止了抢救。他的脑海中只有一团混乱的情绪。

他将手伸到了两张床之间。他也不知为何这样做。护士们没有看到他，米勒也没有。安吉莉卡小心而尊敬地为米勒先生穿上衣服，把床单拉起来盖在他身上。其他护士都去打电话或安排后事了，但安吉莉卡留了下来，喃喃地为逝者祈祷。之后她转身离开，迎上了乔尔的目光，他的眼泪仍在流淌。她开口想要说些什么，但当乔尔在床上翻过身去独自哭泣时，她什么也没说出口。

> 他坐了起来，盯着对面妻子曾住过的空床，身边台子上的茶渐渐变凉。乔尔·门罗决定自杀。
> 在被别的东西杀死之前。

　　第二天早上，利亚姆护士像往常一样按时端着乔尔的早餐缓步走进房间。他没有开玩笑，没有摆弄餐巾，也没有强迫乔尔吃药。他久久地看着乔尔因哭泣和睡眠不足而发红的眼睛，轻轻拍了拍他的肩膀就离开了。

　　乔尔对此很感激。拍一拍肩膀，默许乔尔想要独处的愿望，让他独自哀悼一个从未说过话的朋友，这就足够了。那是他相处得最愉快的朋友。

　　他没吃早饭，只是盯着对面的空床。那天一大早，他们就来米勒这儿，以一种近乎惊人的速度将他带走。现在，他安静的朋友曾经待过的地方，变成了一片静默的空虚。他们也是这样带走露西的。来到这里，然后又消失。他记得三年前，他躺在同一张床上，盯着房间对面同样的空虚，那是他妻子曾经待过的地方。

她那天很晚才睡，说是睡不着，当夜班护士来看她的时候，她们小声说着话，以免打扰到乔尔。他隐约听到她们在聊天，那是一种令他昏昏欲睡的低语。她向夜班护士要了一杯茶。护士离开房间沏茶的时间不过三分钟，当她回来的时候，露西·门罗就已悄然离世，空余一具曾栖居于此的躯壳。他们结婚还不到五十年，她就走了。乔尔失去了他的船长，独自在生活里航行。

她一直都是家里真正的主心骨。他同女儿和外孙、外孙女的关系一直不算好，但他们会来看望他，他也乐意偶尔到他们家吃晚饭。露西不在之后，一个与家庭疏离的父亲暴露了他所有的缺点，总而言之，乔尔不仅失去了妻子，也失去了女儿和外孙、外孙女。

情况并非一直如此。当伊娃还小，乔尔还有自己的汽车修理厂时，他曾和她在修理厂里玩耍。她会用那一本正经的小声音和他说上一整天，她的聪明伶俐令他记忆犹新。他能记住千百个这样的时刻，但不知为何，却记不起伊娃从他身边溜走的那一刻。

选择让米勒和乔尔住在一起之前，他们仔细地考虑了乔尔的感受。他们让他哀悼了一年才安排别人和他同住。某种意义上，米勒成了乔尔过渡性的朋友。现在他走了。原来属于他妻子、后来属于米勒的那张床现在又空了，而乔尔还在这里。其他人都走了，他还活着，感受着无尽的空虚。

山顶养老院住着五十多位居民。有些人难以亲近，比如威猛吉姆；但大多数人都身心健康，比如尤娜·克拉克。十五名护士轮流值班，他们友好、善良、体贴。算起来，这里有超过六十五口人，还有来来往往的访客，但即便如此，乔尔还是觉得自己活在一种可怕的、极致的孤独之中。

那就是他昨天想找到的答案。那就是他心底蔓延的阴云。它已经来到他身边，笼罩着他，包裹着他：他是一个孤独而恐惧的老人。更糟糕的是，他失去了活下去的意志。

他坐了起来，盯着对面妻子曾住过的空床，身边台子上的茶渐渐变凉。乔尔·门罗决定自杀。

在被别的东西杀死之前。

> 乔尔知道那是闯入者的笑声。他不
> 知道自己是如何得知的，但他就是知道。
> 　　如果他能和那个笑声关在同一个
> 房间里，那将是他的幸运。

他觉得自己能够做到。他想象着自己正做出尝试。他将思想从情感中剥离，想象着要怎么做。他不能接受上吊，听说人们上吊时大小便会失禁，让护士们发现脏兮兮的自己，这个念头让他厌恶至极。过量服药也不可能，因为药物是被严格管控的，他也受到监视。不过，如果能从山顶养老院逃出去，他觉得自己可以弄到一把枪。他曾在修理厂雇过一个人，那人至今还欠他一个人情，他想那人也许能给自己弄到一把枪。这更合适。他喜欢这个用枪的主意，很有力量。他会像一个没有粗哑嗓音的查尔顿·赫斯顿[1]。

----

[1] 查尔顿·赫斯顿（1923—2008），美国影星，以扮演英雄人物见长。代表作有《戏中之王》《宾虚》等。

河水也吸引着他。他想象着滑入水中，感受水将他包围、裹挟、带走。他听说溺死是没有痛苦的。他觉得这个主意最好。只需要走下桥就够了。

等他走了，他就能看到对面的世界有什么了。

乔尔想象着他的自杀，直到这个念头变得坚定而真实。他能做到。如果自杀意味着离开这个地方，他就能做到。这个想法几乎令人兴奋，诱人得让人不安。如果他愿意，今天下午就可以实施。他的父亲总是告诉他，有志者事竟成。父亲粗蛮、刻板、自私，但显然是个聪明人。今天下午他就可以摆脱这样的生活和可怕的养老院了，不用再看到那张夺走他太多东西的床了。也许露西会等着他。

露西。

一想到她，他就怔住了。如果她在等他，就一定会狠狠斥责他自杀这件事。一想到他的鬼魂会因做了坏事而受到责备，他就满脸痛苦。他现在就能看见她了，她那轻盈的身影在阴间飘浮游荡，双臂气急败坏地交叉在胸前。

"这究竟是什么意思？"她会这样问，以前他逃避责任，或是和女儿闲逛到连她的衣服都破了的时候，她也这样问过很多次。

他的鬼魂会拖着透明的鞋子走在来世的路上，尽量表现得不难为情。一想到她和她那可怕的告诫，他便露出了一个悲伤的微笑。他要缓一缓再做决定。自杀可以缓一缓，至少要缓上一段时间。

在他们共度的日子里，她很少责备他。当他周日跑去看足球比赛而没有陪外孙、外孙女一起玩，或是他对那些来接伊娃的年轻男人怒目而视时，她会说他几句，但他们大多数时候的相处都是温柔而愉悦的。他想部分原因在于，让她失望就是对他的诅咒。

乔尔一整天都在试着封闭感觉。就思维训练而言，这对他出奇地容易。他觉得大脑一片空白，一无所有，像是一个尚未愈合但不再疼痛的伤口。他想得越多，就越觉得自己可能坠入了虚无，再也出不来了。

他想知道这是否就是威猛吉姆的感觉。他是否也坠入了精神的深渊，再也走不出来？这是一个非常可怕的想法，事实上比死还糟糕。这是一种侮辱。一小部分意识可能还活在那个深渊里，却永远不知出路，这是一种巨大的恐惧。一个困在自己身体里的囚徒。前所未有的孤独。

乔尔把自己从虚无的边缘拉了回来，只是静静地看着电视。他打开了一个竞赛节目，是以前看过的，但他不在乎。他坐在那里，屏蔽了那张空床和自己的感受，直到又该睡觉了。

"我会想你的，米勒先生。"乔尔终于关了灯，对着黑暗的房间喃喃低语。

入睡并不容易。乔尔会时不时醒来，清醒很长一段时间，思绪游离回前一天的夜里。护士们厚实的双手挤压着米勒先生瘦小而毫无反应的身体。在他们的努力抢救下，尸体在床上上下弹跳着。清晨四点半，他盯着那张空床，散漫地想着：他们在抢救老米勒先生时，有没有折断他的肋骨呢？天又亮了，经过一夜，他的心情变得很糟，他发现自己又在想着自杀了。

它的舒缓、便利，以及终结。他不知道当时机成熟时，自己是否有力量去做这件事。他想到了威猛吉姆，想到了他缓慢地陷入衰老，他觉得自己会有力量的。

"你还好吗，乔尔？"那天早上，利亚姆护士带来装着药片的小杯子时问道。

"还好。"

"你看上去不大好。"

"你又变成心理学家了？"乔尔问。

"你一定很难过，尤其是想到……"

"你没有别的地方可去吗？"乔尔打断了他。

他最不需要的就是利亚姆护士的亲近。现在他已经下决心自杀，他必须严守秘密。他们知道了只会阻挠他。

"没，这会儿没有。你就是我的重点看护对象，乔尔。我只是想让你知道，有人在这里陪着你，我相信这件事对你造成了影响。我的工作之一就是关注居民的心理健康，你知道的，对吗？"

"我到底为什么会被影响？"乔尔问道，他没有理会方才的问题。利亚姆护士、他的提问、他的感受、他温柔的举止。

"因为米勒先生……"

"他进来的时候就已经是一具尸体了！"乔尔咆哮道，"虽然没有这里的活死人那么有生气，但还是一具尸体。一个讨厌的聊天对象，一个糟糕的足球评论员，一个臭棋篓子！"

他一开口就后悔了。米勒完全是个讨人喜欢的家伙，乔尔觉得，在某种程度上，米勒可能是个很好的人，甚至可能还是个不错的棋手，但他不想被利亚姆护士和他温言软语的同情触动，从而表露出自己的感情。

"你不该说这种话，乔尔。"利亚姆以一种近乎愤怒的神情对他说。

他从未见过这个年轻人生气，这的确很罕见，利亚姆不耐烦过一两回，他偶尔会因威猛吉姆的废话连篇稍稍气恼，也有几次被犀牛旋风般的来来去去弄得心神不宁，但从不生气。

乔尔转过脸去，尽量不显得难为情。他盯着窗外，沿着长长的车道一直看到大门口。一阵微风拂过花园里的树木，树梢轻轻摇曳。利亚姆护士试着等他回神正视问题，但最终放弃了，离开了房间。乔尔又是一个人了，他决定看会儿电视，漫无目的地切换着各个频道，直到发现一个体育频道正在重播经典拳击赛。但他情绪低落、心情沉重、耐心尽失，他找不到任何能吸引他注意的东西，于是决定回去睡觉，他侧身而卧，盯着房间对面的床。

过了一阵子，估计是下午的早些时候，乔尔醒来了。他发现了两个明显的变化：一是有人把体育频道切换到了某部可笑的电视剧；二是房间对面的床头立着一个高高的帽架，上面挂满了围巾，至少有十五条。一条是有天蓝色螺旋图案的深蓝色真丝围巾，一条是印着花卉的青铜色亚麻围巾，一条是红色羊毛围巾，还有一条是有波尔卡圆点花纹的黑白围巾。帽架在互相冲撞着垂向地面的颜色中旋转。它们的主人不知去向。乔尔狐疑地看了它们一会儿，接着电视剧的喧闹声响起，打断了他的思绪，从画质上看，那是一部年代久远的剧。他伸手去拿遥控器想换频道，却发现它不在床头柜上——过去三年它一直放在那儿。乔尔抱怨着从床上起身，在他害怕的地方——对面床上找到了遥控器。床单有些凌乱，好像有人曾躺在上面——是围巾的主人，乔尔猜想。

他看了看墙上的钟，已经三点多了。他睡了快七个小时，毫无疑问，就在他睡得颇不安稳的昨晚，有个闯入者偷偷摸摸地进来了。他在爬回床的过程中切换了频道，就在此时，隔壁房间传来了一阵哄笑，接着又突然传来了许多人说话的声音。其中，他听出了利亚姆护士心情不错的笑声，还有尤娜优雅的轻笑；有几个人的声音认不出来，但有一个男人深沉而响亮的笑声盖过了所有人。那是一种有回响的男中音，一种充满友谊意味的笑声，在如此敏感的时刻，这在山顶是无论如何不应该存在的。乔尔知道那是闯入者的笑声。他不知道自己是如何得知的，但他就是知道。

如果他能和那个笑声关在同一个房间里，那将是他的幸运。

他回到自己的床上看体育频道，并把遥控器放在了床头柜上，遥控器本就该放在那儿。他不知道能否偷偷把遥控器放在自己这一边而不被发现，然后他静静等着新人的到来。他试着聆听隔壁房间传来的对话，但对他明显不太好使的耳朵而言，那些话既混乱又莫名其妙。不过他听到的声音很和善，甚至很友好。他在床上动了动，朝敞开的门那一边探出了身子。

不幸的是，乔尔高估了自己的灵活性，开始从床上往下滑。他伸出手想要保持平衡，屁股却从被窝里滑了出来，当他拼命不让自己摔到地板上时，所有关于这个闯入者的想法都消失了。他扭着胳膊，试图握住任何能让他稳住的东西，他打翻了床头柜，在抓住床架时才恢复了平衡。

随着床头柜的倒下，遥控器、早上没喝完的茶、用来吃药的一杯水以及露西的一张带框照片，全都摔在了地上。撞击声惊动了隔壁的一群人，一阵沉默过后，紧接着就是他们冲进乔尔房间的声音。乔尔在床上坐直了身子，在他们到来之前整理好了睡衣和床单，尽力装出若无其事的样子，用冷静的举止展现他的尊严。

"没事吧，乔尔？"利亚姆问道，急忙跑到乔尔身边，掀起毯子检查他有没有受伤。

"我很好，谢谢。"

"出什么事了？"尤娜看着打碎的杯子和泼洒出的液体，问道。

"没什么。"乔尔回答，接着他意识到这句话听上去有多蠢。来不及收回了，他决定维持现状。

"没什么？"利亚姆怀疑地问道。

那个闯入者看上去像是在强忍着笑。乔尔冷冷地转向他。

"有什么好笑的？"他问。

"没什么。"闯入者回答，几乎要咯咯笑出声来。

尤娜忍着不笑，连利亚姆看上去都要笑了起来。乔尔咬紧牙关，以一种轻蔑的神情紧盯着闯入者。他不高，也不算很矮，中等个头，却不是中等长相。他已经上了年纪，和山顶养老院里的其他居民一样满脸皱纹，但身上有一种年轻的气质，一种能量和活力，这让他的皱纹看上去都像是假的。他灰白的头发中多少还夹杂着几根深棕色的波浪形发丝，几乎像女孩子的头发那么长，蜷曲着绕着他的耳朵和颈背。事实上，他是一个帅气的家伙。他的衣服显然旧了，质地也不好，但很干净，他还穿着一件背心，挂着一块小怀表。乔尔的脑海中冒出的第一个词就是"鹦鹉[1]"，他照实说了出来：

"鹦鹉。"

"不，先生，"闯入者回答，"我叫弗兰克·德·塞尔比。"说罢，他停顿了一下，接着又说了一句："没错。正是弗兰克·德·塞尔比。"

他站在原地等待，好像是在等待掌声。尤娜朝他露出了鼓励的微笑，

---

[1]"鹦鹉"与"多嘴而爱装腔作势的人"为同一英文单词"popinjay"。

利亚姆也宽容地笑了笑。乔尔又轻蔑地看了他一眼，但如果德·塞尔比注意到了乔尔的蔑视，他也毫不介怀；相反，他仍在等待着显然自认为应得的掌声。乔尔想知道这个疯子的脑袋里缺了多少根弦。然而，犀牛的及时出现破坏了属于他的时刻。

"亚当斯先生？"她走近德·塞尔比，一本正经地问道。

德·塞尔比尴尬地咳了一声。

"没错……德·塞尔比是我的艺名。没错。我是弗兰克·亚当斯。"他伸出手来。

乔尔对着这只"鹦鹉"嗤笑了一声。德·塞尔比。真是个蠢货。

弗兰克只别扭了一会儿，突然间，他又恢复了活力和魅力。他冲犀牛露出了一个灿烂的笑容，亲吻了她伸出来握手的手背，他还伸出一条腿，潇洒地鞠了一躬。犀牛朝他挑了挑眉。

"外面走廊上我拿走的东西是你的吗？"她问道，无视了他的亲吻、饶舌和他那愚蠢的鞠躬。她也没有等德·塞尔比或亚当斯或是别的什么人回答。"如果你需要有人帮你拿东西，去叫德怀特护士帮你。德怀特护士，收拾一下这摊水，然后帮亚当斯先生拿好他的东西，再把你的衬衫塞进去。"她要求所有员工的仪表都完美无瑕。

她也懒得听回答，就和来时一样匆匆走了。

"嗯，"亚当斯扬起眉毛说道，"她会很有趣的。"

接着，他对尤娜放肆地眨了眨眼，尤娜对他的调情一笑置之。

乔尔又开始充满敌意地盯着他。没人问过他。又一次，没人征求他的意见，或是寻求他的同意，甚至连片刻的提醒都没有。又一次，就像他们在露西死后做的那样，把列在候补名单上的下一个人塞进他的房间，连一句"别见怪"都没有，还在所有人当中，选了这个自命不凡的怪胎，带着他的十五条围巾，对尤娜眨巴着眼睛，还看那些乱七八糟的电视剧。这完全是对乔尔的侮辱。但他还没来得及表示反对，亚当斯就弯下腰来捡起了露西的照片——对一个老人来说，他的腰已经柔软得惊人了。他从口袋里掏出一块绣花手帕，轻轻地擦了擦洒在相框上的茶水，又擦了擦前面的玻璃，接着温柔地把它放在床头的架子上。他的手帕还盖在上面。

"你妻子？"他问乔尔，脸上没有一丝无礼或气恼的笑容。

"我的亡妻。"

明显而可怕的过去式。

"深表遗憾。"亚当斯十分诚恳地对他说。

乔尔端详着这个男人，看他脸上是否有嘲弄或残忍的表情。没有。乔尔很惊讶。他的行为中有感伤，也有真诚，令乔尔觉得很陌生。也许这个闯入者是可以容忍的。但电视剧不行。此事必须认真讨论一下。

"德怀特护士，做件好事，帮我把东西拿过来。我想克拉克太太想让我单独待一会儿了。"亚当斯对利亚姆护士说道，他又沉溺在了自己的浮夸中，"我们把帘子拉上，这样你就看不到了，老伙计。"说完，他又对乔尔用力地眨了眨眼。

"噢，你可真坏。"尤娜又笑了。

真坏。乔尔同意她的说法。

CHAPTER

04

"我算是看出来了，"犀牛平静地说，"把你们俩放在同一个房间里可能是错的。"

坏人·弗兰克·亚当斯——乔尔决定不叫他德·塞尔比——是个健谈的人。在与处得最好的室友米勒同住两年之后，乔尔突然发现自己被连珠炮似的问题轰炸了。

"你平时玩什么，乔尔？"晚餐时分，他们在公共休息室正式认识后，新室友愉悦地问道。

"玩？在这里？"乔尔怀疑地问，"这是一家养老院，没什么可玩的。"

"其他人好像都挺开心的。"亚当斯回答。他四下环顾，房间里的居民和护士们都在亲切地交谈着。威猛吉姆狼吞虎咽地吃着晚饭，时不时停下来，随便冲着什么人咧嘴一笑。一些居民已经吃完饭开始打牌了。房间里散布着一些陈旧而舒适的扶手椅，一些人正坐在上面看书。

"他们都在自欺欺人。"乔尔告诉他，不打算接受反驳。

"那些青年团体来唱过歌吗？没有比听一首好歌更好的事情了。"

"有的。那些满脸假笑的教会团体。"

"你不喜欢教堂，乔尔？"

"我无所谓。"乔尔说。他回忆起多年来和父亲一同参加弥撒的情景，那是他必须做的。接下来的几年里，他又强迫露西陪着他一起参加。被虚度的那些年。

"你喜欢什么，乔尔？"亚当斯笑着问他。

"我喜欢安静地吃饭。"乔尔回答，坚定地继续吃着他的晚餐。

* * *

晚些时候，亚当斯坐在他们房间的电视机前，又开始说话了。

"运动，乔尔。你一定很喜欢运动吧？我今天上午来的时候大家就在运动。"

乔尔叹了口气，试着不理他。

"我呢，喜欢戏剧。"

"我并不关心。"

"我拍过一些电视剧。但从没演过想要的角色。在电影里演过几个小人物，有几次快要成功了。最后还是回去拍电视剧了。"

"说角色。"乔尔咕哝道。

"看过《光荣岁月》吗？"

乔尔紧咬牙关。露西以前就喜欢看《光荣岁月》，每晚都忠实地收看。

他以前经常陪她一起看，虽然他更多的时候只是在看书。他喜欢和她待在一个房间里。他们以前坐在客厅里，他看书，小伊娃趴着，露西微笑地喝着茶，电视里就上演着《光荣岁月》。坏人·弗兰克·亚当斯也许曾为他们的客厅增色不少。他想起了那些往日时光，那时候伊娃还是他的小女孩，露西是他的妻子，这让他感到胃里一阵剧痛。那是美好的岁月。他又扫了一眼床头柜上她的照片。她也许会喜欢亚当斯没完没了的絮叨，她也许会问他电视上各种各样的问题，关于节目，关于演员的真实生活。

"我不看电视剧。"他什么也没有告诉亚当斯。

"我自己也不怎么喜欢。我受的是传统训练。不是充内行，但我一周里每天都要排练硬戏的。"

"你今天早上就在看电视剧。"乔尔纠正道。

"重温光荣岁月嘛，"亚当斯笑着对他说，"这个双关怎么样？"

乔尔试图忍住不笑，但还是笑了出来。

这人的絮叨还有点意思。从表面上看，这些话空洞无聊，但亚当斯似乎很聪明，不会只进行索然无味的闲聊。在乔尔看来，他似乎在笑一个别人没听懂的笑话，而之前所有的谈话、试探、提问，都是为了这个笑话所做的铺垫。这让亚当斯身上有了一种乔尔难以名状的有趣。

"我喜欢足球。"乔尔终于告诉他。

"我也是。足球极具戏剧性。"

足球有戏剧性？无稽之谈。

"这和戏剧没关系，亚当斯，"乔尔纠正道，"这是体育比赛。"

"啊，别再说下去了，你是在开玩笑吗？你看田径比赛吗？"

"什么？不……"乔尔发现自己掉入陷阱时已经晚了。

"你看，说到体育比赛，你就很敏感，但这和体育比赛没关系。哦，可能有点关系吧，当然了，但戏剧性让体育变得有趣。大起大落，大逆转，励志的败将，神气的冠军……"

他说话的声音时高时低，他有说书人的嗓音和演员的表现力。

"……有恶棍也有好人，有时候我们喜欢看英雄胜利，而有时他们落败了，尽管我们为之心碎，也还是同样喜欢看。巨大的戏剧性。比任何电视剧都强。"

"但主要还是体育比赛。"乔尔固执地说。

"天哪，"亚当斯绝望地呻吟道，"原来你也是那种，我们在外头淋得湿透，你却来告诉我根本没下雨的人吗？"

"什么？才不是。"

"你当然是。你就是，不对吗？你是一个反对者。如果所有人都说黑，你就会说白。"

"胡说八道。"乔尔气急败坏地说。

"哦，是的。我知道你是哪种人。辛纳特拉[1]，好还是不好？"

"一个混混。"

"我不是问他的私生活。他是好歌手还是烂歌手？"

"好歌手。"乔尔从牙缝里挤出回答。

"哈！你想说烂歌手，但那样就会证明我的观点，而你是个彻底的反对

---

[1] 弗兰克·辛纳特拉（1915—1998），美国歌手、影视演员、主持人，曾与黑帮交好。

派，你甚至不能认同自己的观点，所以你才说好歌手。"

"你到哪儿都这么烦人吗？"乔尔怒火中烧地问道。

"你到哪儿都这么暴躁吗？"

"我哪儿都不去。就在这儿。"

"所以如果你哪儿都不去，在这儿总是这么暴躁，我可以合理地推断，你到哪儿都是这么暴躁。"

乔尔本想怒气冲冲地反驳他的新室友，但他随即意识到，这个咧着嘴笑的人是在故意挑衅他。他一直缠着乔尔，并且乐在其中。有人曾告诉乔尔，和某些人吵架就像是和猪摔跤，你摔着摔着才发现猪其实很享受这个过程。乔尔没有反唇相讥，而是转向了电视，调大了音量。

"哦，别那样。"亚当斯自顾自地笑了笑，对他说道。

乔尔把音量又调高了一些。如果这吵到了亚当斯，后者也不动声色，而是自己轻声笑了笑，拿起了一本书。乔尔觉得这是一本古老的书，封面破旧，还有些浮夸——和读这本书的人一样。

* * *

第二天早上乔尔醒来时，利亚姆护士正在给亚当斯送早餐。他醒时四周并非一片寂静，这在三年里还是头一回。乔尔的第一反应是愤怒于闯入者的存在，但脑海中随即又出现了别的什么东西。

是轻松。乔尔感到如释重负。这种感觉激怒了他。

"你们的声音够大了吧？"他问亚当斯和利亚姆。

"噗。你还说呢。你打了一夜的呼噜，像在锯木头似的。"

"我没打呼噜。"乔尔生气地说。

"那你八个小时都在清嗓子咯？还好我睡眠时间不长。"

"那你还抱怨什么？"

"天哪，乔尔在抱怨别人抱怨他吗？"

"你怎么敢？"乔尔在床上换了个姿势，并无恶意地说道，"我几乎还不认识你。"

"我到这儿不到一天，就觉得和你是老相识了。"亚当斯也毫无恶意地回答道。

利亚姆护士笑着看着两个人。

"你笑什么？"乔尔怒斥道。

利亚姆笑得更灿烂了。他和亚当斯的恶习一样，看上去像是领会了别人没听懂的笑话。

"我给你把早餐端来好吗，乔尔？"他耐心地问。

乔尔对年轻人扮了个鬼脸，后者却再次报以微笑。他出门前又转向亚当斯：
"要给您带什么吗，德·塞尔比先生？"

亚当斯假笑着摇了摇头。那明显是个假笑，带着些厌烦，不像昨天那么高兴。昨天的笑至少还算可信，这个微笑却是另一回事，透着一种苍白。

这个假笑很奇怪，它是病态的。在短短一天的时间里，亚当斯和每个人都相处得很融洽，即便是威风凛凛、甚至有时令人胆寒的犀牛也没能让他怯场，但刚刚的微笑里有某种不安的东西，乔尔在想那是什么。

"你不喜欢利亚姆护士吗？"他问道。

"哦，我知道你不喜欢他，乔尔。你什么都不喜欢。"亚当斯冷淡地回答。

"嘿。我说的是你。我其实还蛮喜欢利亚姆护士的。"

"真的吗？哇！那你表达喜欢的方式还真有趣呀。"

"你不懂。你在这里待的时间还不够长。"

"我想这里很多居民都不会待太长。"亚当斯笑着说。

乔尔没有笑。他不会在这里待太久的。他将不必再容忍亚当斯以及他的问题和笑话。当他的生命走到尽头，他要前往那个等待着他的地方，而无论那是哪里，乔尔都觉得比这里好。

那句评论也很接近山顶养老院的现实。死神在这里随意地逡巡，想带走谁就带走谁，想什么时候带走就什么时候带走。除了乔尔。乔尔会在死神选择他之前，先选择死亡。

"抱歉，"亚当斯说，他脸上戏谑的表情又消失了，"我忘记之前那个家伙的事了。米勒是不是？我真是粗心。"

"嗯。对你这样的家伙而言，细不细心好像也不怎么重要。"乔尔对他说道，仿佛前一天亚当斯细心擦拭露西照片的事没发生过似的。

"我就是这样，从不找借口。"亚当斯回答。他的眼睛里又恢复了光芒，脸上浮现出嘲弄的微笑。

"米勒是一个奇怪的朋友，"不知怎么的，乔尔开始对他说道，"他从不说话。不动，不笑，不唱，不读那些装模作样的书，他什么也不做。但只要有他在，你就会觉得很舒服。现在他走了。"

"现在你又被我缠住了。"亚当斯笑着接话。

"的确。托上帝的福。"

亚当斯咯咯地笑着，乔尔发现自己也露出了微笑。又一阵轻松感浮现，而这一次没有了恼怒。那是一种他失落已久的愉悦友情，一种他想要抓住的美好感受。但他抓不住。乔尔甚至无法留住一份好心情。他感到它从自己身上滑落，并希望自己能对此不动声色。他坐在那儿咧嘴笑着。如果亚当斯察觉到了什么，他也没有说破。

第二天早上，亚当斯又在对面醒来了。他坐在床上读着那堆装模作样的书，还自顾自地大笑。现在这本是关于戏剧的，乔尔确信此人读书只是为了让别人看到。因为没人会想读一本关于戏剧的书。

他想把这话告诉"鹦鹉"，但在他开口之前，一位客人进来了。

尤娜·克拉克。

她又打扮得很漂亮，穿着一件粉红色夹克，一件白衬衫和一条黑裤子。即便只是在山顶散步，她也总会戴上一些小珠宝，那是儿孙们送给她的珍珠耳环和各式项链。

"哦，天哪，亲爱的，"亚当斯用他最富表现力的声音喊道，"但你这会儿还不能进来，我们没穿衣服呢。我们实在是太邋遢了，你的光彩照人更令我们相形见绌。"

"你这老不正经的。"她微笑地看着他。她知道这是奉承话，但听着很受用。"我只是来看看你俩在做什么，还有乔尔的心情怎么样。"

"当事人刚醒不久，心情不错。他对我摆了两次臭脸，我想他还放了个屁。"

玩笑话让尤娜红了脸。她一向很正经，乔尔觉得这也是她迷人的地方。

"我觉得这比他'心情不错'更有可能。"她笑了。

这个玩笑开得很轻，乔尔勉强露出了微笑。她竟然认为他心情不好。乔尔因感觉受辱而愤怒。

"老乔尔知道怎么微笑。亲爱的。他只是吝啬他的天赋。"亚当斯笑着告诉她。

"你演过《光荣岁月》，我没听错吧，德·塞尔比先生？"她问。

这才是她来的原因，乔尔讽刺地想，来巴结一个四线电视明星。

"拜托，尤娜，叫我弗兰克就行。"

"他叫亚当斯，不叫德·塞尔比。"乔尔插嘴道。

亚当斯没有因乔尔的打断而生气，他倚靠在床上，朝乔尔吐了吐舌头，还对他发出了嘘声。

乔尔不由得放声大笑。这真是一个奇妙的时刻，他都不记得上一次笑是什么时候了。

"老鬼头。"亚当斯对乔尔说了一句，然后转向尤娜，"是的，亲爱的，我在那部剧里演了两年的店主，安德鲁·达根。那还是八十年代，我在想，像你这么年轻的女人怎么还会记得那么久远的事情。"

"噢，我记得很清楚。既然你说了，我想我就能认出来了。你为什么不演了呢？"

"他们杀了我。残酷无情地谋杀了我——他们把我写死了，心脏病发作。"

"哦，那太可惜了。"

"一点儿也不可惜，亲爱的，"他言之凿凿地对她说，"我已经受够了。我得承认，我不大喜欢电视剧。我想回到舞台，回到我真爱的剧院，在那里我绝对是佼佼者。"

"省省吧。"乔尔又插嘴道。无论他喜欢与否，聊天已经开始了。他的房间里已经很久没人聊天了，令他惊奇的是，他很高兴又能听到别人聊天了。

"乔尔，别这么刻薄。"尤娜认真地说。

他没吭声。

"没关系，尤娜，没关系的，"亚当斯给乔尔解了围。"我这会儿正和门罗先生学习怎么宠辱不惊。目前看来他还挺有趣的。而且你知道吗，我觉得他喜欢我。"

"我不喜欢。"乔尔措手不及，气急败坏地说道。他不情愿地承认——这是乔尔·门罗承认一件事情的唯一方式——亚当斯说得也不完全错。他不是乔尔见过的最糟糕的人。

利亚姆护士赶忙回到房间，用早餐和药片挽救了乔尔的脸红——多种维生素、鱼肝油、阻滞剂、利尿剂，还有一种医生们多年来用于预防患者中风的鸡尾酒。人们会在自己快要中风时有所感知，但乔尔是个例外。乔尔甚至都不知道自己现在吃的是什么药。他们只管把药放下，而他只管吞下它们。

"好了，乔尔。"利亚姆快活地说道。在早晨的这个点，他显得也太快活了。"该吃早饭了，当然了……"

乔尔再一次感到怒火中烧。

"请你放在台子上吧，利亚姆。"他紧盯着年轻的护士说道。

"门罗先生……"

又是门罗先生。只要发号施令，就是该死的门罗先生。

"我说，就放在那该死的台子上，利亚姆。"乔尔吼道。

"乔尔……"尤娜开口道。

"别，别喊我乔尔。我会吃掉这些该死的药，但我想什么时候吃就什么时候吃。"

"要是我就会顺着他，"亚当斯插嘴道，"乔尔早上起床的时候睡反了边。不过，我想对乔尔来说，两边都是反的。"

又在开玩笑。这个该死的家伙。

"乔尔，"利亚姆恳求道，"这可不像你。你知道规矩的。我会把药留下，但我得确认你吃下了它们。这没得选，都是为你好。"

好像这些人知道什么才是为乔尔·门罗好似的。

"那最好快点让我有得选。我不会让你，或者边上那个该死的家伙告诉我要做什么该死的事。"他挨个指着他们，说道。

"门罗先生！"利亚姆试图采取强硬措施。乔尔看到他平日里温柔的双眼中开始流露出愤怒的神情。"这可不行。现在，请你把药片和早餐吃了。"

做这个。拿这个。吃这个。现在睡觉。现在醒来。现在去死。乔尔受够了。

"去你妈的！"他吼道，同时也对自己骂出了脏话而感到震惊。

尤娜和利亚姆倒吸了一口凉气，亚当斯则捧腹大笑。接着，他们或坐或站地僵硬在原地。来不及收回那句话了。乔尔和他们对峙着，寸步不让。他可以用纯粹的决心和拒绝妥协的勇气战胜他们，而就在他觉得对方可能快要让步时，她走了进来。

犀牛穿着威严而干净的服装冲了进来，头发向后梳成了一个严厉的发髻。

"在吵什么？"她问。

利亚姆犹豫了。他知道，无论卷入了什么样的个人争吵，都没人会想成为瑞安太太炮轰的对象，他也不想让乔尔卷入其中。乔尔看出了利亚姆的犹豫，后悔自己方才的愤怒。利亚姆本来可以不管他的，现在却想尽办法不让他掺和进来。他决定不给利亚姆添麻烦了。

"吵的是，"乔尔回答，在她可怕的气场面前，他努力让自己的语气变得平缓，"我讨厌极了别人一直告诉我该做什么，所以除非自愿，我一片药也不会吃。"

作为一个如此瘦小的女人，她的威严简直令人惊讶。乔尔感到恐惧爬上了他的身体。

"门罗先生，"她的声音低沉、平静，富有威胁性，"你现在就把这些药吃了，要不我给你女儿打个电话？"

给他女儿打电话。好像他是个犯了错的孩子似的。

"我想什么时候吃就什么时候吃。"他回答，皱起了眉头，做好了迎接反击的准备。

"要我说，"亚当斯又插嘴了，"我在这儿，哪儿也不去。要不咱们就把药搁在这儿，我保证他会吃下去的。"

"你别管，亚当斯先生。"犀牛厉声说道，"门罗先生，马上把那些药吃了，否则你会付出惨重的代价。"

又来了，这种管教小孩子而不是对待一位七十六岁老人的语气。他太熟悉了。每当伊娃应该去收拾房间、做作业或是上床睡觉的时候，他就用这种语气对她说话。

"你他妈给我滚！"他对她吼道，这话把他自己都吓了一跳。

"你竟敢——"她说道。

"不，"亚当斯突然叫了起来，"是你竟敢？"

房间里的人都转向了这位小小的演员。

"你竟敢把这位老人当小孩一样对待？"亚当斯继续说道，"你竟敢对我视若无睹，好像我不配得到基本的尊重？你该为自己感到羞耻。"

他以威严、高傲而响亮的语调发出了挑战，这是一位有才华的演员的声音。乔尔震惊了。既为自己敢于挑战犀牛而震惊，也为亚当斯主动卷入此事而震惊。尤娜看上去被眼前恐怖的一切惊住了。

"我算是看出来了，"犀牛平静地说，"把你们俩放在同一个房间里可能是错的。"

"也许并不是。"亚当斯充满戏剧腔地说道，"乔尔，我的老朋友，看在我的面子上，你愿意行个好把这些药吃了吗？如果你生病了，我会难过的。"

乔尔钦佩地看着他的新室友——他给了乔尔一个台阶下。乔尔审视着那个人，看他是否继续傲慢的态度——没有。相反，他看到亚当斯的嘴角露出了微笑，明白了他是在假装愤怒。他可真会开玩笑。

"当然，"乔尔终于说道，好像房间里的其他人根本不存在似的，"我愿意为你做任何事，弗兰克，我的老朋友。"

他拿过药片，平静地把它们塞进嘴里，接着故意慢慢地把牛奶倒进茶里。犀牛冷冷地看着他们，然后拂袖而去。尽管利亚姆失望地对两人摇了摇头，但他明显轻松了许多，接着他叹了口气——乔尔认为他是松了口气——离开了房间。

他得救了。这是亚当斯做到的。乔尔心中升起了对这个人巨大的感激，伴随着一种他早已失落的热情。尽管对自己无意中说出的脏话感到震惊和恐惧，他还是笑得很开心。当他确信自己能从茶水上抬起头时，他看见弗兰克正对着尤娜咧嘴大笑，而尤娜也情不自禁地轻轻笑了起来。

"你们两个，"她对两人说，"都很坏。"

> 乔尔努力让弗兰克安心，但他知道
> 这无济于事，他知道弗兰克能感觉到他
> 的不适。他重新戴上了德·塞尔比的面
> 具，勉强笑了笑，然后站起身来，掸了
> 掸并没有沾上灰尘的裤子。

"门罗这步棋很大胆，"弗兰克以一种戏剧腔对房间里的人低声说道，"他那样挠鼻子，好像我们不知道他想偷偷挖鼻孔一样。"

弗兰克滔滔不绝的评论把坐在公共休息室里的几个人都逗笑了，乔尔试图无视他。在弗兰克来到山顶养老院的这几个礼拜里，乔尔觉得自己越来越喜欢这位退休演员了。自犀牛事件发生以来，两人待在一起的次数越来越多。

令乔尔感到惊讶的是，在对"狱友们"和工作人员进行了固定不变的寒暄后，他开始和人交谈了。不是和米勒先生的那种单向对话，而是真正的交谈。起初他觉得有些困难，但仅仅在两周内，弗兰克·亚当斯就获得了乔尔的喜爱，这让他那刻板单调的生活变得多少可以忍受了。乔尔不愿过多地去想那种生活持续多久了，但他怀疑露西是最后一个和他谈话超过五分钟的人。

弗兰克的出现和他用之不竭的精力打破了乔尔所谓的"常规"，尽管那都是些微不足道的小事。他很好动，他的双手、脑袋、肩膀总是在动，好像充满了难以抑制的活力。乔尔觉得这既有趣又恼人。他说话时爱打手势，和人聊天时频频点头，每当他爆发出雷鸣般的大笑时，肩膀会上下颤抖。在某种程度上，这种活力是乔尔抵御绝望的阴云和自杀念头的堡垒——它们仍如影随形，在静默的时刻悄然靠近，让他怀念起过去只因平庸和衰老而痛苦，而不至于痛苦到想要自杀的日子。

不知怎么的，亚当斯击退了那片跟随他的阴云，用一连串愚蠢的问题和无聊的笑话驱散了它。

笑话是另一回事。它们源源不断，就像弗兰克的好动一样没完没了。夜里两人坐在床上看足球或读书的时候，他通常会压低了声音讲一些讽刺的冷笑话，不过，弗兰克会根据听众的口味加以设计，因此当尤娜在场的时候，他的笑话就更大众一些，只消一点点出格，就足以让这位拘谨而正派的女士感到不安。他临场应变的机敏是不言而喻的。每次弗兰克模仿其他居民时，安吉莉卡护士就会笑骂两句，接着哼一声，然后再发出新一轮的笑声，不止她一人如此。弗兰克很受欢迎，以至于护士、清洁工，甚至其他病人的访客都会到弗兰克和乔尔的房间里来。乔尔发现这带给他的刺激很小，他乐于见到自己的精神振作了一些，但他仍然无法直视安吉莉卡护士的双手——它们还是那样厚实，对于米勒先生瘦弱的胸膛而言，未免太厚实了。每当她放下托盘，检查他的脉搏，或是做别的什么事的时候，他都能真切地看到它们压碎那瘦小胸膛的场景。他试图不去想，却时常在无意中想起。

乔尔摇了摇头清理思绪，然后小心翼翼地落下了他的骑士。

"门罗这步棋太蠢了，这一定是给狡猾的威猛吉姆设下的陷阱。"弗兰克对房间里的人说。

"如此贴近石头的一张苦脸，本身就已经是石头了。"[1]威猛吉姆快活地对乔尔说。

即便稍微留意到了弗兰克富有技巧的评论，他也没有做出任何反应，只是保持微笑，小心地把棋子从一格挪到另一格，他谨遵规则，但显然也没有长远的考虑。

"这位冠军用一则关于石头的至理名言要了他的对手，而那些石头显然指的是门罗先生的睾丸。"弗兰克评论道。

有人笑得呛了茶。乔尔试图用眼神吓住弗兰克。眼神，乔尔的个人标志，用于震慑那些过分激怒他，或是在他想要独处的时候试图同他交谈的人。由于乔尔高大的身材和古怪的举止，当他用这标志性的眼神扫视别人时，大多数人都会轻手轻脚地走开。但弗兰克不会，他笑得更欢了，惹怒乔尔让他高兴。

"说话当心点。"乔尔对他吼道。

"在威猛吉姆无情的心理攻势下，门罗开始表现出崩溃的迹象。通过反

---

[1]这句话出自法国作家阿尔贝·加缪的哲学随笔集《西西弗神话》。

对使用睾丸这个词，他决心向全世界展示他的老朽与古板，好像那边的克莱恩老夫人听到这个词不会头晕一样。"

克莱恩太太笑了，尤娜也歉疚地笑了。山顶养老院的女人都理所当然地爱弗兰克。尤娜每天都待在他身边，在乔尔刚醒过来的清晨，两人就在房间里溜进溜出。她以前经常来看望乔尔，现在依旧如此，像是在完成一项任务，但乔尔知道她来看的是弗兰克。他并不怎么嫉妒，或者说，至少他希望自己不会嫉妒，但尤娜和这位新居民的关系让他觉得自己是个局外人，好像他才是那个闯入者。

弗兰克搬到山顶以来，最令人意外的是他和利亚姆护士的关系一直没有拉得更近。弗兰克从不和他开玩笑。如果有人在场，弗兰克肯定会表演的，但当利亚姆护士一个人在房间里闲逛，或是拿着茶和药走来走去时，弗兰克却明显保持沉默。他会把目光移开，或者继续看书，他还不止一次假装睡着。错失一个用他的喋喋不休给人留下印象的机会，这很不像他的作风。这让乔尔很困惑。在这个小小的谜团中，乔尔觉得他可以窥见弗兰克·亚当斯的真面目。

玩笑、表演、不变的欢乐和嘲弄的幽默，甚至他偶尔的自嘲里都隐藏了一些东西。他戴着面具，而何时戴上或摘下取决于他在哪里，他和谁在一起。乔尔看着这个戴面具的人，等着他露出蛛丝马迹，有不少。而且通过这位夸夸其谈的朋友对利亚姆护士疏离得近乎冷淡的态度，乔尔觉得自己看到了别的什么东西最初的迹象。

"噢，"弗兰克对房间里的人说，"威猛吉姆想用这一招在门罗已经咸得不得了的伤口上再撒一把盐。"

乔尔又一次突围，他意识到吉姆的主教已经就位，给了他的王后有效的一击。无路可走了。五到六个回合过后便会陷入僵局，这要看吉姆怎么下了。

"该死，吉姆。"乔尔抱怨道。

"今天的工人终生都在劳动。"[1]威猛吉姆愉快地对他说。

"我想比赛结束了，女士们，先生们，当然还有罗宾斯先生，"弗兰克对他们说，"门罗似乎已经准备好接受他那无可避免的、痛击灵魂的失败，再一次臣服于山顶养老院有史以来最惊人的棋手，如今仍立于不赢不败之地的常胜将军，威猛吉姆·林肯！"

他的声音越来越高。有人露出了宽容的微笑，也有人报以零星的掌声。这种效果多少被威猛吉姆那茫然而略显困惑的表情破坏了，好像他是第一次注意到弗兰克似的。

"到我身边来吧。"威猛吉姆对他说。

"完全没问题，老伙计。"弗兰克肃然答道。

乔尔受够了。他又打发掉了一个小时，和吉姆待在一起的目的已经达成。把白天的时间消磨掉，这样夜晚就能来得更快一些，然后他就可以回去睡觉了。

至少他睡觉的时候脑子里不会充塞着自杀的念头。自杀的想法仍未改变，这也许是他性情突变中最糟糕的部分，它还是那样鲜活。自从乔尔第一次看到它，就无法停止想象。顺流而下，往河边多走一步，然后被水冲走。

---

[1]这句话出自法国作家阿尔贝·加缪的哲学随笔集《西西弗神话》。

不用再思念露西了。不用再吃他那该死的药了。不用再被当作孩子一样对待了。他闲时就会想，如果能设法离开这里，他会以怎样的方式自杀。

"你要去哪儿？"乔尔向门口走去时，弗兰克问道。

"去外头吧。呼吸新鲜空气。"

他没等弗兰克回答。他知道无论等不等，弗兰克都会跟着他。乔尔走到哪里，他就跟到哪里。

乔尔漫无目的地朝院子走去。他并非迫不及待地要去那里，只是觉得待在那儿总比待在里面好，总比同威猛吉姆和其他居民待在一起好，他们只是在一片虚无中幸福地度过余生。他听到弗兰克很明显就跟在他身后。

"我和你一起。"他的新朋友对他说。

"为什么？"乔尔问道，"这里又没有观众。"

他说这话时并无恶意，但它还是既讨厌又伤人。他近来有些两者兼得。乔尔不难想到，这是想要自杀的副作用。他是一个寂寞、孤僻、无用的老头，不停地想着如何才能结束这一切。他的结论是，他被一种不知如何摆脱的东西攫住了。更糟糕的是，他觉得自己根本不在乎。这有什么意义呢？

"有一个听众就够了。"弗兰克走到乔尔身边，骄傲地告诉他。

"天哪，你永远演不够，是吧？"乔尔问他。

"生活本来就是一场歌舞秀，老朋友。"弗兰克快活地回答。

在户外，山顶养老院的花园以一种威慑的姿态屹立着。主楼是一幢庞大的不规则建筑，建于一个世纪或者更久以前，其间又不断扩展。它坐落于半山腰的一个小高地上，被从建筑前方一直攀升到后山的花园环绕。一条弯曲的长长的车道从养老院蜿蜒而下，一直延伸到山脚处的大铁门。门外就是外面的世界，但这一带的其他地方都被巨树环抱，将老人们与社会隔离开来。小花坛随处可见，由山顶园艺俱乐部的园务人员和几个懂园艺的居民精心打理。

乔尔对园艺没兴趣。他和露西曾有过一个小花园，她悉心照料，并按照她的时尚风格加以布置，让那方花园美得浑然天成。结束了修理厂里一天的工作之后，乔尔回到家，常会发现露西的手被泥土弄脏，被多刺的灌木或是顽固的杂草划破。他一直觉得他们的手形成了一种可爱的对照，他的手染着油污，而她的手沾着泥土。

他们共度的时光总是很充实。他年轻时为了攒钱而努力工作、省吃俭用，当时机成熟，他就开了一家自己的汽车修理厂。她曾是一家银行的出纳——他第一次见到她就是坐在她的柜台前，他立刻就被她迷住了，此后便一直找理由去银行。他把存钱的频率从一周一次改成一周两次，这样就有机会再去柜台见她了。他不够有魅力，也不够聪明，所以迟迟没有约她出去，但她对此心知肚明，有一天，她无意中提起自己可能要去参加一个舞会。

乔尔还记得那晚的舞会，记得自己搓着双手擦去油污，记得当他们共舞时，她是怎样握着他那双搓揉后的手。他一脸痛苦地想起她站在那儿，而他像个傻子似的鼓足勇气索吻的场景。她知道他想做什么，也欣然容许了他的莽撞。乔尔从来就不是人们说的那种稳重之人。

从那之后，他们过上了工作、种花、欢笑、养育女儿的日子，不知不觉中，乔尔已经和露西一起变老了，然后她离开了他。一想到这里，他的脸就在清晨微弱的阳光中痛苦地扭曲着。

他走进花园，漫无目的地走上了花园尽头，树林旁边的石子小路。里面的人在监视他们俩，他想，山顶总有人在监视别人。

"你想聊聊吗？"弗兰克问。

"没什么好聊的，"乔尔对他说，"我只是想散个步。"

"胡扯。你什么都不想做。"

"我在找事做，不是吗？"

"我们本来可以下棋的，那才是找事做，而且你不用待在寒冷的室外。"

弗兰克一边说着，一边理了理围巾。这是五月里的一个冷天，但不至于冷到要戴围巾。这对弗兰克来说并不重要，即便是穿着睡衣睡袍，他也总是围着围巾。它们是他的形象、他的标签的一部分。

"你不必跟来。"乔尔回答。

"我觉得你可能想聊聊。"

他很固执。乔尔也很倔。两人默默地走了一会儿，但长时间保持沉默是弗兰克·亚当斯无法容忍的。

"我觉得尤娜喜欢你。"弗兰克终于开口了。

"闭嘴，弗兰克。"乔尔对他说。

"不，说真的。我觉得她喜欢你。"

"呵呵，我觉得她喜欢的是你。她每天早上又不是来看我的。"

"老天，那还不是因为你早上的状态是最糟糕的。要不是我的无穷魅力，我们那儿根本不会有人来。"

"说实话，没人来也挺好的。"

"骗子。"弗兰克立刻回答道。

他的语气中少了平日里的欢快。乔尔想因自己被指责为骗子而发作，但这是事实。他很清楚。他喜欢有人来来往往。他们的出现分散了他的注意，令他不去想近来攫住他的东西。他不想对他们的出现表现出喜悦，他想靠自己好好生活，但事实恰恰相反。弗兰克在沉默中感觉到了什么。

"她是你妻子的朋友吗？"弗兰克温柔地问道。那种温柔流露在他的语气中，从他面具与表演之下的内心生发。如果有一个"真正的弗兰克"存在的话，这就是了。

乔尔端详着他的新朋友，看他的脸上是否有嘲弄的表情。他无法忍受嘲笑，尤其是在谈论露西的时候。

"是的，"他终于说道，"她还穿着几件露西送的衣服。我有时候看着难过。"

"如果她不穿了，你可能会更难过。"弗兰克机敏地对他说。

"是的。"乔尔回答，他感到喉咙被堵住了。他想念露西，想念米勒。多么荒唐的念头啊。他想念米勒。一个从未对他说过话的人。

"没有她，一切都他妈的毫无意义。"过了一会儿，乔尔突然厉声说道。

"什么？"弗兰克问，显然被他的爆发及其背后的激烈情绪惊住了。

"我他妈的讨厌这样。原谅我的用词。我讨厌没有她的房间。我讨厌看到别人穿她的衣服。我讨厌我们为了来这儿把房子卖了。你信吗？卖掉我们的老房子，就为了来这儿退休养老？我讨厌在花园里走半个小时莫名就成了我一天中的一部分。你想知道为什么它会成为我一天中的一部分吗，弗兰克？"

乔尔变得更激动了。一周以前，他在走廊上的举动就让尤娜受到了惊吓。弗兰克看上去并不惊讶。他很兴奋。

"告诉我。"他低声说道。

"因为这能打发掉半个小时。没有别的原因。失去她以后，这就是我的人生。浪费时间，因为他妈的还有——请原谅我的用词——但他妈的还有什么选择？"

"你可以和吉姆下棋。"弗兰克对他说。乔尔知道这是挑衅。弗兰克想知道更多。幸运的是，乔尔并不想停下来。

"这就是我辛苦一生换来的，被扔到一边，和一个白痴下棋，让犀牛和那些护士告诉我什么时候吃饭，什么时候睡觉，什么时候上厕所，什么时候吃那些该死的药。我他妈的为什么要吃那些药？为了延年益寿？我他妈的为什么要这么做？原谅我的用词，但我他妈的为什么要延长这该死的生命？"

"也许只是你的想法不对……"弗兰克开口说道。

"把你的想法塞回屁眼里吧，大明星先生。我有事业，有房子，有婚姻，有家庭。我为的是什么？为的是在这里和一个戴围巾的卖弄狂待到死吗？原谅我的用词。这个卖弄狂拿我的睾丸开玩笑，睡在我妻子曾经睡过的床上。我去赌场，和同事聚会，和我妻子一起去海滩。我做事，我去不同的地方，而不是坐在这里腐烂，我掌控着自己的生活，你明白吗？"

话快说完时，他没了力气，那近乎嘶吼的声音化为喃喃的低语。他怀着犯罪感在花园里四下检查护士的踪迹。几天前的情绪爆发后，他就知道有人在监视他，但他没有听到任何人的动静。

"没人能听见你说话。"弗兰克看穿了他的心事，对他说道，但自己也在检查着。

他看上去有些发抖，好像刚刚要摸老虎屁股的不是他一样。乔尔只是向前走去，后悔自己方才的爆发，后悔自己大喊大叫地告诉弗兰克他有多么厌恶自己的生活。他几乎不认识这个人，几乎对他一无所知。曾经有人告诉过他，"两人分担，困难减半"，但当乔尔拖着沉重的步伐，沿着花园小路行走时，他觉得自己的负担仿佛增加了一倍。当他们走到花园尽头通往大门的长长车道旁的小长凳时，他重重地坐了下来，叹了口气。

"我想告诉你的是，一切都会好起来的，"弗兰克对他说道，"但我觉得你不会相信我。"

"你说得对。我很抱歉。我不该告诉你这些。这不是你的问题。"

"两人分担，困难减半。"弗兰克说。他又一次看穿了他。

"扯淡。"乔尔回答。

"请原谅你的用词。"弗兰克替他说道。

乔尔短促地笑了一下。那副面具又戴上了，那眼睛里的微光，用虚假掩盖了真实。

"你为什么讨厌利亚姆护士？"乔尔问。他想换个话题，也想满足自己的好奇心。

他看到了对方被问得措手不及的瞬间。乔尔知道自己忽略了什么，而利亚姆护士就是关键，但弗兰克的面具没有滑落，他在掩饰情感上是个老手。

"你懂的，老朋友，"弗兰克漫不经心地说，"这些孩子青春洋溢，让我受不了。"

"现在谁是骗子？"

"我完全不知道你在说什么。"弗兰克搪塞道，但他脸红了。

"你知道。"乔尔断言。他感觉到了对方的弱点，如果谈话就是一盘棋，他已经请君入瓮，切断了弗兰克的退路。

"你在扮演心理医生吗？想问我的感受？我可是为你考虑，老朋友。我想以你的地位和自尊，这种多愁善感的对话不适合你。"

他想表现得随意一些，但没有用。乔尔还察觉到了弗兰克身上的另一种东西，一种表里不一的东西。他有话要说，只是不想说出来。

"他是个不错的小伙子，你知道的，只是偶尔有点闷，但不坏。"乔尔继续刺激道。

"哇，来自乔尔·门罗的赞美。"

他露出了一种嘲弄的、令人不安的微笑。

"其他狱友都很喜欢他。"乔尔想都没想就用了"狱友"这个词。

"那你们为什么不和他住一间呢？"

"说吧，你不妨告诉我。我是不会放过这个问题的。你刚才刺激了我。风水轮流转。你为什么这么讨厌利亚姆护士？"

面具又滑落了。从这个令他猝不及防的问题提出的那一刻起，他就竭尽所能地伪装，但现在已经无以为继了，况且这样做也毫无意义。他深深地叹了口气，凝视着养老院大门外安静的街道。

"我并不讨厌利亚姆护士。"弗兰克用一种乔尔从未听过的声音对他说道。那是真正的弗兰克的声音。

"你绝对……"乔尔想插嘴。

"让我说完，你这狠心的老浑蛋。"弗兰克厉声说道。

在他们共度的日子里，弗兰克只有三次说乔尔狠心，这是其中之一。

乔尔本以为自己会被这个词激怒，但他发现了一种奇怪的吸引力："狠心"这个词中有一种他生命中缺乏的力量。他忍住了笑意，等着弗兰克说完。两人默默坐了一会儿。

乔尔看到弗兰克在和什么东西角力。他快要开口了。乔尔等待着。

"我不讨厌他，"弗兰克终于说道，接着，他的声音变得更小了，几乎是在说悄悄话，"我喜欢他。我其实挺喜欢他的。"

乔尔花了很长时间才意识到了个中含义。那弱化的语调、冷静而坚定的表情，以及挑衅的歪头。弗兰克是同性恋。乔尔并不特别抵触同性恋，但他从未有过同性恋朋友。这是一种很不舒服的感觉。这就是问蠢问题的下场，震惊过后，他自忖道。

两人继续坐在那里，直直地盯着前方，盯着大门外他们被剥夺的自由。

"你是个同性恋。"乔尔终于说道。这时候说这话不是很聪明，也并不深刻，但这的确是乔尔唯一能想到的。

"你是个天才。"弗兰克讽刺地对他说，眼睛仍直直地盯着前方。

"你对我没什么想法吧？"

"不，你这个干瘪又暴躁的老浑蛋，我对你没兴趣。"

"你同性恋很久了？你是什么时候决定当个同性恋的？"乔尔问。

"他妈的，"弗兰克恼怒地嘟囔道，"不是决定当个同性恋，你这个蠢货。而是原本就是。"

"你试过不做同性恋吗？"乔尔问。他后悔打开了提问的话匣子，他很不舒服。他想，弗兰克还是戴上德·塞尔比的面具比较好。

"这辈子都在这么做。"弗兰克严肃地回答道，而乔尔觉得自己像个十足的傻瓜。

弗兰克坐在那儿，两眼直勾勾地盯着前方，望向山顶前方大铁门的栏杆之外，他双唇紧闭，面部僵硬。乔尔觉得自己看见了弗兰克眼里有细小的泪花。

这就是面具的作用。弗兰克·德·塞尔比是一名同性恋演员，一个昔日的小明星，一个爱出风头、无忧无虑、快活无比的老人。弗兰克·亚当斯是一个希望自己不是同性恋的男人。乔尔猜出了这个人性格中某种隐藏的东西。这是他没有想到的。

"那你真的不讨厌利亚姆护士咯？"他终于问道。

弗兰克爆发出一阵大笑。

"不。我不讨厌他。他让我想起了一位旧相识……"笑声渐渐减弱，"对不起，恐怕我不该告诉你那些。那些事我从不对人提起。"

"两人分担……后面是什么屁话来着？请原谅我的用词。"

乔尔努力让弗兰克安心，但他知道这无济于事，他知道弗兰克能感觉到他的不适。他重新戴上了德·塞尔比的面具，勉强笑了笑，然后站起身来，掸了掸并没有沾上灰尘的裤子。

"我想我已经打发掉了够多的时间，要回养老院养老了。"他开玩笑说。

"好吧，我还没散完步，如果你愿意的话……"这是一种掩饰不自在的虚与委蛇，而弗兰克察觉到了这一点。

"不，不，你继续走，把大石头滚上山。我要去看电视剧了。"

说完，他又点了点头，沿着长长的车道往回走去。他抬头挺胸，装作毫不心碎、毫不孤独的样子。

乔尔觉得自己像个傻瓜，像个懦夫。和他一样，弗兰克·亚当斯是一个十分孤独的人，他疏离而脆弱，而就在这个男人伸出手的那一刻，乔尔却因担心对方的性取向而缩回了手。露西一定会痛骂他一顿的，但现在为时已晚了。弗兰克的精力比乔尔旺盛一些，他故意迈着大步走完了半条车道。

他们两个都很可悲。乔尔厌恶他们的可悲。他们的孤独、疏离和恐惧。但在这种厌恶背后，乔尔感到了某种温暖而意想不到的东西。他感受到了亲情。很久以来，他几乎都要察觉不出何为亲情了。不知不觉中，乔尔与弗兰克产生了联结。他看到了德·塞尔比的面具和面具下的亚当斯，他也感觉到当自己发泄愤怒的时候，有什么东西做出了让步，接着，在表达对弗兰克的内疚时，又出现了一种全然不同的东西，乔尔意识到，他有了一个朋友。一个新朋友。已经七十六岁的他觉得这不可能，但事实就是如此。而且他还变成了狠心的浑蛋，把那个朋友赶走了。

乔尔坐在山脚下的长凳上，任由悔恨啃噬着自己，尽管他仍惊讶于自己还知道朋友是什么。

那天晚上，弗兰克没有和乔尔一起吃晚饭，自打他搬来后，这还是头一回。他同尤娜、克莱恩太太和威猛吉姆坐一张桌子。吉姆好像终于意识到了弗兰克的存在，开始对着他喋喋不休。弗兰克尽管显然没听懂，但还是友善地点了点头，他还讲了几个笑话，逗得两个女人咯咯地笑了起来。乔尔独自坐在房间另一头的桌子上看着这一切。他摆出一张臭脸，拒人于千里之外，这样他就能思考怎样才能维系他那摇摇欲坠的新友谊。

这招奏效了，大家都躲开了那张臭脸。

利亚姆护士站在门口看着，他那双蓝眼睛扫过了房间，注意到乔尔是独自一人，而弗兰克没有和他的室友一起吃饭。

"发生什么事了吗？"他走近乔尔，没有理会他的表情，问道。

"没什么。"乔尔谎称。

他进一步打量着利亚姆护士，发现这个年轻人有他的英俊之处。他的制服穿得很好看，身上还有一枚乔尔以前从未注意过的徽章——即使他注意到了，也没放在心上。那枚徽章是彩虹的图案。

利亚姆也是同性恋。乔尔忽略了这一点。

"我该为你担心吗，乔尔？"利亚姆真诚地问。

"当然不用，我们别再说吃药之类的废话了。我在吃那些该死的东西，不是吗？"他说道，掩饰着他的震惊。

"不是吃药的事，乔尔。而是你的情绪。我只是……"

在乔尔冷漠、坚定而又不友好的注视下，他欲言又止。乔尔无暇顾及此事，他正苦恼于自己伤害和孤立了他的新朋友。过了一会儿，利亚姆护士点了点头。

"如果你想聊聊，我就在这儿。上周的事情……"

"过去的就让它过去了。"乔尔打断了他。一想到可怜而沉默的米勒先生浑身都是那些粗糙的手，他就觉得厌恶。

利亚姆护士领会了这个暗示，走开了。乔尔想着去弗兰克他们那桌坐下，但他无力应付威猛吉姆，以及自己对尤娜·克拉克的感觉。于是，他拿起晚餐发的那一小杯果冻，走到弗兰克面前，把它放在了他的托盘旁边。

"我不喜欢我的。"他粗声粗气地说。

"啊，"克莱恩太太说，"这个不是很好吗？"

乔尔感到自己的脸涨得通红。那个藏在假面之下的真实的弗兰克朝他点了点头，然后乔尔走开了。

他从来没有给过一个男人果冻。回想起来，这似乎是一种多少有些可笑的、为自己的狠心道歉的方式。

那天晚上，当弗兰克终于上床睡觉时，他发现乔尔正坐着看书。弗兰克动作僵硬，几乎一本正经，他们之间显然发生了根本性的变化。一旦他展现了面具下的东西，就知道自己再也无法回到过去了，在孤独的脆弱中，他试图用自己剩下的尊严加以掩饰。乔尔很为他难过。他从弗兰克的行为中看到了自己——用冷漠的超然取代孤独。他们俩不能再这样下去了，乔尔想，为了公平，他决定告诉弗兰克。

"弗兰克？"他平静地说。

"乔尔。"弗兰克严肃地应道。

"我得告诉你一件事。"

"不，没必要。听着，之前我不该……"

"不，你听着，这很严肃。我想告诉你，是因为我喜欢你。"

乔尔突然想到这话可能会引起误解，尴尬得满脸通红。弗兰克朝他挑了挑眉，他的脸红得更厉害了。

"不是那方面的，"他向自己的室友保证，"不是同性恋之类的喜欢。"

"他妈的，我的天哪。"弗兰克喃喃道。

"不，说真的。我得跟人说说。"

他要说的一大堆话在两人之间静默了。弗兰克感觉到了，坐在床边咕哝着脱下了鞋。

"继续。"

乔尔深吸了一口气。

"我想自杀。"他说。

对两人来说，这是一个意义极为深远，也令人极为不安的时刻。乔尔终于说了出来，而在这个过程中，他确信自己是真的想要自杀。这不是由米勒先生的死勾起的空想，也不是对他妻子的持久哀悼，而是一种具体而真实的愿望。他不想再活下去了。他想死。弗兰克感觉到了其中的严肃，以及他新朋友的真诚与决心。他的鞋脱了一半便停了下来，注视着对面的乔尔。

乔尔回想起他想象中的自杀。上吊，或者服药。也许弗兰克可以帮他。无论他帮不帮，乔尔都迫切地希望对方能意识到，他需要倾诉。他确实喜欢弗兰克。他都不明白自己怎么还会喜欢上任何人，更何况还是一个和他同住一屋的怪人，但事实就是如此。他喜欢他，所以他和盘托出。为了公平。

乔尔将自己暴露无遗，而就在那一刻，他们之间的尴尬和别扭消失了。局面又恢复了公平，每个人都尽己所能地真诚相待。弗兰克努力不在这一沉重的时刻晕倒，努力不在他的朋友屏息等待回答时眨眼。有一件事是必须的——他必须说点什么。乔尔很紧张。

"我觉得这是个好主意。"弗兰克对他说。

这是乔尔那天第二次说不出话来。

"你觉得什么？"他直接问道。

"我觉得这是个好主意。"

乔尔不知道弗兰克对自己这份简单的雄心会作何反应，但肯定不会是现在这样。

"真的吗？"他困惑地问。

"当然。这是一个强有力的表达。你讨厌自己现在的处境，你想要改变，现在没有人会允许你改变，这里没有，我们身处的环境没有，所以为什么不呢？拿回控制权。掌握你自己的命运，做你自己灵魂的掌舵人。"

乔尔坐回床上，思考着弗兰克的那番话。他觉得这个想法令人振奋。这么多年来，这是他第一次感到振奋。他的心在胸腔里怦怦直跳，为这个想法激动万分。掌握自己的命运。对一个连自己房间的四位数密码都不知道的，夜里无法出门的人来说，这是一个陌生的概念。

"你打算怎么做？"

乔尔几乎不敢相信这场对话。

"我还真不知道，"他愧疚地坦承，"想过上吊？但那个感觉不太好。可能朝自己开一枪？"

"上吊？天哪，可别这么做。你知道上吊的时候会拉屎吗？"

这是一个恶心至极的想法。

"我想我真正喜欢的方式是从桥上跳下去。"

"不体面。"弗兰克对他说。

"什么？为什么？"

"对于达到你这种高度的人？我觉得这是个出乖弄丑的结局。"

乔尔不懂这个词的意思，但他不希望当别人描述他的死亡时，用的都是他不懂的长词。

"我会想其他办法的。"他无力地说。这场谈话是那样的不真实，他仍感到眩晕。

"不过……"弗兰克一边沉思着，一边继续脱衣服上床。

糟了，乔尔想，这将会是今晚最泄气的环节。

"接着说。"他对弗兰克说。

"你想这么做，对吗？我的意思是，你是真的想吗？"

借着挂在自己床顶上的灯，乔尔看了看对面的弗兰克。在昏暗的灯光下，他之前还心情忧郁的朋友显得精力充沛、兴奋不已。他要了解乔尔的感受。

"是的，弗兰克。我真的想。"

"如果你要做，就得做对。"

"什么叫'对'？"

"比如，别太俗，也别太平庸。别不体面，也别弄得一团糟。它必须是伟大的。"

"什么叫'伟大'？"乔尔不知道弗兰克接下来要说什么。

"不要跳桥，它会传递错误的信息。"

"我在传递信息？"乔尔问。

"当然，"弗兰克对他说，"你在发表声明。你在向全世界宣布，这是我的选择，这就是我想要的，而我之所以会这么做，是因为你们对我发号施令太他妈的久了。乔尔·门罗不会唯别人马首是瞻。乔尔·门罗不会对别人言听计从。"

这番演讲充满激情，有一种鲜活而近乎疯狂的东西。

"我不会对别人言听计从。"他喃喃地说。

"它必须深刻、有戏剧性、精彩、浓缩。它会留下印记。它会引起人们的谈论，并且会被一直谈论下去。"

乔尔从来都不是个高调的人。他脚踏实地，奉行实用主义，但人们在他去世很久之后还在谈论他的死亡，这个念头勾起了他身上某种蛰伏的戏剧性。

"比如？"他问道。

"天哪，伙计，"弗兰克惊骇地说，"在你的一生中，难道还有比这更私人的决定吗？"

"我的意思是，这没有那么私人。我要听取一些建议。"

"别傻了，"弗兰克急躁地对他说，"这必须由你决定。这是最重要的。它必须完完全全取决于你，只有你。"

"但我真的很喜欢跳桥的主意……"乔尔开口说道。

"如果你想死，最好弄得轰轰烈烈。不要跳桥。这对我们这个年代的人来说不体面。要么不做，要做就做得轰轰烈烈。"弗兰克以一种不容置疑的口吻说道。

"但你会帮我的，对吧？"乔尔问道，他突然又一次感到了自己的孤立无援。他觉得告诉弗兰克是对的，他欠这位新朋友的情，不知为何，他觉得这个人应该知道。乔尔从一开始就意识到，只有这个人会相信他是认真的。和他相处了琐碎的两周后，弗兰克就占据了乔尔妻子去世后留下的空白。他做梦都想不到还能告诉谁了。那是一种可怕的感觉。

"我当然会帮你，"弗兰克骄傲地对他说，"如果没有我，你是没有想象力来完成这件事的。不过，就像我说的，这必须取决于你。"

"必须取决于我。"乔尔确认道。因为有朋友在，他感到很宽慰，宽慰于自己并非孤立无援。

他心满意足地躺回到床上。他会去做的。他将发表最后的声明，然后按照自己的方式离开这个世界。

"谢谢你，弗兰克。"当他的朋友爬进被窝时，他低声说道。

"不，"弗兰克回答，"谢谢你。"

乔尔关掉房间的灯，闭上了眼睛。他欣慰于自己有了一个计划，并重新拥有了生活的目标。一个声明，这可能是他向世界发表的唯一一个重大而深刻的声明。然后他就可以走了，也将承担此举带来的后果。

"晚安。"他低声对另一张床说。

"晚安，我的朋友。"对床轻声回应道。

这笑容是为他准备的，并非为了表达假惺惺的情谊，而是一副每次同好斗的父亲见面，迎接那些她意料之中的大麻烦时勇敢的面孔。

第二天早上，当乔尔睁开眼时，弗兰克正全神贯注地在"鼹鼠皮"笔记本[1]上写作。可能是他没睡醒的缘故，但在那一刻，乔尔觉得弗兰克看上去像是一个十足的学院派戏剧作家，他那嶙峋老迈的双手从花哨过头的睡衣里伸出，优雅地平放在笔记本上。人还没下床，就已经用一种时髦的方式把围巾披在身上了。他的古怪真可谓深入骨髓。

"你在写什么？"乔尔打了个哈欠问道。

"你。"对方回答。

---

[1]鼹鼠皮（MOLESKINE），产自意大利的手工笔记本品牌。

"我？你到底把我写成什么样了？"

"别自以为是了，我不过是想把你记下来。这个故事里有一出戏。也许我会被返聘出演《乔尔·门罗的惊人之死》。"

"这就是你起的名字？"

"暂定。"弗兰克说道，又开始潦草地写着。

"你要演我吗？"乔尔问。

"不然呢？"

"首先，得找个更高的演员。"

"小笑话。我还以为你不会讲笑话呢。别担心，我会踩着高跷，然后在衬衫里塞满枕头来冒充你的啤酒肚。"

乔尔看了一眼自己大小正常的肚子，对弗兰克嗤之以鼻。也许他的肚子有点松弛，但"啤酒肚"似乎是夸大其词了。他正要开口反对，却只见弗兰克的脸上闪过一丝招牌式微笑。他改变了策略。

"你不觉得把那些东西记下来有点冒险吗？我不想……"

他狡黠地环顾四周，然后继续说了下去。

"……我不想让利亚姆护士发现它。但愿他不会直接把它交给什么人。"

"别傻了，"弗兰克不屑地对他说，"这里面从来就没提过你。如果他们问起来，我就说在写剧本，没人会知道的。"

"还是别让他们看到吧。"乔尔坚持道。

他隐约感觉到了自己想怎样终结生命，但如果让犀牛发现他的计划，更糟糕的是，告诉他的女儿——这可不是他想要度过余生的方式。

"有什么新想法吗？后悔了吗？想改主意吗？"弗兰克问。

"没有。"乔尔坚定地告诉他。

"很好，很好。"弗兰克回答，但他看上去有些心不在焉。

"听着，如果你不想参与，就没必要卷进来。"乔尔说道，试图掩饰自己的失望。

"噗。如果没有我的话，你只会把事情搞砸，然后我就会定稿为《乔尔·门罗的惊人之蠢》，当然这里的每一个人都会读到的。"

乔尔佯装生气，只是为了掩盖笑容。他从不觉得自己机敏，但也不认为自己笨拙，直到他遇见了弗兰克·亚当斯。他的反应比自己快一倍。

"那么，"弗兰克接着说，"你没有什么灵感吗？"

"没有，真的。我是说，只有一些原则性的东西。"

"比如？"

"比如我不想让别人受到伤害。"

"你是要当众自杀，乔尔。恐怕不是每个人都能不带情感创伤地走出来。"

"我指的是身体上的伤害。没有人能不带情感创伤地走出来。那就让他们受着吧。"

"没心没肺，但很直接。"弗兰克说着，在日记中记了一笔。

"你为什么要记下来？"

"这是我扮演你时要用到的角色笔记。"

"我不是没心没肺。"

"好吧，有一颗狭隘而枯萎的黑心，而且直接。记下来了，接着说。"

乔尔几乎可以肯定，弗兰克没在写他假装写着的东西，但还是伸着脖子看了看。弗兰克只是笑他。

"好吧，"乔尔妥协了，"我想表达一些关于我和社会的东西。"

"你指的是你的社会地位？"

"差不多。"

"给我举个例子。"

"比如穿上我最喜欢的球衣？这说明我在乎一些东西，但这还不够。这个主意好吗？"

弗兰克双手抱头。

"穿着球衣？你觉得自己穿着球衣自杀，是在发表什么意义深刻的宣言？"

"嗯。对我来说很有意义。"

"有人会穿着球衣睡觉，你知道吧。"

"所以呢？"

"所以他们会认为你穿着睡衣自杀了，蠢货。"

乔尔退缩了，他绝不希望人们认为他是穿着睡衣自杀的。他经常穿着睡衣，有时候也穿着去公共休息室。它们开始给他带来压力，仿佛它们在某种程度上与他日益增长的孤僻和孤独有关。不，他绝不想穿着睡衣死去。

"那比如一套好看的西服。像电影明星穿的那种俏的。"

"没人再用'俏'这个词了。"

"我还用。"

"你不算。"

"我觉得这就是问题所在。"乔尔想。

"西装不是宣言，它只是省去了殡仪馆给你挑衣服的工作。"

"我会再想想的。"他对弗兰克说。

"想吧。"

乔尔深思了一会儿，直到利亚姆护士的到来分散了他的思绪。

"早上好，先生们。"他说着，带来了茶水和药片。"今天早上在聊什么？"

乔尔慌了起来。如果他听到了怎么办？如果他知道了怎么办？

"我在写一个剧本。"弗兰克极尽冷淡地告诉他。

他撒谎真容易。弗兰克说得像真的一样，乔尔都要信了他的话了。

"噢，有意思。你退休了，是吗？"作为一个方才可能听到两个老人计划自杀的人，他的表现也太平静了。

"还在考虑。"弗兰克笑容可掬地对他说。

这是弗兰克在放松状态下对利亚姆说的第一句话。乔尔对他感到诧异。他要么是在以自己的行为和态度竭尽全力地撒谎，要么就是利亚姆护士对他的魔力莫名被打破了。当弗兰克和利亚姆护士交谈的时候，乔尔仔细看着弗兰克，仔细看他的脸和手，寻找着蛛丝马迹。

"这个剧本是讲什么的？"利亚姆问道，同时把药片、茶水和牛奶放在床头柜上。

"讲的是一个没人喜欢的古怪老浑蛋。"弗兰克告诉他。他说话时没有看向利亚姆，似乎是对着这位高个护士头顶的某个地方说的。这自然就解释了乔尔的疑惑。弗兰克很会说谎，但还是有破绽——很小，并非立即能察觉，但仍然存在。他脸上没有流露出对利亚姆护士的别样感情，也没有呈现出自己背负着怎样的情感包袱。

"你的灵感究竟是从哪儿来的？"利亚姆向乔尔瞟了一眼，讽刺地问道。

"我人还在这儿呢，你们这对迟钝的蠢驴。"乔尔咆哮着，更多的是为了扮演他的角色，而非怀有恶意。

"哦，他真能给人灵感。"弗兰克对利亚姆眨巴着眼睛，说道。

眨眼也出卖了他。太明显、太富有表现力、太德·塞尔比了，不够亚当斯。他的行为举止，他的身体语言，一切都表明了他和护士相处时的轻松与舒适，但现在乔尔意识到，这些都是假的。他钦佩朋友收放自如的能力，但也为他感到一阵遗憾。怎么会有人能了解他呢？怎么会有人了解弗兰克·亚当斯是谁呢？难怪他这么孤单。

"期待今天的探访吗，乔尔？"利亚姆问道。

"探访？"他疑惑地问。

"是啊。今天是周日。你女儿和外孙、外孙女不是周日来吗？"

他忘记了。他如此兴奋于推进自己的死亡计划，以至于完全忘记了今天是周几。

"就一个外孙。"他酸楚地纠正了利亚姆。

"我记得你有两个，一个男孩和一个女孩？"

"只有一个会来。轮着来。何必让他们俩都受罪呢？"

他知道自己不该责怪他们。即便在最好的时光里，他也很少给他们真正的陪伴，但他记得很久以前，他抱着还是孩子的他们，那时候他们还没有像如今这般长大成人。他记得他们爱他，记得他们在小花园里玩耍，记得他们稚气的笑声，记得他是怎样带着他们穿过小小的街区，向街坊炫耀，他为自己当了外公而高兴，希望能在街上碰见麦卡锡先生，让他看看这对外孙、外孙女是多么聪明伶俐。

后来他们变得沉闷而懒于应付，他觉得自己应该为此承担部分责任。他们彼此疏远，他也没有做任何事情来弥合他们之间日益扩大的裂隙，都让露西代劳了。乔尔没有理会利亚姆和弗兰克脸上的同情。有那么一瞬间，就为了摆脱那些同情的面孔，他考虑再为药片的事情吵上一架，但他决定不这么做。他现在有了更重要的事情，还有了目标，吵架只是在浪费精力。

"嗯……"利亚姆尴尬地说，"如果需要我的话，你知道我在哪儿。"

他友好地拍了拍弗兰克的胳膊，乔尔见另一个人绷紧了下巴，双手微微颤抖——又一次穿透面具的小小一瞥。

"你觉得他听到了吗？"利亚姆走后，乔尔问。

"没有。如果他听到了，会做点什么的，但我们得小心。别再在这儿谈论那件事了。"

"那去哪儿说？"

"我不知道。我想酒吧可以。离开这里，去城里找个地方。"

"去城里？你疯了吗？我不能离开这里。"

"为什么不能？"弗兰克狐疑地问。

在乔尔开口之前，他被将言之事的荒唐，及其不公、幼稚和错误打击到了。但他还是说了："他们不许。"

弗兰克吃惊地看着他。

"别那样看着我，"乔尔厉声说道，"我有一回晕倒了。"

他尴尬地低了下头。这不全是谎话。他是摔倒而不是晕倒的，而摔倒是由短暂性脑缺血发作引起的，这导致他不被允许外出。医生说这可能是他中风的警报，这就更让他被禁足于此了。短暂性脑缺血发作几乎总是更严重的中风的前兆。因此他就要吃药，那源源不断的该死的药片。

"伊娃决定不让我在没人监护的时候外出。"

弗兰克更加吃惊了。

乔尔试图记住自己还有尊严，他抬起头来，不再像个挨批的孩子那样盯着自己的膝盖。他知道这很荒唐。

"好吧，"弗兰克终于开口道，"去他妈的。"

"什么？"

"去他妈的。没什么可商量的。我们离开这里。就今天。"

"那你觉得我们该怎么做？"

"你女儿来的时候——伊娃？对吗？她来的时候，我们让她去告诉他们，你想什么时候走就什么时候走，如果她不这么做，我们就像其他人一样走出这该死的大门。我们都是成年人了，该死。我们想怎么做就怎么做。"

这个想法让乔尔一整天都感到一丝兴奋。他满怀期待地早早穿好了衣服，开始盯着那条弯曲的长长车道，等着她的车到来。他觉得这样看起来不太合适，便把注意力转移到周日的足球比赛上。他的球队赢了，很长时间以来，这是他第一次为女儿的到来感到兴奋。

她终于来了，穿着最漂亮的衣服，挂着最勉强的笑容。这笑容是为他准备的，并非为了表达假惺惺的情谊，而是一副每次同好斗的父亲见面，迎接那些她意料之中的大麻烦时勇敢的面孔。她在乔尔的脸颊上吻了一下。她的女儿莉莉也照做了，接着，莉莉从口袋里掏出手机，聚精会神地玩了起来。

"你还好吗，爸爸？"伊娃一边问道，一边摆弄着他外套的翻领。

在他眼里，她还是那么娇小，他那魁梧的身形仍然高过了她。她的金色短发是匆忙打理的，妆是匆忙化的，但她看起来仍然很可爱。她很像她的母亲。她很苗条，和母亲一样，有一双绿眼睛，感觉很质朴。她几乎没有继承父亲的长相，或许脸颊和下巴有一点相像，但她的倔强肯定是从他那儿学的。

她小时候是个任性的孩子，经常惹麻烦，每次乔尔被叫来管教她时，露西都会提醒他："别对她太苛刻。她是跟你学的。"

想到这里，乔尔不禁笑了。她很坚强。伊娃独自抚养了两个孩子，她的废物丈夫因为一个更年轻的女人离开他们之后，就几乎没给过他们任何帮助，而那个女人也很快为了一个更年轻的男人离开了他。当他觍着脸想要回来时，伊娃把他赶走了，这让乔尔感到无比骄傲。但单是依靠自己的力量生活是要付出代价的。在她的孩子长大成人前的好几年里，她没有感情生活，不社交，也没有门路。经济大萧条袭来，她几乎一无所有，却仍固执地拒绝寻求帮助。当她走投无路，生活难以为继时，只能卖掉乔尔的房子才能摆脱困境。乔尔从不奢求太多，但他也并不富有。为了他们的女儿和外孙、外孙女卖掉老房子，这很公平。说实话，他一度很喜欢住在山顶养老院。直到她把他困在了这里，他才感到后悔。

然而，卖掉房子成了她生活里的转折点，乔尔对此十分感激。从那时起，情况开始好转，她甚至开始约会了。乔尔为她感到高兴，尽管他认为托尼是个大傻瓜。

"还不错，亲爱的，"他笑着对她说，"托尼怎么样？"

"他很好。他还问候了你。"

乔尔十分肯定他没有。

"哦，是吗？让他下次过来。我想见见他。"

乔尔并不想见到托尼。

伊娃对父亲笑了笑，对他异乎寻常的快活感到惊讶。

"我听说了可怜的米勒先生的事，"她同情地对他说，"你一定很伤心吧？"

他仍能看见安吉莉卡试图抢救米勒时，那上下晃动的小小身体。

"我想，这是他的命数。"乔尔一面说着，一面点了点头以示强调。他拼命不去想床上那具瘦小的骨架，它支离破碎，早已无力留住生命。他的鬼魂正同其他鬼魂一样，在山顶游荡。

"只是命数到了。"乔尔漫不经心地重复道。

伊娃惊讶地看着他，连莉莉也放下了手机审视着他。这不是两周前，上一次轮到她探访时她记忆中的乔尔外公。乔尔感到一阵后悔。这几句温和的话就把她们吓了一大跳，他之前的态度一定比想象的还要粗鲁。他想说点别的，但什么也想不到，因此，他坐在房间一角的小扶手椅上，为了有事可做，他端起了茶。

尴尬降临了，莉莉又玩起了手机。伊娃站在那里看着他。

没等情况变得更糟，弗兰克信步走了过来，他穿着睡衣，戴着一条红黑相间的螺旋条纹围巾。

"喔，"他说着，将自己的魅力值提升至顶点，"你积了什么德才能拥有这么可爱的一双客人呢，乔尔老朋友？"

他的出现令房间里的紧张气氛消失得无影无踪，他那镇定自若的气场轻松地将之驱散了。他向她们伸出了手，露出了老练的笑容。

"伊娃，"乔尔的女儿对他报以微笑，说道，"伊娃·门罗。"

"'门罗'说明你就是那个他常常对我提起的女儿，但你的美貌表明你母亲一定和邮递员调过情，因为你不可能是这个老怪物的孩子。"

乔尔觉得自己永远模仿不了他的表达方式。这话若是从别人口中说出，似乎就是虚意奉承，但他的轻松自如和显见的魅力使这些话变得温柔、愉快而有趣。伊娃笑了起来，而莉莉又一次放下了手机。

"怎么称呼您？"伊娃问道，几乎是在模仿弗兰克夸张的语气。

"弗兰克·德·塞尔比。"他吻着她的手，对她说道。他的声音改变了，但语气里仍有一种热情、自信和友好。他听起来像是另一个人。

莉莉走上前来做自我介绍。乔尔又一次惊讶于她的成熟，而他也感觉到，自己从脚趾到几乎全白的发根都是如此老朽。她二十二岁，高挑，时髦，穿得略显夸张，有着乔尔曾有过的一头深棕色头发，露齿而笑的时候很像她的外婆。

"至于你，"弗兰克开始评价她，"你只继承了你外公最好的部分，而没有继承他显著的缺点。"

"你觉得我长得像乔尔外公？"莉莉笑着问。

"只像他帅气的那一面，亲爱的。"弗兰克也吻了吻她的手，回答道。

这些话本该是令人厌烦、虚假不当，让她们觉得不舒服的，但她们却卸下了防备。

"我叫莉莉，"乔尔的外孙女告诉他，"很高兴认识你。"

"我也很高兴认识你，亲爱的，我就是那个被派来和你的呼噜机外公同住的倒霉蛋。"

"哦，那太好了。"伊娃不假思索地说。

"这可未必。"乔尔对她说。

"胡扯。他心里其实很喜欢我。"弗兰克说。

两人看上去都很可疑。

"我本来想着，"弗兰克接着说道，"今晚带他到附近的酒吧喝一杯，看看几杯黑啤有没有什么法子让他成熟点，但他说你是这类事情的决策者。"

伊娃看上去卸下了防备。弗兰克计划中的魅力攻势或许对其他人有用，他显然也给她留下了深刻的印象，但伊娃·门罗是个强硬的女人，一旦她下定决心，世界上所有的魅力也无法改变她的决定。

"我不太确定，"她犹豫地回答道，"利亚姆告诉我你最近的状况不太好，爸爸，我觉得他有些担心。瑞安太太还说你上周和她吵了一架。"

的确如此。当乔尔意识到他将因坏行为受到惩罚时，他的兴奋和乐观都消失了。

"那没什么，"他辩驳道，"只是有点小小的分歧。"

"克拉克太太说她也有点担心，不过她也说，你最近的状态好多了。"

"我很好，伊娃。"乔尔对她说道，试图让自己听上去让人放心，听上去理性而冷静，但他失败了。

"你看上去不怎么好，爸爸，"她关切地对他说，"你有什么想聊聊的吗？"

乔尔用余光看到弗兰克的脸抽搐了一下，又后退了一步。他学得很快。比乔尔的亲生女儿还快。他可以捕捉到乔尔将要发脾气的迹象。

"我看上去不怎么好，是吗？"他以一种虚假的温和口吻问道，"我说我很好，这还不够是吗？"

"不是那样的，爸爸。我只是想知道有没有出事。你上次出去的时候就在酒吧里中风了。他们都以为你死了，你记得吗？"

他怎么会忘记呢？那真是丢脸至极。那时有人开始试着为他做心肺复苏，却不检查一下他是否还在呼吸。

"那只是一次小小的中风，我看不出这和别的事情有什么关系，"他咬牙切齿地对她说，"关键在于，我是个成年人，我他妈的能自己做决定，而你却把我当孩子看待。"

弗兰克听到"小小的中风"时显得很惊恐，但他试图掩饰过去。

"上周一你不吃药，还大发脾气，"伊娃对他说道，她的冷酷渗了出来，"如果你不想被当成孩子，就别表现得像个孩子。"

"我不要被关在这里当囚犯……"乔尔要求道。

"哦，别那么夸张。你不是囚犯，爸爸。看在上帝的分上，这地方可是很奢侈的！"

"哦，可不是吗？"他满腔怒火地问道，"那为什么我的门上有一个我不知道密码的密码锁？为什么我晚上要被锁在这里？那个护士为什么要把药片硬塞进我的嘴里，嗯？奢侈的地方，鬼才信呢。"

"那是为了你的安全，你是知道的。"

"安全？这些人到底想保护我什么？走廊里有什么可怕的威胁，以至于我需要一扇上锁的门来保护我的安全？他们认为上锁的门能防止中风吗？"

伊娃愤怒地盯着他。她不知道答案，答案也并不重要。乔尔知道他出不去了，她是不会允许的。

"我下周和托尼一起来，带你出去吃点东西，怎么样？"她问道，试图让自己的声音听上去更理性。

与托尼共进晚餐并不能称之为安慰。苦差、惩罚、赎罪、忏悔，这些词更接近事实。

"好吧。"乔尔咬牙切齿地对她说。也许弗兰克说要出去并不是在开玩笑。

反正也没关系。如果他能想出足够聪明和深刻的东西，他下周甚至都不会活着了。即便是在无能的愤怒中，一想到要走上一条通往生命尽头的捷径，他还是有些激动。从这一切中解脱出来，从晚上锁门的安全，从一个对他毫不信任的女儿的无情中解脱出来。

他坐在椅子上生着闷气。他知道自己是在生闷气，也知道这是不合时宜的，这恰好说明了他的表现像个孩子，但他不在乎。当他结束谈话时，弗兰克用他温和的玩笑和体贴礼貌的提问填补了空白。

"你是怎么认识托尼的？……哦，很好。他是做什么的？……很有趣。你开的车好吗？……不是很好。你住的小区好吗？……哦，多好啊。夏天有什么计划吗？"

一切都是那样老套而愉悦。伊娃冷静了下来，显然很感激迷人的德·塞尔比先生的出现。他不仅向伊娃提问，也探问了一下莉莉。

"大学怎么样？……嗯，一定是这样。你学什么的？……好极了，绝对好极了。现在那些很酷的夜店都在哪里？……明白了，明白了。"

她饶有兴趣地回答了他，这让乔尔感到不安。他的家人显然很喜欢和他的新朋友相处，他对此有些惊讶。就算是露西还活着的时候，她们到山顶来也没有这么愉快过。

在同弗兰克聊了很久，并与乔尔约定下周一起出去吃饭后，她们终于走了。在这令人痛苦至极的长谈中，乔尔不得不继续生着闷气。她们刚一出门，弗兰克就站起身来走动。

"我们走吧，你可以待会儿再生气。"他着急地叫道。

对一个七十多岁的老人来说，他精神抖擞，动作敏捷，一把抓起了两人的外套，朝走廊走去。

"我们去哪儿？"乔尔随即问道。

"和你的家人出去吃饭。"弗兰克对他说。

司机笑着看向后视镜里的两人。他
不知道他们要去干什么，但他一看见他
们，就知道他们在耍花招。

"什么？"乔尔困惑地问他。

"你只需要闭上嘴，跟我走。"

弗兰克来到走廊中间的一扇门背后，探出头去看有没有看守。乔尔走
到他身后。弗兰克的一举一动都鬼鬼祟祟的，令人担忧。

"我们在干吗？"乔尔低声问道。

"我们得从前门出去，记住不能让他们看见我们的外套。"弗兰克压低
了声音对他说。

"为什么？"

"就这么做。你能不能闭会儿嘴？"

走廊上，一个护士穿过前台，走进了公共休息室，她刚一走远，弗兰

克就又开始行动了，他快步走过前台，乔尔怀着犯罪感跟在他身后。

"能不能麻烦你显得放松一点？"弗兰克恼怒地问。

"我又不是退休的职业骗子。"乔尔气恼地回答。

他们在前台附近停了下来，前台位于距离前门只有十英尺的拐角处。弗兰克检查着拐角。乔尔看着他们身后。

弗兰克在口袋里摸来找去，掏出了一部手机，他的手指在触屏上轻轻拨动，熟练得让乔尔感到惊讶。他把手机附在耳朵上。拐角处，前台的电话响了，弗兰克一把抓住惊讶的乔尔，快速而安静地把他拖走了。

前台的安吉莉卡从座位上站了起来，转过身去接电话，没有看见两个从她身边溜过，接着走出了前门的老人。

"喂？"她对着电话说。

当他们走进傍晚的夕阳下时，弗兰克关掉了手机，看上去扬扬自得。

有些戏份是不必要的，那些无关紧要的秘密性，但弗兰克对此倾注了极大的热情，乔尔发现自己也被这种热情感染了。当他们冲出前门时，他左顾右盼地查看。事实上，他忙着东张西望的时候差点儿撞上了尤娜·克拉克，后者从天而降，吓了两人一跳。

"先生们，你们好。"她愉快地说。

弗兰克看上去没那么扬扬自得了，但为了显得放松而自信，他朝她露出了最完美的笑容。乔尔只是站在那里，看上去很有负罪感。

"要上哪儿去吗？"她笑着问。

"是的，"弗兰克随口对她说道，"在这个晴朗的五月周日，乔尔的女儿盛情邀请我们共进晚餐。"

"嗯，"尤娜的嘴角挂着微笑，"工作人员知道吗？"

"还不知道，"弗兰克小心翼翼地告诉她，"但他们很快就会知道的。"

"那最好还是快走吧，"尤娜说，"晚餐可别迟到了。"她看着弗兰克怀里的大衣，微微扬了扬眉。她明白了。

弗兰克礼貌地朝她点了点头，乔尔则一脸苦相。两人走进了花园。

"大门在那边，你知道的。"当他们走在通往后花园的石子小路上时，乔尔对弗兰克说。花园位于主楼背后的山顶上。

"我们得先打个电话。"弗兰克告诉他。

他们在后花园找了张石凳，高大的树木环抱着这片广阔的土地，从房子里是看不到他们的。

弗兰克清了清嗓子。他变了脸色，紧抿嘴唇，进入角色，又打了个电话。

"喂，你好。我叫托尼·帕特森，我是伊娃·门罗的男朋友。是的，非常好，谢谢你。噢，好的，那太好了。我能和护士长谈谈吗？"

他发出的声音几乎听不出是弗兰克。可能是另一个人。当他要求同护士长通话时，乔尔惊慌地看着他。很有可能会是犀牛来接。他开口表示抗议，而弗兰克挥手让他闭嘴。

"德怀特先生，你好吗？我是托尼·帕特森，伊娃·门罗的男朋友。你今晚过得好吗？"他停顿了一下，乔尔隐约听到了利亚姆护士回答的声音，"噢，很高兴。那真是个天大的好消息。伊娃告诉我上周一发生了一些争吵，乔尔最近情绪有点低落。"他又停顿了一下，"嗯。嗯。我知道了。当然。我们刚才在电话里讨论过这个问题，我俩都觉得乔尔和他帅气的朋友弗兰克·德·塞尔比与我们共进晚餐可能会有好处。"

他真的自称帅气。尽管乔尔很紧张，他还是忍住了笑。

"对。如果你不介意的话，我现在就去接他？……好的。太好了。别担心。我们会在今晚之前把他们送回来。我会让他们在大门口等我们。……好的，多谢。……是的。谢谢你！再见。"

弗兰克得意地笑了。

"难搞的部分搞定了。"弗兰克兴高采烈地告诉他。

"急什么，"乔尔回答，努力抑制自己的兴奋，"我们怎么让托尼来接我们？"

"不用。"弗兰克对他说着，又开始打电话。

"哦，好吧，不用。什么时候你觉得可以让我参与计划了，我很乐意听一听全部经过。"

弗兰克的戏剧天赋正在显现。他的脸上露出了神秘的微笑。实际上是得意的笑。

乔尔紧张到了脚趾。他们骗了工作人员。当然了，是弗兰克打的电话，但乔尔是同谋，而且他们还把他女儿和她那烦人的男朋友当作棋子。有可能全盘皆输。乔尔不确定他是否希望如此。他心中那个实事求是的人痛恨这个计划的欺骗性，他的女儿尽管顽固无情，却莫名其妙地被牵扯了进来，这在他看来是不对的。

心中一个更响亮的声音压倒了第一个。"就出去一会儿。"它说。

"下午好。"弗兰克对着电话说道。这次又是他自己的声音，但添了几分威严。"我需要一辆车，不是随随便便的一辆。我需要银色的霹雳马。你们有吗？……太好了。我需要你们来山顶养老院接我。你知道这家吗？……

很好。接下来这一点至关重要——你们的司机到了以后，在前门按下蜂鸣器，我要他告诉护士他叫托尼·帕特森。听清楚了吗？托尼·帕特森。除非托尼·帕特森来接我们，否则谁也得不到报酬……很好。谢谢你。"

他挂断了电话，带着灿烂而淘气的笑容看向乔尔。

"我们去等托尼吧？"他问。

"你给谁打电话了？"

"托尼。"弗兰克流利地回答。

"不，你没有。"

"我打给一家汽车公司。别老是这么神经质。"弗兰克顽皮地冲他咧嘴一笑。

乔尔发现自己也在咧着嘴笑，兴奋中夹杂着一丝恐惧。已经有一年零六个月没人陪他出门了。他在一群把他当孩子的人的监视下，生活了一年零六个月。他绝不可能现在罢休。

"我们走吧。"他说着，站起身来，目标明确。

两人沿着花园往回走去，这次走的是通往大门的主车道。他们在路上遇见了尤娜，她笑着摇了摇头。乔尔默默提醒自己不能再低估她。她比他认识中的还要敏锐。走的时候他一直等着有人对他们大喊大叫。利亚姆护士或者安吉莉卡，他们会跑出来，用劝诫的言辞和居高临下的语气把他们叫回去，但无人前来。两人沿着车道一路走着，笑得合不拢嘴，最后在前门的长凳上坐了下来。

甚至当银色霹雳马开到门口，司机探出身子按下蜂鸣器时，乔尔都不太敢说话。他几乎屏住了呼吸，直到大门打开，汽车驶入。他和弗兰克站在原地，车停在了他们身边。

"别东张西望了，你个蠢货，你让我们看上去很有负罪感。"弗兰克厉声说道。

"嗯，我们的确犯了错。"乔尔打开门，低声回答。

"好吧，那就尽量看起来别像是犯了错。"弗兰克命令道，接着叹了口气，"业余。我讨厌业余的人。"

他们坐在后座，乔尔直视前方，脸上露出抽搐的假笑。

"恢复正常，好吗？"弗兰克问道，"最要不得的就是让他们看到你扭曲的脸，老头。"

司机笑着看向后视镜里的两人。他不知道他们要去干什么，但他一看见他们，就知道他们在耍花招。

"我能开窗吗？"乔尔问，几乎因紧张和兴奋而感到刺痛。

"请便。"司机对他说。

他们正从山顶飞驰而下，驶向城市，乔尔坐在汽车的后座上，任由五月的和风吹乱他的头发。

为这样一个小东西而高兴，一件廉价的仿制品、一个没有任何技巧或工艺的东西。但当他们从"铁匠"那里接过这个"玩具"时，却都笑了。

司机在繁华的街角放下了他们，乔尔深深地吐了口气。人行道上挤满了人，比他记忆中大多数礼拜天都要热闹。他觉得人群令他感到害怕和压抑。与之相反，弗兰克似乎很喜欢这样，他兴奋地耸了耸肩，搓了搓手。乔尔猜测自己焦虑的主要原因是害怕被抓住。他们的说辞很严密，但如果伊娃由于某些原因决定回一趟养老院呢？或者打电话去问问他的情况？又或者想再聊一聊他的心情变化？

他焦虑地看着弗兰克。

"来一杯？"弗兰克问。

"你请客？"他问道。

"别开玩笑了。我最后一次有钱是1993年，我记得那天是礼拜六，我把所有的钱都花去喝苹果酒了。"

"我付了车费。"乔尔抱怨道。

"是我安排的，所以我们扯平了。"

"好吧。"乔尔咕哝道，他在恼怒中忘却了焦虑。

对乔尔来说，虽然钱不是大问题，但仍是个问题。这个问题已经存在一段时间了。拥有他从小工作的汽车修理厂在很多方面都让他感到满足，但经济回报不是其中之一。伊娃放浪的丈夫毁掉的不仅仅是乔尔女儿的婚姻，也在经济上毁了他们全家。卖房子是解决问题的唯一途径。他其实并不介意，他想给她最好的，如果露西还在的话，在养老院养老也不会像是坐牢。和露西在一起，一切都很美好。没有了她，一切都是虚无。

有那么一会儿，他不后悔他们的决定，但年复一年地辛苦工作、精打细算地存钱、度过平平无奇的假期、勒紧裤腰带生活，最终只得到了晚上被锁在卧室里，像小孩子一样毫无权力的下场激怒了他。他曾设想和露西在某处海滩，或者某艘游轮上养老。不是说他真的会登上游轮，那里全都是些蠢货和信仰疗法的信徒，他也讨厌人群。但这些都曾是美好的白日梦，是奉献一生的回报。他在口袋里翻找着钱包。

"他……"他几乎咒骂道，"我是说，完蛋了。"

"有麻烦？"

"我的卡都在山顶。"

弗兰克对他报以一个意味深长的不快表情。

"你有现金吗？"

"只有出租车司机给我们的零钱。"

"多少？"

"十块。"

"那两个人也够了。"

"差不多吧。我们怎么回去？"

"啊，"弗兰克快活地喊道，"那是以后的弗兰克和以后的乔尔的问题。"

"这个财产规划不怎么靠谱。"

"好吧，你的几百万又在哪里呢？我们站在街角，而你几乎身无分文。"

"那也比你多一分。"

弗兰克耸了耸肩。

"你想用你新获得的自由做什么？"他问乔尔。

乔尔突然感到非常难过，尽管他抱怨自己没有自由，但一旦拥有自由，他却不知如何是好。他茫然地看着弗兰克。

"看，这就是你的问题，"弗兰克一边走着，一边傲慢地对他说道，"你没有充分发挥你的想象力。它已经萎缩到了毫无用武之地的地步。"

"你知道自己在说什么吗？"乔尔跟了上去，问道。

"当然，你的态度糟透了，但我想这就是你的命。"

"我们要去哪儿？"乔尔问道，他没有争辩。

"看，你就是那种'只剩半瓶水'的人，我的老鲜花，"弗兰克一边走着，一边继续说道，"你看不到机会。"

"什么机会？"

"我们这个年龄的优秀男女拥有的某些东西，那是年轻一代所拒斥的。

我们应该成为一代思想家，一代创新者。我们不靠互联网，就靠自己的智慧和想象实现目标、寻找机会，就像那些商务人士说的，跳出思维的框架。可悲的是，我担心你甚至都没有意识到框架之外还有别的东西，所以当我们有机会去实现愿望时，你永远想不到我们可能放弃了什么。"

"比如呢？"

他们在一条繁华街道的尽头拐了个弯，弗兰克向某地一指，一条河戏剧性地出现在眼前。

"比如那个。"他指着城堡说。这座古老的城堡坐落于河岸，俯瞰着城市最古老的部分。它庞大得占据了整个河岸。两座桥横亘其中，桥上交通拥挤，挤满了进城出城的人。

这座古老的城堡向人们呈现着城市往昔的样子，它被现代与进步包围，却坚决地拒斥着那些变化，骄傲，有力，受人景仰。处处是游客。如果要说还有比成群的人更让乔尔讨厌的，那就是成群的游客。

"我们要闯入城堡？"

"不，我们有孩子们没有的渠道。"

"城堡不对年轻人开放？"乔尔无动于衷地问。

"不是，你这讨厌的老东西，"弗兰克尖刻地对他说，"我们这些领退休金的老年人是可以免费进入的。我们要去参观城堡。是不是很棒？"

他模仿山顶一些年轻护士的声音问出了最后一个问题。就这一次。看到乔尔对这个声音的反应后就不太可能用第二次了。

他们沿着河岸，穿过一群群拍摄河水与古建筑，或是互相拍照的游客，乔尔对他的朋友摇了摇头。年轻的情侣们手挽着手散步，对未来充满活力与热情，而不是想着自杀。

乔尔的目光不时转向河流与桥梁。滑入水中是如此简单。他走在弗兰克身边，后者正在人群里微笑。

在游客中心的入口，乔尔莫名希望自己被拦住。他荒唐地想着，工作人员知道他在潜逃，他们可能会送他回山顶，他们将代表护士们采取行动，把他撵走，但在绿树成荫的养老院之外的世界里，似乎没有人知道他有失尊严的生活状况。接待员微笑地看着他们，摆了摆手示意他们通过。乔尔努力装出自己完全有权来到这里的样子，弗兰克则随意地闲逛着，他做大多数事情的时候都很随意。

城堡的庭院里放着一排古老的武器——大炮、投石车、弹弩，还有许多吸引游客的东西。这是模拟的冶炼厂和制革厂，一群看上去百无聊赖的学生工穿着戏服，正对着一小群感兴趣的游客飞快地念出他们学过的台词。

弗兰克经过时啧啧摇头。

"他们并不热爱自己的艺术。"弗兰克失望地告诉乔尔。

"噢，如果你整天都得做这个，你会热爱吗？"乔尔问道。

"我会，而且我也做到了。"

"你做到了？"

"有几个旅游季，我曾在这里工作。"

"你年轻的时候？"

"不。大概十年前吧，比现在年轻些，但我想那些孩子并不觉得我年轻。"

"为什么？我还以为你们演员都很有钱呢！"

"乔尔，你见过几个演员？"弗兰克挖苦地问。

"好吧，目前为止只有你一个，但露西以前总是看他们的八卦。她每周都把周日的报纸从头到尾看一遍，连那些该死的金融版都看。我以为你们拿下一个电视节目，就能成为百万富翁呢。"

"可惜没有。我干得不赖，实际上有段时间干得很不错。我以前有辆漂亮的小汽车，在伦敦西区的时候还开着它绕伦敦兜风。"

"我猜是辆敞篷车？"

"你怎么知道？"

"你就是这类人。"乔尔叹了口气。

如果弗兰克觉得这话是在故意挖苦他，他也不动声色；如果说有什么反应的话，那就是他似乎对自己属于"那一类人"而自豪。

"后来怎样了？"乔尔问他。

"最后花光了。年纪大了，戏就越来越难接。我错爱了一个男孩，花了很多钱，搬出了负担不起的公寓，演越来越小的角色。不知不觉就变成个老人了，住在国家出资的养老院里，睡在一头穿着衣服、鼾声最响、脾气最臭的驴子旁边。"

他讲话时没有一丝后悔，提到自己的衰老就像在说午饭吃了什么似的。他的手塞在旧西装的口袋里，一头长发仍然打理得很贵气，与他的真实境况形成了鲜明对比，但乔尔猜想这对弗兰克一定很重要。外表一定有什么意义。

"真令人难过。"乔尔大声总结了自己的想法。

"不完全是，"弗兰克并不同意，"有时候你春风得意，有时候你身处低谷。我得意的时候很开心，而现在我落得和你们这些乡巴佬待在一起，我也一样很开心。"

为了减轻攻击性，他是笑着说的。乔尔克制住了想要勒死他的冲动。

"你所有的钱都白白花完了，难道不难过吗？"

"那不是白白花完了。那是花在一辆敞篷车上，花在一个自私的年轻人身上，花在大概五十件别的东西上，我很乐意花这个钱。"

"但现在你不得不住在养老院。"乔尔对他说道，对弗兰克这种满不在乎的态度感到难以置信。

"我在那儿很开心，不是吗？结交新朋友，听一头野兽整晚打呼噜。"

那一刻他们站在原地，弗兰克微笑地看着乔尔，轻轻地前后摇晃着身体，他是一个轻松自如的人，尽管贫穷，却很自在。乔尔想告诉弗兰克他是个傻瓜，但他想不出一个论点能反驳弗兰克的安之若素，因此他只能目瞪口呆。

"对了，"弗兰克接着说，"当我提到爱上一个男孩的时候，你竟然没有躲躲闪闪的，这让我印象很深，我以为那肯定会吓到你的。"

乔尔惊讶于自己竟没有留意那件事。

"你可小看我了。"他撒了个谎，但他的局促不安和脸上泛起的一抹绯红出卖了他。

"这儿挺美的，不是吗？"弗兰克给他解了围，朝着那堵俯瞰河流的高墙走去。

"我觉得弹弓看着不错。"乔尔笨拙地答道，不确定自己说得对不对。

"那不是弹弓，是个投石机。"弗兰克以一种匪夷所思的耐心继续和他说道。

"我知道。"乔尔厉声对他说，暗自决定下次有机会要查查"投石机"

这个词是什么意思。

弗兰克只是笑他。

"如果你因为我没钱而担心，那大可不必。如果你因为我浪费钱而害怕，那也毫无必要。我相信你赚钱的时候是个精打细算的人，但结果我俩殊途同归，只是我不会经常为此感到焦虑。你应该试试，这很有意思，只要花五分钟，停止担心一切，享受外出的感觉、选择的自由、新鲜的空气和所有的一切。"

他随意地指了指身边，指向了城堡的墙壁和头顶的天空，兴奋的游客们叽叽喳喳地摆着姿势互相拍照，蜂拥至假铁匠的身边与他合影。似乎到处都洋溢着一种积极的情绪，乔尔确信山顶养老院已经几十年都没有过这种积极了。他微笑地看着这一切，感受着周围人的随意和放松，那是他求而不得的。他也对弗兰克笑了笑，劝自己放松些，好好地生活一会儿。

"现在你想做什么？"弗兰克终于问道。

乔尔看着周围的人群、无聊的演员和那架投石机。

那个假铁匠有一台小印币机，他正在大量制造硬币。这是他自己的铸币厂。这些硬币看上去像是最破烂的马蹄铁，所有工作都是印币机完成的，因此这些小铁片也毫无艺术性，然而，游客们聚集在这间小茅屋里，微笑着收集他们的硬币，骄傲地互相展示着。

为这样一个小东西而高兴，一件廉价的仿制品、一个没有任何技巧或工艺的东西。但当他们从"铁匠"那里接过这个"玩具"时，却都笑了。

"我想买一个。"他对弗兰克说。

"什么？一枚硬币吗？"

一枚硬币。拥有一件能让别人微笑的东西，或许也会让乔尔感到快乐。

"对，拜托了，"乔尔对他说，"然后我想去酒吧。"

"这是一个很好的选择，"弗兰克对他说道，"虽然我不觉得他们会接受用假币买酒。"

* * *

从城堡走回市中心的过程成了弗兰克·德·塞尔比的一堂戏剧研究课。即便是在熙熙攘攘的市中心里一处繁华的街角，他也在为他的观众表演，他走得昂首阔步，围巾潇洒地披在肩上。他的行动自信而舒适，仿佛整个世界都属于他，即便乔尔知道这个人的一部分已经支离破碎、脆弱不堪，但他仍然相信表演，并从中汲取力量。担心山顶的事能得到什么？他为什么要担心？这是他的生活，由他自己把控，他也能像弗兰克那样潇洒地行走。这种突然觉醒的自由令乔尔感到一阵眩晕，他跟在朋友身后，精神抖擞地在街上走着，同时漫不经心地用手指拨弄着硬币。目前它还没有让他快乐起来。

他们自信地沿着一条长街前行，穿过一条较窄的街，然后拐进一条更小的路，并在第一个路口左转，直到他们走回了另一条宽阔繁忙的主街，乔尔才意识到弗兰克根本不知道自己要去哪里。

"我们到底要去哪儿？"

"我对这地方越来越有感觉了。"弗兰克骄傲地回答。

"你的感觉来得再快点吧。我天生就不适合像只该死的孔雀那样在城里大摇大摆的。"

乔尔蓬勃的自由感不幸被他咯吱作响、疼痛难耐的关节限制住了。

"你对所有地方都没有感觉，乔尔，这是你的问题。"

"我的首要问题是，我甚至都不知道这是什么感觉，我也不确定这到底有没有感觉。"

"你当然不知道，你的灵魂就是颗土豆。"

乔尔承认他的灵魂比他想象的更像土豆，但生活有时就是这样。

最后，他们绕到了主街上的一条小胡同里，坐进了位于胡同中间的一家小酒吧。这家酒吧一定很古老。墙壁被烟气弄得污迹斑斑，急需一抹油漆，小窗户也透不进多少阳光。低矮的天花板上有厚重的横梁，乔尔好像轻易就能摸到，弗兰克就没那么容易了。除了烟熏的墙壁外，这地方状况良好，干净整洁。酒保很年轻，但并不傲慢无礼。

乔尔不怎么喝酒。他在家看足球的时候会喝一两杯啤酒，心情不好的时候偶尔喝点威士忌。他并不排斥喝酒，但他看到了酒的控制力，看到了这种邪恶的控制对员工、朋友及其家庭的影响，为了避开这个陷阱，他对酒始终保持着谨慎的态度。每次他放纵自己时，露西都是积极的支持者。伊娃还小的时候，露西几乎每周五晚上都把他推出门外，让他去和朋友们喝一杯。在她的鼓励下，他会去当地的酒吧，路上喊上一两个邻居。他们相处得很轻松，彼此之间很友好，但他们不是朋友。有他们作伴是愉快的，但也是短暂的。直到露西死后，乔尔才意识到，这么多年来她一直在努力为他交朋友。他曾以为她鼓励他去喝酒，是因为她喜欢和他们的小女儿黏在一起，但随着时间的流逝，他才明白这是因为妻子担心他的生活没有乐趣。露西没有看到的是，他已经得到了自己想要的所有乐趣。他生活中可怕的缺憾在于他没有更多的欲望。他从不沉溺于娱乐或是酗酒。

他一边玩着硬币，一边一脸痛苦地回忆往事。当弗兰克用手指戳他的肋骨时，他又露出了一脸苦相。

"干吗？"他不耐烦地厉声说道。

"那人问了你一个问题。"

乔尔尴尬地看着酒保。

"请来两杯黑啤。"他告诉他，然后坐到了吧台边。

"老年痴呆？"年轻的酒保顽皮地问道。

这是全世界休闲酒吧里的酒保都会随便开的玩笑，没有别的意思。但乔尔觉得这是一种侮辱。

"你被一个七十六岁的老人打掉过牙吗？"乔尔把唯一一张纸币和他的硬币摆在了面前的吧台上，以一种佯装愉快的声音问道。

"对不起，我们这里不收这些。"年轻的酒保紧张地开玩笑道。

乔尔使出了他标志性的"眼神"。

"天哪，"弗兰克坐在座位上咕哝着，"你对着镜子练过这个眼神吗？"

"没有。我们不是都像你那样喜欢照镜子。"

酒保从一个人看向另一个，然后同情地看了弗兰克一眼。

还真是老年痴呆。

不尊重长辈，这是那孩子的问题。

"那么我们现在可以开始说正事了。"弗兰克说道，酒已经放在了他们面前的吧台上。

"你觉得在这儿聊那件事安全吗？"乔尔问。自杀是一个敏感话题。

"你总是这么神经质吗？"

"我不是神经质，"乔尔反驳道，"我不像你那么鲁莽。无论什么时候，提前考虑总是好的，你这头驴子。"

"驴子？"

"骡子，驴子。说的就是你。"乔尔对他说。

弗兰克对他的朋友温和地笑了笑，这时几杯黑啤送了过来，他期待地舔了舔嘴唇。

乔尔理解他的急切。不管味道如何，酒就是纯粹的自由。

"敬你恰逢其时的死亡。"弗兰克浮夸地敬着酒，他做大多数事情都是浮夸的。

"祝你健康。"乔尔应道。

他已经很久没有喝过啤酒了，他惊讶地发现自己仍喜欢它的味道，浓稠的泡沫覆在他的唇上，他不得不用手背将它擦去。即使这是世界上最糟糕的一杯啤酒也没关系：他品尝的不是啤酒，而是别的东西。他和朋友坐在酒吧里，在属于自己的时间里喝啤酒。这里没人会告诉他能做什么或是不能做什么，在友好的交谈中，他会忘记自己的生命毫无意义，也会忘记他喝完酒后会听到的轻微嗡鸣。

"所以，你能理解我对球衣的意见，对吗？那是个可怕的想法。"弗兰克对他说。

"我不明白为什么。"

"它有失尊严和体面。"

"你觉得有什么体面的办法让我自杀吗？"

"你在故意装糊涂。我是说，你的死应该是一份宣言，一份关于你生活的宣言。在我们死后，我们身后的人会谈论我们做过的各种事情，这就是我们被衡量的方式，通过我们做过的一切小事，我们的生活态度，我们的个性。如果你穿着球衣朝自己的脑袋开枪，他们会认为你是穿着睡衣自杀的，或者会以为你是某支足球队的殉道者，说实话，我不知道哪一种更可悲。"

"足球是我的一大爱好，你知道的。这是人们了解我的一种方式。"

"这是自取其辱。你是个有尊严的人。你的死亡要体现这一点，它要成为一种社会批判。"

"比如呢？"

"我的意思是，它要成为你看待世界的宣言，一种艺术的东西。"

"我不是一个有艺术细胞的人。"

"胡扯。每个人都有艺术细胞，只是程度不同。"

乔尔稍稍沉默了一阵。他觉得弗兰克的立场也有些道理。露西曾经拉他去逛博物馆和美术馆，他们还会一起欣赏画作。他从不装得像露西那样能理解这些东西，他只是喜欢看它们。当她谈到艺术家突出面部细节是一种让人们聚焦视线的方法时，乔尔只是站在那里思考这些画有多好看。现代艺术令他气恼。接着，他灵机一动。

"想到了一个。"他告诉弗兰克。

"说吧。"弗兰克回答，又喝了一口啤酒。

"我以前经常会去看看艺术，我是说，不是你那种方式，你可能会去五十英里以外的该死的博物馆，还去了两次，围着花里胡哨的该死的围巾什么的。不过露西以前经常带我去，而且大部分时候感觉都很好，除了该死的现代艺术。我想我知道是为什么——我的意思是，你只能画这么多关于花的图画，然后你得开始拓展，否则人们会说你只是在对一个一百年前的人进行廉价的模仿。于是他们开始进行各种试验，但没有人限制他们，所以突然之间，男男女女都开始艺术创作了，基本上他们说什么就是什么，反正也没有规则。然后我和露西去了一家博物馆，有一次我坐在这种长凳上，露西在谈论笔触和原色什么的。有个保安跑了过来。'喂！你不能坐在那儿！'他把我搞糊涂了。

"'为什么不能？'

"'因为那件作品值好几千块，它不是用来坐的。'我告诉你，弗兰克，那就是一条长凳，一条看上去很普通的长凳。我可能早该意识到有点不对劲，因为这是一条放在花园里的长凳，它显然对艺术家很重要，但这只是一条普通的长凳啊。于是我开始四处张望，这里还有什么是艺术？那边的角落里有一块松脆的包装纸，一根天鹅绒绳子缠着它，说实话，我不知道这是不是艺术。我看到还有一面墙上挂着一个巨大的木刻单词'THIS'。这就是艺术，把'this'写出来就是艺术。我满脑子想到的就是，不，这不是的，朋友。

"不，绝不是。

"我现在不是什么艺术家，我知道的，但我觉得艺术也不再适合我了，它适合年轻人、骗子和胡说八道的人，请原谅我的用词，我觉得我可以对此发表点议论。我会去弄把枪。对了，如果我需要一把的话，我可以弄把枪，没问题的。我会穿戴得很好，穿着我最好的衣服，然后我会走进那个博物馆……"

在乔尔的脑海中，他想象自己穿着漂亮的细条纹棕色西装，穿着搭配好的背心和擦得锃亮的鞋，走进了市立美术馆。他几乎能感觉到外套口袋里手枪的重量。他看到了前台那个年轻漂亮的红发女人，还有那个卷发男人，他是馆长，正忙着陪贵宾们从一个房间走到另一个房间，看上去也像个戏剧演员。

他能看到那些装作无所不知的人和假内行们，正对着挂在墙上的各种各样的"垃圾"发出哦哦啊啊的惊呼。

他想象着这一幕：他穿过画廊，来到"THIS"的正前方，然后转向房间里的人，脸上挂着弗兰克·德·塞尔比式的灿烂笑容。

"这不是艺术！"他告诉他们。

然后他对着自己的脑袋开了一枪，倒在地上。各种各样的美术从业者会用余生争论说，他的自杀既是对艺术的评论，其本身也是一种艺术。他对自己的创造力感到惊讶。

"你觉得如何？"他说完后问弗兰克。

弗兰克拿出了他的小日记本，乔尔说话的时候他一直在涂涂写写，仿佛在努力捕捉这一刻。

"垃圾。"他不假思索地说。

"为什么？"乔尔泄气地问。

"太……"他顿了一下，寻找着合适的用词，"太'愤怒'了。你的方向是对的，但不全对。这是愤怒的自杀。就因为艺术变成了他不喜欢的东西，这个人就狭隘到要自杀。他们会这么说，这个愤怒的老头太自以为是了，因为年轻人不再专门为他创作艺术，他就要自杀。如果有持续影响的话，将会是——乔尔·门罗是个痛苦而愤怒的人，这可不是我们想要的结果。"

乔尔叹了口气。他本以为这是个很好的办法，但弗兰克是对的。他不希望自己去世后是一个愤怒、痛苦、憎恨艺术的形象。他的自杀一定是有人爱有人恨的。爱它的宣言，恨它的残酷。它必须是残酷的，但不是苦涩的。

他并非一直都是愤怒而痛苦的人，也不想一直以这样的方式被人记住。

在酒吧安静的另一头，年轻的酒保怀疑地盯着他们。他一只手松松地抓着毛巾，另一只手握着忘了擦洗的玻璃杯。他们的谈话令他惊讶得瞠目结舌。

"怎么了？"乔尔问他，"我又没说一定会这样做。"

酒保盯着他们，紧张地笑了笑，接着去找别的事情做了。

"你可能不会那么做？"弗兰克漫不经心地问。

"我可没那么说，"乔尔回答，"我肯定会做，只是不会那么做。"

"为什么那么执着？"

"你想劝我放弃吗？"乔尔咄咄逼人地问道。

"不，完全不是。我告诉过你，我认为它是一个有力的宣言。我只是想知道你为什么这么执着。"

"我受够了，弗兰克。这就是我全部的理由。我受够了这些。"

他向周围胡乱地打了个手势。他听到了自己说的话，也听到了其中的威严，他觉得有必要残忍地、可怕地结果自己，但某种东西冲淡了他的愤怒。

同弗兰克坐在酒吧里喝上一杯，远离护士、女儿、威猛吉姆和他那毫无意义的下棋游戏，自从目睹米勒先生去世以来，乔尔便很难再唤起内心深处的感情了。不知怎的，那种感情消失了，它好像很遥远，仿佛是他把它遗留在了和露西的卧室里，它是那样遥远，又怎么会在这里出现。

它在等着他回去找它，它哪儿也不去。它的缺失是一种短暂的解脱。

"好吧，"弗兰克摆了摆手，对他说道，"这是个不错的决定。我已经说过了。有力的宣言。我就知道不该告诉你。"

"你会怎么做？"

"我告诉过你了，乔尔，这一定得是你来决定。只有你。"

"但是，为什么？"

"你会自己弄明白的。"

"该死的神秘人，神神道道的。"

"该死的懒蠢货，想让人人都来帮他理解。"

乔尔咯咯地笑了。弗兰克对偶尔的辱骂仍然安之若素。

"快了。"乔尔告诉他的朋友。

"多快？"

"我的生日在六月。还有四个礼拜。那像是一个合适的时间。"

"诗意。你在来到人世的纪念日里离去。"

乔尔从不觉得他的生日重要。这让他想起了他父亲照自己的标准测量他离长成一个男人还有多远时，他母亲总是大惊小怪。他从未达标过，父亲总觉得他还不够格。即便他终于长得比那个男人还要高大强壮，他父亲也总能找到办法打压他。

"那就这样。"乔尔说道。

了结了。终于了结了。

乔尔咽了口唾沫。即兴表演是演员
的能力，而乔尔很快就发现自己不是演
员的料。这里唯一的演员正在往口袋里
塞巧克力。

两个潜逃者默默喝完了酒。弗兰克很高兴能在闲暇时坐着吃点东西，
乔尔感到既舒服又恐惧，却不知如何表达。他们喝完了酒，在通往地下室
的楼梯边的狭小厕所里撒完了尿，便向酒保点头道别。两人溜了出去，回
到了午后的阳光之中。西下的夕阳照亮了酒吧所在的宁静小巷，但乔尔知
道它的光和热不会持续太久。很快就要日落了。

为了这次冒险，他们没有吃饭，因此虽然只喝了一杯，但酒的后劲却
和乔尔料想的一样足，那杯吉尼斯黑啤让他有了轻微的耳鸣。自由、酒精、
阳光，和他将死的念头一起，令他感到头晕目眩。他已经很久没有在属于
自己的时间里在镇上闲逛了，从监视的目光中解脱，在外面度过一个不用

承担任何后果的下午，让他觉得很兴奋。

"我们坐公交回去。"弗兰克一边提议，一边整理着他那华而不实的围巾。

"什么？喝完了酒，我们剩下的钱就只够买一块巧克力了，我可不觉得他们会像那个讨厌的年轻酒保一样收下我们的假硬币。"

"那我们就去买一块巧克力，然后再坐公交回去。"

"你听到我说话了吗？我们没钱坐公交。"

乔尔发现弗兰克并不在乎他们的困境。

"我们领养老金，记得吗？老年人免费坐公交。"

他是对的。乔尔没想到政府的立法还会对他有利。只要有身份证，所有领养老金的人都能免费乘车。

"我没带身份证，"他突然意识到，"在我钱包里。"

"那你就上车，装出茫然若失的样子，司机就会让你坐下。"

"什么？"乔尔问。

"假装老年痴呆。表现得蠢一点。像威猛吉姆那样，笑得夸张一点。如果可以的话，最好流一点口水。不停地点头，司机就不好意思问你问题了，然后你就可以坐下了。"

"他会知道我们在耍他的。"

"他可能会怀疑，但他不会当着其他乘客的面去质问一个老人，如果他这么做的话，我就会吵吵嚷嚷的，他撑不了多久。"

"我又不是像你这样的演员。"乔尔反驳道，但他现在头晕眼花，觉得试一试可能会很有趣。

"我会教你的。这很简单。"

他们步行到公交车站，途经一座宽阔的桥，那座桥高耸于穿城而过的奔腾河水之上，令乔尔感到一阵异常的平静与轻松。他看着弗兰克，以弗兰克式的放松与自在轻轻走到他身边，他欣赏却也嫉妒朋友那种随性的态度。一路上，弗兰克详细讲解了上车后要做出的表现，他絮絮叨叨地说着怎么歪头，怎么放慢说话的速度，怎么直视司机的眼睛。乔尔听进去了一些，但大部分时候只是享受着散步的悠闲。

"你听见我说话了吗？"当他们走到车站时，弗兰克问他。车站就在离河流不远的一家小便利店前。

"没怎么听。"乔尔承认，迫使自己用弗兰克式的轻松语调说话。

"好吧，"弗兰克叹了口气，"演练一下。"

"演练？"乔尔有些吃惊地问道。

"去那家商店，"他指着便利店说，"去骗那个店员。"

乔尔觉得体内的氧气都被抽空了，他的嘴唇立马就干涩了。说是一回事，但做起来是另一回事。他回头看了看那家小商店。里面没有顾客，看上去很安静。一个百无聊赖的年轻女孩穿着店里的制服站在柜台前，一手拨弄手机，一手悠闲地撩着头发。

"好吧，"他不情愿地说，"我要怎么做？"

"进去问问那女孩知不知道你在哪儿。"

"我很清楚自己在哪儿，谢谢。"

"我知道，你这个蠢货。但她不知道。我要你进去，给她演一个终生难忘的老年痴呆。"

"那你呢？"

"我进去给你的表演打分。我就是你的观众。回去的路上我再给你点拨一下。"

乔尔又看了看商店。她可能已经看见他们了。接着他突然想到，他们根本没和她打过照面。对店员来说，不过又来了两个老头罢了。他深吸一口气，走了进去。

他尽量不把身子挺直，稍稍弓着背，露出了一个明显的灿烂假笑。他步子迈得很小，蹒跚得仿佛茫然不知所措。走进商店时，他极力让自己不立即抬起头，那样会暴露的。相反，他迷茫地环顾四周，朝冰箱走去，然后停了下来，发出了一个困惑的声音，缓缓走向过道，接着再次停了下来。这一次，他抬起头来看向她，又咧开嘴笑了。她关切地看着他。他立刻觉得很难受。她看起来非常可爱，不是那种令他不屑的小鼻涕虫。乔尔还没来得及改变主意走出门时，弗兰克就踱了进来，点了点头，像是经过一个陌生人似的，然后立刻朝过道走去，仿佛在执行什么任务。

"需要帮忙吗？"年轻姑娘问道，声音里透着一种乐于助人的友好态度。

乔尔回过头去看弗兰克在哪里，不料那个年轻姑娘却误以为他很茫然。

"这儿，先生。"她响亮、缓慢、有些不耐烦地说道。那声音和山顶养老院的新护士们一样，尽管她只用了一次。

乔尔又一次感到自己怒火中烧。他讨厌别人那样。

"什么？"他对她说，几乎喊出了声。

"需要帮忙吗？"她重复了一遍，声音更大、更缓慢，也更不耐烦。

"什么？"他喊道，依旧很茫然的样子。

她咬着牙勉强对他笑了笑，接着从柜台后走出来帮助他。负罪感又回来了。那是一个友好的举动，她本可以不这么做的。

"有什么我能帮忙的吗？"她问道，女孩拉着他的胳膊，领着他走向柜台。

"你能不能……"

话还没说完，他就发现了她身后的弗兰克。那个演员咧开了嘴笑着，兴高采烈地往口袋里塞巧克力棒，朝乔尔夸张地眨了眨眼。

乔尔不知道该对他的朋友大喊大叫还是放声大笑，弗兰克站在那里，得意扬扬地从架子上随意挑选着巧克力棒，把它们塞进不同的口袋。店员发现他正朝弗兰克的方向看去，便转过了身。

"你知道我在哪儿吗？"乔尔朝她喊道，吓了她一跳。他甚至都懒得装迷糊了。

"什么？"她缓缓问道，开始意识到有人在耍她。乔尔咽了口唾沫。即兴表演是演员的能力，而乔尔很快就发现自己不是演员的料。这里唯一的演员正在往口袋里塞巧克力。

"呃……这里？"他愚蠢地问道。

她眯起眼睛看着他。

"你得谅解这个人，"弗兰克平静地插话道，从她身边探过身子，揽着乔尔的肩膀，"他和我住在同一家养老院。天知道他是怎么自己逃出来的。不幸的是，他脑子不太好使。"

他的眼神看上去很真诚。她怀疑地看着两人。

"我会带他回去的。"弗兰克见缝插针地说。即便对整个计划，或是装满巧克力的口袋有一丝羞愧，他也不露声色。他领着乔尔走到门口。即将到来的安全给了乔尔鼓励，他以全新的活力重新投入到自己的角色中。

"我1967年的时候对着这扇门撒过尿。"他大声说道。

恰在此时,公交车沿街驶来,弗兰克招呼它停下。在日场演出结束之后,乔尔已经准备好要给司机一个惊喜了。

公交车停在路边时,他就开始傻笑,努力装出茫然的样子。弗兰克假扮他的贴身看护。他痛苦而缓慢地爬上了车,直直地盯着司机,令他极为失望的是,司机连身份证都没查就挥手让他们上车了。在尽管很险但最终还是成功地"突袭"了那家商店后,他就一直希望能有机会让人铭记于心,而巴士司机厌倦于又看到一位老人爬上车,因此剥夺了他表演的机会。他开始明白弗兰克为什么这么喜欢演戏了。那是一种冲动。当他们艰难地走到过道寻找座位时,乔尔感到自己兴奋得难以自抑。这是他以七十六岁的"低龄"第一次演出。他看着弗兰克,并从对方的眼中也看到了自己的兴奋。

"演过头了。"他的朋友对他说,两人都笑了起来。

当那辆老旧的城市公交驶出市区、进入郊区时,乔尔一直都兴高采烈的。两人在回家路上一边分享着一块巧克力,一边咯咯笑个不停。一小群周末出行者们先后下车,许多人都向这两位上了年纪的绅士报以微笑,乔尔朝他们点了点头,觉得自己的微笑极富感染力。

两人在山脚下的一所小学校外下了车,朝山顶的大门走去。乔尔分不清自己的好心情是偷跑出来喝酒的余波,还是"抢劫"后的兴奋,但他并不在乎。他按下了蜂鸣器。

"山顶养老院,有什么能帮您的?"

那声音令他毛骨悚然:是犀牛。

乔尔僵住了,弗兰克则不然。

"报告狱长，弗兰克·德·塞尔比和乔尔·门罗刚放风归来。"他调皮地对她说。

大门立刻嗡的一声打开了。她对弗兰克的幽默报以沉默，那沉默似乎通过电子设备传了出来，大门以一种近乎不祥的方式在他们面前打开。乔尔扫视着长长的车道和前面的停车场，寻找着他女儿或是她那讨厌的男朋友的车，他的兴奋消失了。

不出所料，当他走进那扇旋转门时，恐惧袭来了。像是空气里的什么东西渗入了他的骨头。当他们爬上小山时，他试着强迫自己露出笑容，弗兰克轻松的步态此刻真令人恼火，这人难道天不怕地不怕吗？

山顶上，利亚姆护士正往自己的车里装东西。当他们朝大门走去时，他转过身来看着两人。乔尔试图判断此人是否在怀疑什么。

"如果你看起来还是那么有负罪感，他们就会发现的。"弗兰克从嘴角挤出了几句话，仍保持着微笑。

"你是怎么做到的？"乔尔问，试图模仿他。

弗兰克突然大笑起来，这让利亚姆护士站得更直了，他眯起眼睛看着他们。

大门内，护士长瑞安正等着他们，看上去沉着冷静。她是一个四十多岁的娇小女人，身上透着一种因多年护理经验而散发出来的权威。她的制服一尘不染。乔尔扫视着她的脸，寻找任何可能提示他即将发生什么的迹象，但什么也看不出来。

"晚餐吃得怎么样？"她怀疑地问。

"非常好。"弗兰克紧紧地盯着她的眼睛，微笑着说。

"你女儿没有送你回家吗，乔尔？"她换了个人问。

"托尼送我们回来了，"乔尔告诉她，"我让他早点让我们下车，这样我们就可以散个步，你知道的。"

"我知道了。"她说道，显然一个字也不相信。

她缓缓地看向另一个人。弗兰克若无其事地站在那里，面带微笑，他所有的举止都是一种挑衅——"我才不把你当回事。"他仿佛在打着腹语。乔尔却很严肃，他的肢体语言表明他不会让步，你需要一台推土机来使他就范，如果你有兴趣的话。

犀牛准备好了迎接这些挑衅。

"我一直想和你谈谈，门罗先生。如果可以的话，我想和他单独谈，亚当斯先生。"

"不。没关系的，"乔尔告诉她，"他可以留在这儿。"他需要支持，尽管他不愿承认这一点。

她沉默了一会儿，只是冷冷地上下打量着他。弗兰克温和地看了她一眼，寸步不挪。乔尔惊讶地发现，他的朋友丝毫不被她的冷酷影响。

"随你的便，"过了一会儿，她对他说，"德怀特护士和你女儿都和我谈过你最近的行为。工作人员们很担心你的精神健康。"

他不喜欢这样。利亚姆护士那天早上可能听到他谈论自杀的事情了。他可能告诉她了。

"然后呢？"他说道，努力做出弗兰克那样的淡漠表情，但却感觉自己像是一只即将被踩在脚下的虫子。

"我们想让你和咨询师或者心理医生谈谈，"她告诉他，"考虑到你近来的遭遇，我们认为这样做更妥当。"

乔尔尽量不显得惊恐。他们一定知道了他想自杀。

"我有得选吗？"他问。

"有的，门罗先生，这里不是监狱，尽管你不这么认为。"

"那我选择不去。"

她更加冷酷地瞪着他，透着一股凝重而持续的冰冷。她不习惯被人挑衅。

"门罗先生，这是一家养老院和疗养院，但我们没有相应的设备和工作人员来照顾那些有复杂心理需求的人。只有在你同意的前提下，我们才能帮助你，但如果你选择拒绝，我们也许就不得不把你转移到一个能满足你需求的地方。我强烈建议你和咨询师谈谈。这是为你自己好。"

她的语气是冰冷的，深沉的冰冷，几乎不掩饰她的威胁。要么服从，要么走人。

"这么说我别无选择了？"他双手插进口袋，苦涩地问道。

"门罗先生，无论你怎样看待这里的员工，我可以向你保证，我们都把你的最高利益放在心上。包括我在内。"

他很难相信这些话。他确信自己的最高利益并不包括被当作一个好斗的孩子对待。

他的手指碰到了口袋里的幸运硬币，他感到一些痛苦消失了。她无法剥夺他对自由的追求。

她把他的沉默当成了默认，于是转身顺着走廊大步走了回去，脚步声随之回荡。

乔尔看着她离开，心里既忿恨又宽慰。他还有时间。他希望自己还有时间。不需要太长，够他决定如何去死就行。

"我们去清点战利品吧。"当确信他们已经听不到时，弗兰克终于开口说道。

两人回到了卧室，乔尔心情阴郁，但被成就感减轻了不少。他边走边用手指摩挲着硬币。他们做到了。他逃跑了。拿回了控制权。想走就走，拥有属于自己的一天。当弗兰克从口袋里掏出十五种不同的巧克力棒时，乔尔感激地看着他的朋友。

乔尔临时起意，不假思索地将硬币放在床头柜上，然后走过房间，将一只胳膊搭在弗兰克的肩上，笨拙地搂住了那个小个子男人。弗兰克只是大笑。

"你们拿到了什么？"尤娜说着，走进了房间。

乔尔也很感激她。在他们离开之前，她很清楚他们在搞些什么名堂，也任由他们去了。他惊讶地意识到，自己很高兴见到她。

"我们给你带了礼物。"他说着，尽可能多地挥舞着巧克力棒。

无论舒适与否，监狱就是监狱，被告知要做什么，什么时候吃饭，吃什么，什么时候睡觉，以及他们发出的其他小命令，是对他所构筑的生活的另一种侵蚀。

那天夜里，乔尔做了噩梦。可能是酒精作用，也可能是巧克力的关系。

梦里有几百具米勒先生的骷髅，它们在一片贫瘠而多山的荒原上漫无目的地缓行。弗兰克在远处追着他，在他的噩梦里，弗兰克是个心理医生，他想让他坐下来谈谈。在最高大的那座山的山脚下，乔尔发现了一块大石头，他想藏在它后面，但当他背靠着它的时候，它滚了出去。心理医生弗兰克正在接近他，如果能让那块该死的大石头停下来，他就有藏身之地了。

"乔尔，"心理医生弗兰克用犀牛的声音喊道，"我想和你谈谈。"

他一直试图躲在石头后面，那块该死的大石头却不停地滚动。米勒先生的骷髅部队开始向他的阵地集结，他驱赶着它们，以防它们暴露他的藏身之处。他听到心理医生弗兰克离得越来越近，他试图绕过大石头，却意识到自己被卡在了后面。如果他让它滚下去，石头就会把骷髅米勒们碾碎。他听到心理医生弗兰克踩在岩土上的脚步声，紧张了起来。

首先映入眼帘的是他的脚，接着是他那条过于宽大的不合身的裤子，突然之间，站在他面前的根本不是弗兰克，而是露西。

"你到底在干什么？"她好奇地问。

"他妈的！"他从睡梦中惊醒，惊叫道。

"他妈的！"他和威猛吉姆面面相对时又说了一遍。不知为何，吉姆正和他脸贴脸，趁他睡觉的时候来查看他。

"你到底在干什么？"他恼怒地问那个老头，一边把他推开，一边试着在床上摆正自己的姿势。

"我应该把他放在适合他的地方。"吉姆嘟囔着，拖着脚步走远了，一副受了责骂的样子。

这不是第一次了，对于身边发生的事情，乔尔怀疑威猛吉姆能真正理解多少。

"别吼他，你这个老怪物。"对面的弗兰克劝道。

"他看我睡觉。"

"当然，我们都这么做。大家轮着来。"

德·塞尔比先生似乎醒得很早，而亚当斯先生还在酣睡。

弗兰克坐在床上，开心地吃着昨晚没吃完也没送人的巧克力棒。他戴着一条紫绿蓝的三色围巾。

"想来点茶吗？"弗兰克问他。

"不能放过那个叛徒。"乔尔回答。

昨天晚上，他就认定女儿和利亚姆护士都是叛徒，尤其是利亚姆。弗兰克和尤娜觉得利亚姆只是在做分内之事，这与乔尔的想法大相径庭，他想象着犀牛和两个叛徒之间的对话，他们每个人都想出了惩罚他不听话的办法。利亚姆护士是他的朋友，乔尔却把他想得如此不堪，这或许对他不公，但乔尔还是觉得愤愤不平。就因为他不像伟大的德·塞尔比先生那样阳光迷人，他就要去看该死的心理医生？这事如鲠在喉，照乔尔的习惯，他把它越想越坏。

"他不是叛徒，而且他今天也不上班。你可能会惊讶地想起，这是他工作的地方，他不住这儿，也不会花时间想法子让你变得更古怪。"

"吉姆到这里来干吗？"乔尔嘟哝道，略过了叛徒利亚姆的话题。

"不知道，老家伙。他只是溜达到这儿来看看你。你没事吧？你翻来覆去有一会儿了。"

乔尔想起了他的噩梦，心理医生弗兰克在地狱般的景象中追着他。他打量着弗兰克，眼前的人穿着睡衣，围着围巾，正用土耳其软糖蘸着茶。乔尔笑他的荒谬。

"有什么好笑的吗？"弗兰克扬起眉毛问道。这增加了喜剧效果，乔尔笑得更厉害了。

"没什么。"他说。

吉姆又再次回来，露出了微笑，愉快而耐心地看着乔尔和弗兰克。

"我觉得他想来一局。"弗兰克提议。

"那好吧。"乔尔说着，从床上爬了起来。

他起床时看到了那枚硬币，他的幸运硬币，就放在露西的照片旁边。他露出了微笑。

和过去五年的大多数早晨一样，乔尔光脚踩在老旧的油布地板上，但他头一回在这种触感中获得了一种奇怪的满足。他感受着温暖的双脚上的凉意，扭动着脚趾，不知为何如此愉悦。他不是一个早起的人，弗兰克来山顶的第一周就指出了。他的积极从何而来大概是毫无疑问的——在"监狱"外待了一整天，偷喝着美味的啤酒，享受着自由。他想起了心理医生的威胁，但决定不为此而扫兴。

当然也伴随着疼痛。很细微，但痛处很多。他已经有段时间没像昨天那样和弗兰克一起走那么久的路了，而且他还因此而受伤。他周身疼痛，膝盖是最严重的。这提醒他，他的身体已经缓慢衰退一段时间了。

"你能等我一分钟吗，吉姆？我想收拾得像样一点。"

"你需要不止一分钟。"弗兰克·德·塞尔比打趣道。

乔尔赤裸着上身，在洗手间里快速地冲了个澡，然后梳起了头发。他研究着自己的成果。相比其他人，时间更善待他，但他照镜子时很难忽略自己的年迈。在他的印象中，他没有改变，还和过去一样。

但那一小撮稀疏的深棕色头发像是对过去的嘲弄，虽然他的肩膀依旧宽阔，但已经有些歪斜了。他从来不是一个虚荣的人，但他知道自己年轻时的样子令人难忘。甚至人过中年，他依然威严，是大家称呼为"先生"的那种人。现在他老了，只看得到自己灰色的胸毛和下巴周围松弛的皮肤。他已经老了。他叹了口气，扣好了睡衣。

洗手间外，威猛吉姆耐心地等着，仍保持着他那愉快的微笑。

"祝你们约会愉快。"他们离开时，弗兰克说道。

"别让巧克力弄脏床单。"乔尔回击道。

他们缓缓穿过走廊，走进公共休息室，乔尔向遇到的工作人员和居民们点头微笑。他们按照吉姆的步速前行，走得几乎像蜗牛一样慢。对于威猛吉姆缓慢至极的步速，乔尔通常会表现得不耐烦，但今天早上显然没有，当他们缓步前行时，乔尔双手紧扣，背在身后。穿过走廊时，乔尔不得不提醒自己，山顶养老院是一个监狱，无论舒适与否，监狱就是监狱，被告知要做什么，什么时候吃饭，吃什么，什么时候睡觉，以及他们发出的其他小命令，是对他所构筑的生活的另一种侵蚀——那种他出于某种记不清的原因而放弃的生活。

他不得不提醒自己，这种改变很奇怪。它本来是不自觉出现的，但今天似乎不同了，今天更丰富多彩。在明亮的阳光下，他甚至忘记了一直困扰着他的噩梦。他检查着自杀和抑郁的阴云是否还在，那阴云通常在他穿过山顶走廊时笼罩着他，但此刻它无迹可寻。

"脸贴着石头。"威猛吉姆告诉他。

"当然。"乔尔露出了宽容的微笑，回答道。

尽管威猛吉姆生性乐天，但他也的确知道怎样让人笑不出来。在下棋的两个多小时里，他们三次陷入僵局。在第三次时，乔尔以为自己看到了一线生机，在那个微小的瞬间，他或许能从威猛吉姆强大的防御中逃脱，结果却生生落空了。他觉得自己看到吉姆的眼睛里闪着光，暗示那个老头半开着门户给他机会或许只是为了"关门"时更好玩。虽然威猛吉姆年事已高，但他肯定不会耍这种花招。

乔尔清早的好心情大部分消磨完了，他回到自己的房间里看电视，又打发掉了几个小时。弗兰克也在房间里，大概是为了引人注意，他正读着某部古希腊悲剧。

"你赢了吗？"弗兰克问道。他见乔尔怒容满面，不禁暗自发笑。

"没有。不过这次我觉得他是在拿我寻开心。"

"你觉得他在拿你寻开心，那个快十年没说过一句完整话的威猛吉姆？"

"有时候我觉得他比看上去清醒。"

"那个护士是叛徒吗？"

"是。"尽管乔尔明白弗兰克的意思，他仍固执地说。

"你听说过偏执妄想症吗？"弗兰克问道，没有从书本上抬眼。

"你听说过被打断的牙吗？"乔尔懒懒地威胁道。

"你可能真的需要去看心理医生。"弗兰克大笑着对他说。

乔尔确信这话不是故意要伤害自己。无论是戴上面具的德·塞尔比，还是真正的亚当斯，都不会故意伤害他或是任何人，但这话仍刺痛了他。他已经很久没有交过朋友了，他也不想交那种就因为他太想自杀，而让他反省自己是不是发了疯的朋友。

被送去看心理医生的后果更糟。他可能最终要与自己的绝望，与对周遭世界的极度不满相对，并最终与露西撒手人寰后他交的第一个朋友分离。

他们可能会把他关进精神病院，给他吃很多药，对乔尔来说，这比死更糟。那时候的自由甚至会比他现在有的那一点还少。恐惧是切实可感的，它令他呼吸加快，顿时喘不过气来。他坐在床上，试图掩饰这一切，掩饰自己急促的呼吸与此刻定然苍白的脸——他已经感到自己脸色发白了。突然，弗兰克来到他身边，扶他上了床。

"没事的，"他安慰地说，"没事的。"

乔尔向他点了点头表示感谢，但还不确定自己可以开口说话。

弗兰克往乔尔嘴里塞了一块巧克力。

"来，老伙计，这很有用。深呼吸。深呼吸。"

乔尔慢慢让自己平静了下来，令他羞愧的是，仅仅是提到心理医生这个词，就足以让他方寸大乱。

"我不能，"他终于对弗兰克喃喃说道，"我不能去看心理医生。"

"好的，好的。不看心理医生。"

"答应我。"他坚持说道。他知道这很不理智。弗兰克无法对这种事做出承诺，但他就是想听别人说出来。

"我答应，我答应。"弗兰克对他说。

"我们可以拖到我过生日，对吗？"

"我们可以的。"弗兰克安慰道。

"就一个月，我们可以拖一个月。"

弗兰克·亚当斯想要开口说点什么，但三思之后，他欲言又止。

乔尔直挺挺地坐在床上，两人都沉默着，弗兰克在一旁忧心忡忡地踱着步。乔尔做了几次深呼吸。从来没有人告诉他受惊是否会导致中风，但脑缺血发作的那天他也受过一次惊吓。他不想再遭一次罪了。

弗兰克坐在乔尔床边的椅子上，乔尔此时已经稳定了下来，他切换着电视上的频道。两个人坐在一起看电视的熟悉感令人宽慰。乔尔惊讶地发现，这让他平静了下来。

　　卡尔护士不知什么时候走了进来，他是个健硕的家伙，爱开玩笑，一头金色短发，偶尔蓄着一撮凌乱的金色胡须。他在利亚姆休息或其他护士轮值时替班。乔尔很喜欢他，但他刚从突如其来的极度恐慌中恢复过来，还无法面对这个年轻人，因此他没有回应他的问候，只是微微地点了点头。乔尔担心这会让情况变得更糟，他担心卡尔会反馈他不和人打交道，他看上去很孤僻。一线希望在于，卡尔护士只是临时工，可能他没有参与叛变。

　　他终于感觉可以说话了，于是朝对面说了两个简单的字。

　　"谢谢。"他对弗兰克说。

　　"没什么。"德·塞尔比慷慨地回答。

　　他猛然回想起昨晚的噩梦，那种死亡和被追赶的感觉，米勒先生的骷髅跟在他身后，最糟糕的是那低沉、压抑且恐怖的阴云。他以为自己在睡梦里是安全的，但显然不是。如果那阴云能随他入梦，那就没有安全的地方了。他确信这是导致自己惊恐发作的原因之一。

　　他要自杀。他要一个好的自杀，尽快。

他沉浸在属于自己的时刻里，忘却了烦恼。在这一刻，他是自己重新命名的德·塞尔比，而不是他所厌恶的亚当斯。

"它应该是有趣的，你觉得呢？"他问弗兰克。

"什么？"

"我的死。"

"这取决于我们是和你一起笑还是一起笑你。很明显我倾向于笑你，但这可能不是我们想要的结果。"

"你像正常人那样回答过问题吗？"

"正常人迟钝得可怕，老伙计。我宁可不和他们接触。"

"我的天——"乔尔几乎要为他的自负而呻吟了，"——有趣还是无趣？"

"有趣是好事。"

"也许我该穿着小丑服自杀？"乔尔沉思道。

弗兰克久久地凝视着他。眼神平静，毫无热情。

"我不是说就要这么办了，只是说我或许应该穿上戏服。"

弗兰克失望地摇了摇头。

"好吧，如果你能告诉我该怎么办，这些麻烦就都免了。"乔尔一边抱怨，一边试图想象自己扮成小丑，在一辆小汽车里引爆炸药的样子。他不禁笑了。

"你知道'精辟'是什么意思吗？"弗兰克问。

"不知道。"

"太可惜了。"弗兰克回答，为自己的聪明而窃笑。

乔尔由他笑了一会儿。

"我可能不会穿着小丑服自杀了。"乔尔终于告诉他。

"真是个好消息。"弗兰克说着，又继续看起了书。

乔尔用余光看着他的朋友。弗兰克身上有一种他所低估的深度，乔尔发现自己几乎嫉妒起他的灵魂了。他不记得自己何时放弃了灵魂，或者说，使之屈服于死亡，他的灵魂已经消逝了，取而代之的只有这份想要结束和解脱的念头。而弗兰克只是戴着围巾坐着看书，以他的深度和阅历，他似乎早已对可怕的死亡心如止水。

"那我们今天做点什么呢，老伙计？"他的朋友终于问道，"来点什么冒险？"

乔尔环顾四壁，有些渴望地望向窗外。

"看电视？"乔尔提议。

"作为备选吧。今天有访客来吗？"

"没有。伊娃礼拜天会带一个孩子来，没了。你呢？有访客吗？"

"没有，"弗兰克露出了一个悲伤的微笑，答道，"我没有访客。"

乔尔十分自责，他太以自我为中心了。自从弗兰克搬进来，他从未想过要问他家里的情况。知道了同性恋的事情后，乔尔就没有问过弗兰克的私事。他从不主动问，弗兰克也不主动提。乔尔知道，弗兰克绝不会主动提自己的私事，他会用德·塞尔比的面具粉饰，与人交谈，给每个人留下深刻的印象，但他戴面具的目的其实是拒人于千里之外。他们处于如此不平等的境地，这让乔尔觉得不公，弗兰克对他坦白的时刻仿佛又重现了。现在他是那个被忽略的人。

"没有人吗？"乔尔装作漫不经心地问。

"哈！"弗兰克笑道，"你别想骗我。那可是我的发明。"

"你发明了什么？"乔尔生气地问道。弗兰克立刻就看穿了他。他太精明了。

"随便问个问题。我发明的。我这一整周都在用这招对付你。"

"我不知道你在说什么。"乔尔反驳道。

"你当然知道。你做得不赖，但你还是有破绽，你尴尬的时候就会像那样伸下巴。"

"我没有。"乔尔说着，试图悄悄把下巴缩回去。

弗兰克只是笑他。那是善意的笑，轻轻的笑，不是德·塞尔比那种响亮的大笑。它很温暖。过了一会儿，笑声止住了，弗兰克只是直直地盯着前方，显然是在看电视。乔尔改变了策略，他没有接着刺探，而是转向他孤独脆弱的朋友，等待着。弗兰克继续看电视，乔尔继续等待。

"你要知道，"弗兰克终于理他了，"作为一个狠心的老浑蛋，你很有同情心。但也可能只是多管闲事。"

这是弗兰克第二次说乔尔狠心。

"你不想说就别说，"乔尔暴躁地告诉他，"我只是不想让你觉得不能说，你知道吧。"

"仁慈的主啊，"弗兰克喃喃道，"我们交换了位置。"

乔尔试图想一些哲理又风趣的话，却什么也没想出来。

不过乔尔什么也不必想了，因为弗兰克突然开口说话了。

"我十八岁的时候，第一次吻了一个男孩，有个人看到了，告诉了一个他认识的人，那个人告诉了另一个人，另一个人又告诉了一个认识我父亲的人。我父亲知道的时候狠狠地揍了我一顿。"弗兰克戴着他的德·塞尔比面具，只有稍稍扭曲的嘴唇能透露出他在讲述时是多么痛苦。

乔尔不知该如何回应。他知道自己缺乏妥善应对这种局面的机智和敏锐。当弗兰克掏出自己灵魂的时候，他却像个傻瓜一样坐在床上。

"我想我的兄弟们打了那个不幸被我吻过的男孩。我不知道他是谁。我喝醉了，我们那时候刚结束一出戏的演出。糟糕的是我不记得那个男孩了，但我记得那场戏——《罗密欧与朱丽叶》。"

他忆起往事，发出了一声短促而愤怒的笑声。

"我成长的过程中没有多少朋友，直到进了剧院。我发现自己总是被男孩吸引，也很害怕会被他们发现。我和女孩待在一起更安全，但我和她们在一起的时间越长，人们就越是怀疑为什么我身边不缺女孩，却一直没有女朋友。童年是一段愚蠢的时光，我的意思是，我深知现在也不容易，但试想那种一直处在恐惧中的感觉，就会觉得现在没什么。我怕我父亲会知道，所以我假装不喜欢男孩，装作喜欢女孩，远离了所有人。因为我害怕我父亲。"

乔尔回忆起了自己的父亲，他严厉的管教、不端的品性，以及当乔尔没有达到他的期望时那难抑的愤怒。他回忆起自己长大成人，而父亲年迈体衰时自己的窃喜。他能理解，也为弗兰克伤心。

"当我们离开农村，搬进城镇的时候，我加入了戏剧社。那是新的生活，新的机会。我不再独来独往了，我下定了决心，"弗兰克接着说道，声音中带着一种留恋，"一切都不一样了。我立刻就坠入了爱河。我表演和唱歌，我的声音不难听，我告诉你，我很不错的。人人都知道。突然之间，我有了朋友，大家都说我很特别。当我们和另一所学校合作演出《罗密欧与朱丽叶》时，我遇见了一个男孩，演出结束后，我们在更衣室里喝偷来的酒，然后沿着小路准备溜进镇上的酒吧，然后我吻了他。但我都快记不清了。那是我的初吻。"

最后几句话是苦涩的，德·塞尔比的面具滑落了，弗兰克·亚当斯现身了，他愤怒、受伤，许多年过去了，仍在为一些事情感到困惑。

"我父亲把我打得屁滚尿流。我母亲一直在哭。我记得我求她说情，她却站在那里看着。原来她哭不是因为他打我，而是因为她不想要一个同性恋儿子。她眼睁睁地看着他打我，因为她真的觉得这是为我好。最悲哀的是，亲爱的，"他对乔尔说着，试图重新戴上德·塞尔比的面具，但失败了，"最悲哀的是我也开始觉得这是为我好了。我上了大学，有了自己的房间，开始学点东西，但没怎么上心。我加入了戏剧社。

"他们来看我——"他接着说道，声音变得冰冷而疏离，眼神也变得更加冷酷。乔尔几乎屏住了呼吸，弗兰克每说一个字，他都觉得愈加心碎。

"没打招呼就来了。他们没抓住我什么把柄，但他们知道。我穿着内裤站在那里，满脸震惊和恐惧。他们知道。我那时候试着反击。你能想象吗？那时的我？他狠狠揍了我一顿。那次她没哭，她只是看着。他毁了我，乔尔。他打烂了我的脸，打断了我几根肋骨，还打坏了我一条胳膊。为了我好。这一切都是为了我好。"

乔尔对弗兰克的愤怒感同身受。从小到大，他一直都被父亲以"为了他好"之名殴打。这在当时是为人父母教育孩子的一种方式，说是不打不成器。他因此厌恶他的父亲，甚至可能还有点憎恨他，对那个男人的害怕在很大程度上造成了他现在的样子。但他从来没有像弗兰克那样成为如此强烈的愤怒的焦点，以至于他的亲生父亲要那样毒打他。他曾经是个狠心的浑蛋，但没那么狠心。他的喉咙哽住了，感到泪水在眼眶里打转。

"她也来医院看我了，不过我要告诉你，我要向所有听到这话的人发誓，没有什么比在舞台上表演更能带给你信心了，没有什么比为观众表演更能帮你消除恐惧了。他又不是第一次伤害我。我愤怒，有自信，受够了一切。然后是那个高个子护士，有一双美丽的蓝眼睛……"他停顿了一会儿。

一个高个子的蓝眼睛护士，这形容的是一个一周照顾他们五天的人。一切都完整了。

"我母亲来告诉我，如果我答应不再当同性恋，我就可以回家，但我最亲爱的父亲仍然很难过，她想知道我是否因为让父亲难过而自责。你能想象吗？我愤怒至极，那时候我爱上了一个护士，我恨他们，我想我也有点恨自己。别让我给你解释。我和那个人一起度过了六十年里最好的时光，但我至今仍不知道为什么。

"我让她滚远点。我死死盯着她的眼睛，就像我求她别让父亲揍我时一样，然后我叫她滚蛋。她扇了我一耳光，我也回敬了她一巴掌。我仍然记得她看我的眼神。

"那是我最后一次和家人说话。我想我是我们家最大的耻辱。我想他们回到了狭隘的生活里，继续着他们的偏执，假装没我这个儿子。我把名字改成了德·塞尔比，假装他们不存在。我时常感到一阵刺痛，我会想有个家庭会是什么样，但我接着就会想起他又粗又大的拳头打在我脸上，于是我就不再想了。"

"你再也没有他们的消息了吗？"乔尔几乎屏住了呼吸，问道。弗兰克·德·塞尔比的一生是个悲剧。

"从来没有。"弗兰克告诉他。

"那个护士呢？"

"我们同居过一段时间，"弗兰克说道，他擤了擤鼻子，仿佛可以用一种漠然的态度来掩饰内心深处的痛苦，"他是一个很美好的人，由内而外的。我们最终分手了。我不想成为那种把所有事情都怪到自己父亲头上的人，但我对这种想法持怀疑态度。我不敢拉他的手，你明白吗，不敢在公共场合吻他。我不敢过分表现自己。是不是很傻？我？不敢表现自己？"

他的声音有些哽咽，险些落下泪来。他的面孔介于亚当斯和德·塞尔比之间，一会儿是这张，一会儿是另一张。

"我很抱歉，弗兰克。"乔尔真诚地对他说。

他们第一次对话时，他就明白了坐在长凳上的那个人的反应。那天他好不容易才把自己的灵魂剖出来。他没有同自己和解。他需要的是即刻的支持，得到的却是即刻的愤怒。乔尔又一次责备自己的粗心。

"这不是你的错，老伙计，"弗兰克回答，试图强迫自己戴上德·塞尔比的面具，"如果你不介意的话，我想睡一会儿。"

乔尔想让他别睡。他想告诉他，他们可以通过谈话来解决一切问题。他们可以一起从乔尔的绝望与孤僻中找到出路，从弗兰克的孤独与自我厌弃中找到出路。但他没有说，因为他知道那是假的。一次谈话可能对两人都有帮助，但实际上什么问题也解决不了。他坐在那里，无力帮助他的朋友，觉得自己是个没用的老头，突然之间，他想到了一个主意，虽然这一闪的灵光依旧什么问题也解决不了，但至少能减轻弗兰克的痛苦。

他一直等到弗兰克睡着了，才把手伸进旁边的箱子里拿他的通讯录。他穿着拖鞋和睡衣，小心翼翼从卧室里溜了出来，朝前台走去。

安吉莉卡护士坐在那里，她有着美丽的皮肤和丰满的双手。她紧张地对他笑了笑。她也知道他病了。他们都参与了，可能也包括卡尔。他尽力挤出一个微笑来安抚她，问她是否可以打个电话。一年前，伊娃送了他一部手机作生日礼物，那是他最贵的礼物了。但它一直躺在盒子里，放在床头柜的小凹槽中。他更喜欢前台的座机，那是一款有旋转拨盘的老式胶木座机，它的重量和实在令人感到踏实。它依然有用，依然存在，这就意味着它的永恒。不像手机，昙花一现的东西，一到手就会被更好的东西取代。

他翻着那本陈旧的鼹鼠皮笔记本，找到了莉莉的电话号码，他拨弄着陈旧的号码盘，听着那令人满意的滴答声，拨通了电话。她很快就接了，莉莉的手机里存了山顶养老院的号码。

"外公？"她疑惑地问。

她的声音听上去昏昏欲睡。他想起了伊娃晚睡的习惯，收回了自己的劝告。

"我需要你帮个忙，亲爱的莉莉。"他隐秘地对她说道。

＊　＊　＊

和莉莉通完电话后，他转向安吉莉卡。和他待在一起显然还是让她不自在，他决定利用这一点。

"我想办个电影之夜。"他告诉她。

"哦，非常好，"她用温柔的声音回答道，"你想什么时候办呢？"

"今晚。"

"那太仓促了，门罗先生，要不下个礼拜？"

"就今晚。"他坚定地说，摆出了一张臭脸。

安吉莉卡咽了口唾沫。他觉得自己像个校园恶霸。这当然不是安吉莉卡的错，但在乔尔看来，阵营已经划好了，不管她怎么想，这都已经变成了他与他们的对抗，而她坚定地站在"他们"那边。

"嗯……"她在椅子上不安地挪动着身子。

"嗯？"他摆出了一副更凶蛮的表情。

"回头再说吧。"她说。

"我有个女儿，"他以一种毫不妥协的语气地对她说，"我知道'回头再说'是什么意思，我也知道这是我们成年人用来哄孩子的，为了让他们短暂的注意力转移到别的事情上。你觉得我是个孩子吗，安吉莉卡？"他最后放低了声音，添上了一丝威胁的语气。

"不，门罗先生，完全不是……"

"只要你愿意，我可以表现得像个孩子的。你想让我大发脾气，拉屎在裤子上吗？"他微笑着问。

她那不安的微笑渐渐收敛，她看着他，仿佛头一回听懂别人在说什么。

"我可以把我所有的玩具都从婴儿车里扔出去吗，安吉莉卡？你想看我又哭又闹吗，安吉莉卡？"

她的笑容消失了，代之以一种既紧张又惊讶的戒备神情。

"电影之夜？"她说，"电影之夜没什么不好。"

乔尔收起假笑，露出了一个真正的笑容。

"完全没什么不好。"他向她保证，"要不晚饭后？在公共休息室？"

她朝他点了点头，见他又愉快地笑了，她看上去松了口气。他胜利的快感很大程度上被这种恶霸似的行为导致的负罪感削弱了。

他向她道过谢就走了，继续寻找下一个同伙，但当他走到尤娜的门口时，他感到没有把握。他试着鼓起勇气敲开那扇小小的房门，但那老调重弹的敏感又出现了。一个微小的声音告诉他这是不合适的，他走进的是克拉克太太——他亡妻的朋友的房间。弗兰克的可怜身世推动着他前进，他轻轻敲了敲门，但随即就开始担心自己敲门的声音太像个老头，于是他又敲了一次，这一次声音更大，结果却像是在捶门，这是他绝不想看到的。第一次怯生生地敲，第二次捶得连门都晃了起来，此刻他觉得很尴尬。

尤娜生气地走到门口，见是乔尔后，她的表情转而变得惊喜。

"乔尔，"她和他打了个招呼，"进来吧。"

她后退了一步，让乔尔进门。

房间的装饰风格完全如他所料。小小的瓷器摆件，小小的印着各种鸟类的带框照片和绘画作品，色彩鲜艳的床单——不是标准的监狱款式，而是她的家人从外面带来的。墙上一个小书架上堆满了各类图书，地板上的书更多。他从不知道她是如此求知若渴。

"我需要你帮忙。"他告诉她。

她向他露出了温暖的微笑。

"为你做什么都行。"她对他说。

他跳过了原因，告诉她弗兰克情绪低落，而且他有一个计划。当他十分内疚地告诉她欺负安吉莉卡一事时，她笑了。"你可真坏。"她怜爱地对他说。

她的笑像小铃铛一样叮当作响。他不得不承认，这是露西去世后，他头一回在尤娜身边感到自在。卡尔不知何时探进了脑袋查看她的情况，并试图掩饰自己看到乔尔后明显的惊讶。乔尔希望这能在某种程度上减轻他威胁要拉屎在裤子上的不良影响。当乔尔最后离开她的房间时，他已经恢复了早上的良好状态，但他发现弗兰克仍然有些沉默寡言。乔尔试着拍了拍他的肩膀以示安慰，但这一举动让两人都很不自在。

在这一天余下的时间里，乔尔努力克制着自己的兴奋。莉莉笑着把包裹送了过来，他感到很振奋，因为他看到了自己缺失的活力与热情。当然这只有他自己知道。只要他确立了一个目标，乔尔就成了一个能量球，一个片刻不停的永动机，与他虚度光阴时的精神状态形成了鲜明对比。

"你们今天都很嗨啊。"她边说边把盒子递给他。

"可别小看我。"他天真地回答。

她对他露出了一个微笑，在他的印象中，她从没有这样笑过。好像这是她头一回见到他似的。她看到了潜藏在她从小认识的古怪外公之下的人。一个成年人看到了另一个成年人，看到了他的内心。在她离开前，他格外用力地拥抱了她。

晚饭时间到了，潜在的麻烦也来了。

"我拿去电视边上吃。"弗兰克对他说道，脸上挂着最佳的德·塞尔比式假笑。

"不，"乔尔对他说，"不行。"

"哦？不行？"弗兰克不耐烦地回答。

"我需要你陪我。"乔尔回答，调动着他内在的德·塞尔比。

"请容我拒绝。"弗兰克坚定地回答。

"我没问你的意见。"乔尔断然回答。

"我也没有。"弗兰克反击道。

两人对视着，几乎目露"凶光"，最终，弗兰克叹了口气，站起身来穿衣服，嘴里一直念叨着"愚蠢""顽固"之类的词。

晚餐时间过得很慢，当它终于结束时，卡尔走进来摇下了大投影屏，调暗了灯光。

弗兰克困惑地看向四周。

"这是怎么回事？"他问道。

乔尔只是朝他露出了一个微笑，他成功做到了一件连弗兰克也想不到的事情，这让他很高兴。知道这位老演员也不是无所不知的感觉很好。

当卡尔摆弄投影仪和碟片盒的时候，尤娜站了起来，她轻轻敲着酒杯，示意大家安静。所有居民都静了下来，他们中有些人参与了密谋，有些没有。

尤娜扫了一眼，让大家注意聆听。房间里的灯光柔和地照着她，她穿着半新的衣服，看上去很庄重，甚至有些威严，她的举止沉静而高贵。乔尔朝她露出了鼓励的微笑。

"女士们，先生们，"尤娜用她最响亮的声音宣布，"感谢大家今晚的光临。今晚的娱乐节目由乔尔·门罗的外孙女莉莉安提供，为的是纪念山顶养老院一位最有才华的居民的作品。"

弗兰克恍然大悟。令乔尔高兴的是，弗兰克在座位上坐得更直了，还摆出了一个谦虚的姿态，他几乎可以看到他朋友周围的迷雾消散了。

"他的主要作品包括戏剧和电影，但你们大多数人知道他是通过久盛不衰的电视剧《光荣岁月》。为了向这位杰出的艺术家致敬，今晚我们将欣赏这位实力派演员在第四季中的表演，我认为这是他表现最精彩的一季。居民们、护士们，我向你们隆重介绍弗兰克·德·塞尔比先生。"

房间里爆发出一阵掌声，弗兰克优雅地站起身，他微微鞠了一躬，微笑着在房间里走来走去，一遍遍说着"谢谢"。他都可以得奥斯卡或者终身成就奖了。乔尔意识到，如果自己一周前看到这一幕，他会深深厌恶这个浮夸的角色和这个献殷勤的家伙，但现在，他只是微笑地看着他的朋友，看着他再一次享受在聚光灯下的感觉。

他们坐下来观看剧集，乔尔发现自己很喜欢这部剧，这令他很反感。当然了，他绝不会告诉弗兰克的。弗兰克微笑地看着电视，他坐在克莱恩太太和克拉克太太中间，向观众们讲述每一集的趣闻轶事：哪些演员在片场喝醉了酒，私下里谁和谁有暧昧关系，即兴的台词与被损坏的道具。他沉浸在属于自己的时刻里，忘却了烦恼。在这一刻，他是自己重新命名的德·塞尔比，而不是他所厌恶的亚当斯。

这不是解决问题的办法，乔尔知道，现在什么也不能解决弗兰克的问题，就像什么也不能解决他自己的问题一样，但在某种程度上，这能帮助他们再轻松地度过一天。他笑着抿了一口茶，享受着房间里欢乐的私语，以及随之而来的积极氛围。

有些"监狱"也是可以很舒服的，他看着身边的"狱友"们，心里想道。

多么讽刺啊，乔尔心想，恰在他即将结束自己生命的时候，他们看到了他勃发的生命力。

他们散步穿过养老院，乔尔穿着粗花呢西装（他觉得这看上去能增添几分高贵气质，而自己又像是从前那个令人敬畏的老人了），弗兰克穿着睡衣和睡袍，戴着镶着细小金边的丝绸围巾。

"昨晚你可真好。"弗兰克边走边对他说。

一大早，两人都没怎么说话。乔尔醒来时，弗兰克已经醒了，正读着他那些装腔作势的文学——乔尔估计弗兰克会用这个词，他不说"书"，他会说"文学"。

他们在公共休息室里安静地坐着，之后不约而同地前往花园散步。两人一起走到前门，绕着一条小径走了一圈，小径一直通往那些威严守卫在"监狱"外围的树下。

"呃……"乔尔咕哝着，对这种赞美感到不自在。

"不太像你。"弗兰克快活地说。

乔尔很感激这样的挖苦。他是一个不习惯被表扬的人，并且对表扬深感不安。他们之间那种善意轻松的玩笑更合他的口味。这是他这一代的人在成长过程中使用的语言。一种从他父亲那里继承的语言。他父亲表达爱的方式就是隔着一定的距离，拍拍孩子们的头说"干得好"。大约三十岁的时候，乔尔听到一个男人对另一个男人说"我爱你"，这使他大吃一惊。他不知道男人还能这样做。他尽量不去想别的——缺乏感情、不善言辞是怎样把他扔在这个与世隔绝的地方的，这种语言和文化又是怎样把他的朋友变成一个边缘人的。他年纪大了，改变不了什么了。

"犀牛知道后我可能会有麻烦。"

"哦？"

"我大概威胁过要发脾气。"

"明白了。"弗兰克说着，嘴角露出了笑容。

"我还告诉过安吉莉卡，我要把屎拉在裤子上。"

弗兰克突然爆发出一阵笑声，惊动了头顶树枝上的几只小鸟。他擦去了眼角笑出的一小滴眼泪，看着它们飞走了。

"那个可怜的女人。我想她已经有些怕你了，你知道的。"他终于平静了下来，说道。

"这有什么用。"乔尔评论道。

"你会对犀牛说什么？"

"不知道。说实话，我没想那么远。"

"你担心吗？"

"有一点。"

"心理医生的事？"

忧虑再次笼罩了乔尔。那片阴云从来没有远去，它一直在等着他的思绪飘回来，这样它就能包围他，让他想起自己的境遇，打乱他的思维。山顶的每一堵墙都是"监狱"的一部分。他知道他们会把心理医生请来的。乔尔无法像弗兰克那样什么也不说。他们会知道的，然后他们就会把他送进精神病院，剥夺他最后的尊严。

"他们会把我送走的，弗兰克。他们会把我送进一个屎坑，原谅我的用词，给我灌药，我死在那儿的时候连自己是谁都不知道。"

"天哪，乔尔。"弗兰克兴奋地看着他，"这就是戏剧性。"

"别开玩笑。这一点也不好笑。"乔尔无视了德·塞尔比的面具，径直对弗兰克·亚当斯讲话。

"好吧，好吧。"

"我该怎么对她说？"

"首先，你得道歉。你很抱歉，不是吗？"

乔尔反省着自己是否感到抱歉。他发现了自己心底的一丝歉意。安吉莉卡是个很好的女人，她以自己的方式善待着他，对其他人也很亲切。她经常笑。他觉得她那种咄咄逼人的宗教信仰令人恼火，但她不该受欺负。这小小的歉意源于这样一种认识：如果他不是山顶监狱养老院的囚犯，是永远不会做出这种事的。

"我想有一点。"

"不错的开始。现在别为她烦心了。"

他们走在花园尽头的树下小径上，乔尔很忧虑，他边走边踢着覆在小径上的树枝、松针和苔藓。他意识到，如果他死了，这就不是什么问题了。尸体并不会担心自己的存在毫无意义，就算被冒犯了也无所谓。如果他在头一回想到这个计划的时候就把它贯彻到底，如果他吞下了所有的药片，或者用睡袍的绳子给自己做一个套索，他就不用担心自己有没有让护士长烦心了，也不用望着高大的树木，想着还有人看着不让他逃跑了。他就自由了。没有烦恼，没有虚无。

乔尔陷入了沉思，直到他踢到了树根，抬起头来。他意识到自己以前从未走过这条路，他惊奇地发现这堵墙有些倾斜，足以让他看到邻屋的后院。

山顶养老院的占地面积很大，有好几栋房子与之相连，在五月的阳光下，他看到孩子们在荡秋千、踢足球，在帮工或是保姆的看管下，用肥嘟嘟的小腿蹦蹦跳跳。当看着他们玩耍的时候，他笑了，有那么一会儿，他忘记了死亡，忘记了护士，忘记了看守似的树，只是享受着在树林里散步的感觉。

"这儿。"弗兰克朝他喊道。

在养老院边缘那片杂乱的小树林里，乔尔几乎和他的朋友走散了。但弗兰克没有走远，而是来到了院子东南方的墙角处。那儿有一块倚着墙角的大岩石，不受光照，也不受潮。

这是一块投机取巧、因利乘便的岩石。它有些沧桑地立在那儿，中间有一道天然的凹槽，看上去像是一级小台阶，恰好够两个老人爬到墙头休息。这堵墙不知是围绕什么东西而建的，可能在历史上的某个时候，大概是有人在边上开始盖房子以前，人们需要爬上这堵墙来观察周围的环境。借助完美的垫脚石，在墙头可以见到一个车库的平顶。它唯一的缺点是被浓密的荆棘挡住了路。

从他们走过的诸多花园来看，乔尔知道另一头的高度差会很大，对他们两个人来说都太高了，但岩石召唤着他们爬上去，墙壁召唤着他们坐上去。如果他们能上去的话，或许另一头会有一条路。

乔尔看着弗兰克，后者正伸长了脖子仰望天空。

"你在找什么？"乔尔问他。

"我感到此刻阳光恰好穿过树枝，照亮了我们这边的小梯子。"

乔尔沉着脸看着他。

"这就是你的问题，"弗兰克对他说道，"一点儿也不浪漫。来吧，帮我清理这些荆棘。"

弗兰克提起睡袍，开始踢那些荆棘，但他脚上穿着拖鞋，不得不小心翼翼的。他撩起衣服，围上围巾，笨拙而小心地想把那团缠绕多刺的东西挪开，看起来像是个卡通人物，乔尔放声大笑。

弗兰克冷淡地看了他一会儿，正准备出言相讥，让乔尔闭嘴，但乔尔的笑声感染了他，他看着自己昂贵的拖鞋踩在泥浆和荆棘里，渐渐展露了笑容，随即也放声大笑，他起初还有点不好意思，但看着乔尔边笑边喘气的样子，便也无所顾忌了。两人站在新发现的岩石边的一小块空地上，笑得喘不过气。

笑声终于止住了，弗兰克小心翼翼地朝那块石头走去，仔细地研究着它，他那布满皱纹的脸上依然挂着笑容。"我们怎么做？"乔尔笑得意犹未尽，问弗兰克。

"现在吗？什么都不做。我们回房间去。"

"然后呢？"

"然后我们要做园艺。"

这一回答足以让乔尔知道，弗兰克已经言尽于此了。他在计划着什么，像他一贯的那样诡计多端。对乔尔来说，深究这个小天才的内心活动是白费力气。再说，这会毁了他伟大的揭秘时刻。

于是，他们散步回到养老院，对那块石头的念想取代了自杀的念头。乔尔觉得他们走在一起可能有点滑稽，一个穿着粗花呢西装的高个子男人，和一个穿着睡袍、围着围巾的小个子男人，但乔尔并不因此觉得尴尬，他站在自己朋友的身边，在清晨的阳光下露出了微笑。

* * *

那天下午，昨日之事的余波又来困扰乔尔了。犀牛穿着整洁的制服站在他面前，神情严肃而刻板。乔尔以顽固不化和寡言少语作为防御，回应着她冷静的愤怒。要是做得更多，他担心自己会暴露害怕她的事实。她可能已经知道了，但他不想给她耀武扬威的满足感。

"你威胁说要在裤子上拉屎。"她说。这不是一个问题，而是一个强硬的陈述。

"没错。"

乔尔觉得有些不公平。这件事并没有被认真对待，他只是不想被人随意打发。他觉得自己剩下的那点尊严是值得坚守的，他当然不会为了争一场电影之夜就把自己弄得脏兮兮的，从而丢掉自己的尊严。

"你威胁了一位工作人员？"这次她问道，最后轻微的语调变化，使她的话语柔和了一些。

"没有。"

"没有？"

"没有。"

她又一次紧盯着他。

"你没有告诉可怜的安吉莉卡，你要对她大吼大叫吗？"

可怜的安吉莉卡。乔尔对"可怜的安吉莉卡"这个说法嗤之以鼻。犀牛一点儿也不在乎"可怜的安吉莉卡"，她只是享受控制乔尔的感觉。

尽管如此，他还是在纠结那位护士的问题。她或许是个善良、友好、热情、体贴的人，但每当他在夜里闭眼准备睡去时，他仍能看见她那双压在米勒先生瘦小身躯上的大手。

他一言不发，试着意味深长地回视了她一眼。他希望她能在他失去勇气之前做出让步，希望自己的脸上没有露出紧张的神色。

"门罗先生，你明白为什么这对我们来说是个问题吗？"

"不明白。"他说。尽管她的言之有理令他感到沮丧。

"你在这里已经五年了，门罗先生，虽然你不像亚当斯先生那么聪明……"她嘲讽地看了对床上的弗兰克一眼，还用上了"聪明"一词，让它听上去像是一种令人羞耻的传染性性病，"我们还是觉得你是一个彬彬有礼、沉着冷静、受人尊敬的居民。但在过去几周里，你好像变了。"

"几周前没人强迫我吃药。"他回答。他知道这是一个蹩脚的借口，但他不需要她来挖苦他，不需要让她知道他的情况有多糟。

"几周前我们没必要强迫你，门罗先生。你那时候很乐意吃药，我要提醒你的是，你很需要吃药。"

"那是在我意识到不配合就要被当成疯子之前。"

"没人把你当疯子，门罗先生。"她通情达理的语气让人恼火，他知道她是故意的，"但从各方面考虑，米勒先生的突然去世可能对你的精神健康产生了影响。"

乔尔觉得，无休无止、毫无意义的单调生活，被家人囚禁在监狱里悼念自己的一生挚爱，或许也与此有关，但他决定不说出来。相反，他有些孩子气地把脸从她身上别开，盯着窗外从山上一路蜿蜒到前门的长长车道。

他没有回答。她把他逼进了死角。她知道他状况不好，而她知道的后果就是，他可能会被送进一个比这里更糟的"监狱"——远离弗兰克的另一家养老院或者精神病院。时时刻刻的监视。没有解脱的机会，也没有完成他伟大逃亡的空间。生存空间会更狭小，他也不得不与那些被生活挫败、精神被摧毁的人共处，从而加重那种虚无的感觉。在他们找到机会转移他之前，他得自杀。

他俯瞰着车道，绞尽脑汁要想出一个有意义的自杀。

她站在原地，表明要得到回答。

"可能是我的错。"弗兰克突然说道。

在谈话开始时，德·塞尔比一直沉默不语，像是受到了犀牛绝对权威的控制。但在乔尔需要帮助的时候，他开口了。

"什么？"犀牛说着，把目光转向了弗兰克。

"他一定是被我气坏了。"弗兰克告诉她。

他们成为朋友的时间并不长。但令人难以置信的是，乔尔觉得他懂得弗兰克，深深地懂得他，懂得他的灵魂。在他们短暂的友谊中，他学会了如何分辨亚当斯和德·塞尔比，他知道那位演员何时准备表演，而那个真正的人何时从面具背后滑出来，让世人看到他悲伤的脸，无论那是多么短暂。

乔尔知道上一句话完全是德·塞尔比式的，那不是说出来的，而是准备好要表演的。它的突然出现让人吓了一跳。乔尔很清楚他的朋友要干什么——唱双簧。

"与你无关！"乔尔假装气得要大叫起来。

"当然有关，"德·塞尔比漫不经心地回答，甚至还有些傲慢，"你很容易生气。我搬进来后打乱了你的日常，让你失去了平衡。"

"别自作多情了，你这个自恋的浑蛋。"乔尔反驳道。他努力使自己的表演自然可信。只需要一点恰到好处的蔑视。多年来，他在这方面积累了足够的经验；他知道该怎么做。

"啊，你看，"弗兰克居高临下地说道，"又来了，气鼓鼓的。"

"我立马也让你气一下。"乔尔回击道。

即便她信了他们的表演，她也不动声色，但她分心后就很难对乔尔火力全开了。

"你知道这个暴脾气的老东西需要什么吗，瑞安护士？"弗兰克郑重其事地问她。

"我相信你会告诉我的。"她冷冷地回答。

"他需要多加锻炼。"

她顿了一下，皱起了眉头。她可能不信两人吵架的套路，但她没想到的是还有这样一个角度。

"哦，你知道我需要什么，是吗？"乔尔插嘴道，打乱了她的节奏。

"当然了。也许明天我可以带他出去，让他见识见识我的园艺才能。我以前有一个相当不错的花园，不过我那时候懒得管。"

又是园艺。这个老无赖已经有了计划，但乔尔不知道种花除草对他们有什么用。犀牛的眉头皱得更紧了。

"我可不做什么该死的园艺。"乔尔说道，赌了一把。

犀牛的眉头稍稍舒展了一些。她打量着他。

"也许你需要做点运动，门罗先生。我常听人说，运动有助于振奋精神。明天我会安排你加入山顶园艺俱乐部。克拉克太太是你的朋友，对吗？我相信有个人来搭把手，她会很高兴的。"

乔尔佯装生气，把脸从她身上转开，回头看向下面的花园，只是这次他没有看大门。他的目光在东南方的角落游离，那块岩石在那儿等着他们。

当他盯着它看的时候，她走了，当确认安全无虞后，他转向弗兰克，后者对他眨了眨眼，咧嘴一笑。

* * *

那天下午，威猛吉姆又一次让乔尔陷入僵局，与此同时，弗兰克发表着评论，逗得公共休息室里一片欢声笑语。尤娜听说乔尔和弗兰克要加入园艺俱乐部，露出了一个在乔尔看来有些怀疑的热情笑容。乔尔守不住任何秘密，任何人都能从他脸上读出些什么，因此他觉得自己还是不知道弗兰克的计划为好，但乔尔也渐渐明白，尤娜·克拉克不是傻瓜，她看到了他朋友眼中闪烁的光芒——恶作剧。

午饭过后很久，乔尔坐在卧室窗边的扶手椅上，这时，一辆熟悉的红色小汽车开上山来。里面坐的是莉莉和克里斯。当他们在长长的车道上蜿蜒前行时，他的外孙女向他挥手致意，外孙则勉强冲他露出了微笑。

外孙和外孙女最喜欢他的日子早已一去不复返了。他们还小的时候，他极为宠爱他们。像他们母亲小时候那样，他把他们带到修理厂里，教他们如何修车。他们太小了，但他不在乎，他只想和他们待在一起。起初，当乔尔意识到与他们之间有一道鸿沟时，他感到伤心沮丧，但随着时间的流逝，他的心态变得越来越摇摆不定。失去了露西，一切都显得无关紧要。鸿沟显现了出来，但乔尔的自私或是愚蠢让他视若无睹。他任由鸿沟扩大，最开始是伊娃，然后是莉莉和克里斯，只需要做一点点努力就能弥补它，但他任由它变大，最后积重难返。他不知道自己离世之前是否还有时间。

在长时间的矛盾心态下，此时此刻，他头一回发现自己见到他们很兴奋。对莉莉比对克里斯更多一点。昨天她还很乐意地参与了电影之夜的事情。他甚至不知道能从哪里搜罗到这些东西，而她只用了一个下午就把碟片送来了。他很庆幸自己穿上了西服，这样他们就不会看到他裹在睡衣里，闷闷不乐地坐着了。弗兰克似乎一点儿也不介意整天穿着睡衣。与乔尔不同的是，他穿着睡袍时并不沮丧。他用某种看起来舒服而随性的派头穿着它，而不是一副丧气得快要自杀的样子。

"你是来拿那些碟片的吗，亲爱的？"当莉莉走进房间时，他问她。

"你好，外公。"她拥抱了他。之前的很多次拥抱都是敷衍的，是一种表达最淡薄的感情的必要步骤，但这次是真实而温暖的。他也拥抱了她。

"不，我想让你俩留着。实际上我自己还买了几盘。要是德·塞尔比先生能在上面签名就更好了。"

"是亚当斯先生。"乔尔轻声纠正了她。

"随我的影迷怎么称呼。"弗兰克告诫他，"我很乐意给你签名，亲爱的。这个健壮的小伙子是谁？"

克里斯朝他咧嘴一笑。乔尔觉得弗兰克和克里斯会处得很好，他们都有一种玩世不恭的态度，眼里都闪烁着恶作剧和惹麻烦的光芒。外孙和乔尔一样高，并且还在继续长个，尽管仍有一些年轻时的瘦削，但乔尔觉得这个男孩一定能长成一个高大魁梧的青年，事实上他已经是个十八岁的青年了，但乔尔发现自己年岁越大，衡量一个人是否成人的标准就越高。

"我叫克里斯。"他的外孙伸出手对弗兰克说。

"我发誓，乔尔，你的外孙中了基因大奖。他继承了你所有的帅气，却丝毫没有你显著的缺点。简直是从你身上凿出来的。"

克里斯和莉莉都笑了。乔尔大声擤着鼻子以示不满。

"什么风把你俩吹来了？"乔尔坐回了他的扶手椅，问道。克里斯也随意地在弗兰克床边坐了下来。这是他熟悉的地方，以前露西在时他们来得更勤，那时候他就经常坐在床边。

"只是想突然冒出来打个招呼。"莉莉一边说着，一边随意在房间里走来走去。

"真是个惊喜。"乔尔告诉他们。

"是的。就像昨天那通电话一样。我想那是你第一次给我打电话，自从外婆……"莉莉意识到她的话可能会造成的影响，便不再说下去了。乔尔尽量不表现出来，但它还是刺痛了他。他仍然勉强地笑了笑，让他们知道他并不难过。

"不管怎样，"克里斯继续说道，试图掩盖尴尬，"我们只是想过来看看。看看你过得怎么样。就随便看看，你知道吧？"

乔尔见到他们时的兴奋消失了。他们不是来看他的，他们是密探，是来调查他的。这是利亚姆和伊娃的谈话造成的。这是一次为了检查他精神状况的"随便"拜访。难道他们以为他弱智到看不懂这一切吗？他们就这么看不起他的智商吗？他抑制住自己对一切虚假的愤怒。他们的汇报将是完美的。他们会空手而归。他也许不是个一流的骗子，但在这方面，他会表演得比德·塞尔比更出色。

"来看看。当然可以。嗯，就像你看到的，一切都很好。"

鉴于乔尔一向古怪的沉默寡言，这实际上就已经能说明问题了。他们一定会惊讶于他的积极。乔尔有些窃喜于这个主意。他可以骗过他们所有人。他会让他们见识到的。

"那么，"莉莉试着说，"昨晚看影碟了吗？还不错吧？"

"精彩绝伦，亲爱的莉莉。"弗兰克对她说道，而乔尔的脸上始终挂着笑容。"我的表演在第四季达到了巅峰。编剧团队，合作的演员，优秀的导演组。老实说，我现在人在这儿，而不是在比佛利山庄的豪宅里养老，这可真是个奇迹。"

"这都是你安排的，外公？"莉莉问道，没有被弗兰克分散注意力。

"只是举手之劳。"乔尔仍保持着礼貌的微笑，对她说道。

"好极了。"她说，尽管他觉得她还有话要说。

"打牌吗？"弗兰克问。他显然明白了房间里正在发生的一切，他知道乔尔正在对他们下逐客令。

他们舒服地坐了下来，融洽的闲聊掩盖了他们此行的真正意图。夜店、酒吧、大学工作、购物、足球。老套的谈话掩盖了更深层的动机。有那么多人在窥探他的生活，他一点隐私都没有，甚至连自己的痛苦也不能掩藏，这让乔尔感到恼火。他也拿了一手牌，得了四十五分。尽管他早该猜到弗兰克是四个人里牌打得最好的，但他也不赖。他打牌是为了逃避他们，不让他们知道他不想泄露的事情，直到他们最终放弃。

当他们开始收拾东西时，弗兰克正忙于笑着庆祝自己的胜利。

"外公，"莉莉一边穿上外套，一边正经地对他说，"很高兴看到你走出来了一点。"

他朝她点了点头，尽力以最慈祥的态度露出礼貌的微笑。一个僵硬的微笑。

"我也很高兴见到你，亲爱的。"他对她说。

"必须再来打一次牌。"克里斯自信而轻松地对弗兰克说。如果不是相差五十多岁，他俩本可以成为朋友的。

"还有，外公，"莉莉边说边上前拥抱了乔尔，"如果有什么需要，请你，一定，随时给我打电话。好吗？"

也许她是认真的。也许在她心里的某个地方，她想找回曾经的那个外公。也许她感受到了和他前天一样一闪而过的熟悉感，那久违却从未被遗忘的亲情。但乔尔看到的只是更多的扰乱，更多来自他女儿的监控。他更加胡思乱想了。

当他拥抱外孙女时，他发现自己很难抛下她，很难抛下他所有的家人。但和他们待在一起更难，他想着。

＊　＊　＊

他们走后，这一天的随机抽查也结束了，乔尔在床上躺了下来。弗兰克在他身边保持着可疑的沉默。这对这位爱交际的演员来说是反常的。

"怎么了？"乔尔问。

"我觉得他们能来真是太好了。你没必要对他们那么冷淡。"

"我可没有。"乔尔撒谎道。

"别蒙我。我看见了。她一提到你妻子，你就不说话了。"

"事实上，当他们传达出是来监视我的时候，我就闭嘴了。"

"你有点妄想症。"

乔尔想了想。尽管可能性很小，但他们的确可能就是来陪他一会儿的，不过不止如此。这太像近年来他被施加的控制了，太像他放弃了自己生活而去迎合的那种控制了。

"可能有吧，弗兰克，"他叹了口气，"可能有，不过没关系。如果我有的话，那是因为我不再相信有人会把我当作一个成年人，我不相信有人会让我这样。我要走自己的路，不要每天生活在这个舒服的小地狱里。"

弗兰克在他身旁默默不作声，聚精会神地听着。这对他们两人来说都是一个哲学时刻。

"我可以相信你，对吗，弗兰克？"

问出这个问题是难堪的。更多的是因为，乔尔在问的那一刻就知道，他需要能够信任他的朋友，需要一个能让他自由选择活着或是死去的人，一个能在他想死的时候帮助他，在他想活的时候不干涉他的人。

"你可以相信我，乔尔。我保证。"

乔尔明显宽慰了不少。他舒了口气。

他还没来得及感谢弗兰克，利亚姆护士就匆匆走了进来。

"我打断你们了吗？"他问。

"完全没有，老伙计，"弗兰克告诉他，迅速进入了德·塞尔比模式，"我们在思考死亡。"

"这是病态的。"尽管利亚姆有意不戳破，但他仍告诫道。让养老院里的两个老人不要谈论死亡，这真的很蠢。

"我听说瑞安护士今早和你谈话了，乔尔？"

"是的。"乔尔回答。他仍未完全原谅利亚姆护士在他背后嚼舌的行为，但在一个得知了有一个重要的人会帮助自己的宽慰时刻，乔尔无心对年轻的护士撒气。

"希望你没生我的气。我只是担心你。"

"我知道，我也很感激。但你能感觉到，你的担心，所有的担心，会让我窒息吗？"

利亚姆久久地看着他。乔尔可以看出，这个年轻人正试图得出一个结论，他试图站在乔尔的立场上理解这个暴躁老人的感受。

"我想我能。"他终于说道。

"那我们就没事了，利亚姆护士。有时候我只是想自力更生。"

"我明白。你……"他犹豫了一会儿，对全新而陌生的氛围感到不适，"我知道被人强迫的感受。"

护士说这话时朝弗兰克瞥了一眼。一个确切的小细节，一个闪躲的眼神。他理解了。不知怎么的，在某种程度上，他知道并理解了弗兰克正在经历什么。尽管他们之间产生了某种气氛，但弗兰克仍在尽力避免眼神接触。乔尔觉得自己也能理解这一点了。利亚姆是弗兰克丢失的部分，因为他从不允许自己成为利亚姆的样子——光明正大地做个同性恋，不在乎这些老家伙的想法。

通过表达直觉上的理解，利亚姆向乔尔传达了当乔尔最终实施计划时，他也会有一样的同情。在乔尔死后，至少有两个人能理解他这么做的原因了。

"那我俩的关系会好起来咯？"乔尔问利亚姆。他之所以问出这个问题，是希望利亚姆能明白他在暗示什么：你会让我做一个成年人吗？

"一定会的。"利亚姆温和地说。现在他奇怪地看着乔尔，就像莉莉之前看他的那样。他看到有什么东西在老人的身体里翻动和活跃，而那里曾经了无生机。多么讽刺啊，乔尔心想，恰在他即将结束自己生命的时候，他们看到了他勃发的生命力。

"生死都由我？"乔尔微笑着问他。

利亚姆护士缓慢地向两人点了点头，走了出去。

乔尔怔了一会儿，终于转向了弗兰克。

"明天什么安排？我知道你已经有了主意。"他在床上伸展着，看向房间对面的朋友。

弗兰克露出了一个隐秘的微笑。

"明天的计划是从这里逃出去，我们要找一个地方为你做最后的告别。你觉得如何？"

这位老演员悄声说出了他的主意，尽可能地将身子倚向两人之间的空地而不掉下床。

如果房子的主人或是任何一个孩子现在走出来，就会看到两个试图逃离养老院的七旬老人，其中一个还悬在墙的半腰，而最后一声警报的余响还在空中回荡。

第二天一早，五月一个多云的早晨，乔尔和山顶园艺俱乐部的其他"囚犯"出发了。弗兰克热情洋溢，格外精神，他穿着自己最好的背心和花呢外套，长发末梢自然卷曲，在围巾上跃动。当他穿着干净的皮鞋走到草地上时，园艺俱乐部的成员们都斜着眼看他。克拉克太太啧啧地摇了摇头，但什么也没说。

那天在公共休息室吃早饭时，她会意地对房间对面的两人笑了笑。乔尔严肃地点了点头以示回应，并希望她没有看到他满脸的愧疚。他还不确定尤娜·克拉克对他来说到底意味着什么，但近来他发现，在她的陪伴下他比过去很长一段时间都要快乐。他不知道当那天来临时，他是否也难以向她告别。

将要死去的念头将他猛地拉回了现实。他还有工作要做。这个计划并不复杂，但需要一点时间和运气。如果弗兰克说得没错的话，不会有人注意到他们带了什么工具，只不过是两个老人在外面做做园艺罢了。他们将在时机成熟时行动。园艺俱乐部有二十名成员，弗兰克推测他们的行动不太会被人注意。

尤娜正讲解着各项工作，乔尔站在弗兰克身边，努力克制自己紧张兴奋的情绪。弗兰克一直点着头，仿佛什么都明白了。乔尔几乎能感觉到犀牛的目光正从身后的某个地方看着他。在他的想象中，她站在窗前，只盯着他一个人。

简单的介绍结束后，一群人朝着背靠养老院西墙的仓库走去。他们在里面挑选园艺用的剪刀、锄头，以及厚实的手套。弗兰克穿着陈旧的华服，戴着厚厚的手套，肩上扛着锄头，看上去很滑稽，乔尔不禁朝他露出了微笑。

"你们两位先生今天早上想做点什么呢？"当小分队纷纷开始工作时，尤娜问他们。

"我们在想，"弗兰克告诉她，"前门边上有一小块地方，就在门里头，可以好好打理一下。"

"要一直走到前门是吗？"她问。

"我俩在那儿就不太会碍着别人了。"乔尔插嘴说。

"这倒是。"尤娜回答，笑得很灿烂。

"天气真好，"弗兰克对她说，"我迫不及待想要工作了。"

她耐心地上下打量着他，随意地帮他理了理衣领。

"尽量别惹太多麻烦。"她走开时告诉他们。"也别毁了我的花。"她想了想，又补充道。

她可能知道他们在捣鬼，但她并不打算阻止。

"我们走吧。"弗兰克明快地告诉他。他原本可以表现得很随意，但乔尔能看出弗兰克和他一样紧张。

他们表现出若无其事的样子，沿车道往下走去，在花坛那儿假装忙活一阵后，他们偷偷地看了看附近有没有看守，接着溜进了树林。

"所以我们把它清理干净后会怎样？"乔尔边走边问道，路上散落着许多松针。

"船到桥头自然直。"弗兰克回答，他小心翼翼地探着路，以免磨坏了鞋子。

而乔尔穿的是自己最耐穿的衣服。以前他在修理厂干活时有一套工作服、几条牛仔裤和几双结实的靴子。这些装备和他一起退休了，但他的衣物里仍有舒适的裤子和结实的鞋子，还有一件暖和的羊毛衫。对一个准备在花园里干活的人来说，至少他看上去不滑稽。当他们沿着墙根行走，路过邻屋的后花园时，乔尔能感觉到岩石在召唤他。那完美的小梯子，隐蔽、偏僻，他在山顶走了这么多年的路，竟从未发现这颗小小的遗珠。他觉得自己应该对弗兰克的发现表示感谢，但他决定先不说，直到他看到这个人愿意付出多少努力。乔尔怀疑这可能并不需要太费力。

接着，他们爬上了石头。它看上去比前一天光滑了一些。乔尔怀疑这个小角落可能根本就晒不到太阳，但它在他眼中依然很宏伟。而它面前的荆棘就不同了，它们粗壮、盘须错节、根深蒂固，但乔尔发现自己正笑着看向他的朋友，弗兰克把西装外套挂在树枝上，松了松衬衫的领子，也笑着看向他。乔尔卷起了袖子，两人开始将工具投入使用。乔尔几乎立刻就感到了回归工作、有事可做的快乐。他有了一份工作、一个目标。

他们先剪开了外面较厚的荆棘，乔尔以为自己几年前就没了力气，可他现在正有力地砍着，当最难砍的荆棘被除去时，他们开始在几丛浓密的灌木底下挖洞。

计划的第一阶段并不复杂，只是剪除荆棘，开辟出一条能够通向岩石的小路。这花了他们一个半小时的时间，但当他们完成工作，移除了足够多的灌木，能够从中穿行时，乔尔感到这是自己来山顶养老院以来最兴奋的一次。

两人二话没说，从他们开辟的小路上挤过去，乔尔在前、弗兰克在后，爬上了小小的石阶。乔尔的胳膊因工作而劳累，关节也疼了起来。他的身体状况让他很失望。尽管精神上很亢奋，但乔尔毕竟年事已高，身体虚弱。他不顾身体的抗议，笨拙而艰难地爬上墙头坐了下来。弗兰克个子比他小，只够把胳膊交叉在墙头，下巴放在胳膊上。

墙外的高度差很大，离地面近十英尺。事实上，墙头已经高到和邻居车库的房顶齐平了，它们挨得很近，乔尔几乎可以伸手爬过去，如果他对自己的身体有信心的话。墙高得危险，乔尔却乐在其中。他坐在那儿，让自己的脚悬在邻居车库边的后院上方。

邻居的院子很干净，打理得很好。一间小暖房从屋后突出，里面塞满了儿童玩具、涂色书和蜡笔。乔尔希望他们不要现在出来玩，他担心他们会被两个把脑袋探进自家后花园的老人吓坏。

离乔尔坐的地方仅几英尺的墙根处，有一个很大的煤仓，也是那种不太耐用的塑料材质。他目测着高度。

"太高了，我们下不去。"他告诉弗兰克。

"是你下不去。"弗兰克纠正他。

"哦？你觉得你能行吗？"

"当然，我还挺精神的，而你已经是堆二手零件了。"

乔尔的确觉得自己就是一堆二手零件，锈到都不能很好地组装在一起了，但弗兰克没必要说得这么直白。

"我还是觉得太高了。"

"我觉得你是个胆小鬼，但那是以后的问题。现在该进入阶段二了。"

乔尔不情愿地翻过墙，又一次回到了山顶，由于疼痛和抽筋，他翻得很慢。他只感到了片刻的自由，从他们完美的小石头上走下来后，乔尔又一次感到四周的墙围住了他。

"阶段二又是什么？"他问道。

"我们把前面的花圃锄一锄，然后和其他人会合。他们会等我们的。我们回去吃点东西，喝杯茶，或者干点别的什么，下午我们再回来……"

"我们为什么要锄花圃？"

"因为如果有人来检查，我们必须弄出点成果来，如果我们现在不行动，他们会像闪电一样从天而降。除非你觉得她没有在监视……"

他的声音低了下来，实际的威胁比他暗示的要大得多。至于"她"是谁，那是毫无疑问的。

每远离岩石一步，乔尔被困住的感觉就更强烈一些，但他也还是一样的坚定。他不可能跳下去，但弗兰克很有信心，而如果弗兰克能跳下去，他们就能想出办法。

他们在花圃里锄地、除草、翻土，将一些花的位置重新摆放，当利亚姆护士和尤娜来看他们，带他们回屋喝茶时刚好完工。两个人都汗流浃背，显示出了在树林深处工作过的迹象，即便尤娜和利亚姆怀疑有什么不对劲的地方，他们也没有表现出来。

乔尔一边喝着茶，一边尽可能耐心地听着有关园艺的闲聊。岩石就在那儿，还有那堵墙和墙外自由的气息。又一个逃离乏味生活、重新找回做人感觉的机会，和他的朋友一起，能够自己做决定，做事情，成为任何人。而他现在不得不坐在这里，听他们说着无聊的玩笑，他几乎无法忍受。

他的关节疼痛，但他感觉自己比过去许多年都更有生机。他锄地时膝盖和手脚的疼痛被一种活力和能量所平衡，而在短短几周前，当他望着防喷嚏喷沫的透明罩板，看到一具骷髅般的影子回视着他的时候，是显然没有这种感觉的。

在他急于求死的时候，他好像才真正尽情地活着。

"你看上去很激动，乔尔。"利亚姆一边给瑞丹太太固定点滴，一边对他说道。

"我只是迫不及待地想要回去工作。"乔尔如实地告诉他。

"很好，太好了。很高兴看到你有活力和热情。"

他听上去真的很高兴。乔尔忍着不去嘲笑他。好像仅凭该死的园艺就能让他从山顶的单调生活里解脱出来似的。

弗兰克自然表现得更冷静，这名演员不知压力为何物，总是一副放松而冷静的样子，但当园艺俱乐部重整旗鼓开始工作时，乔尔能感觉到他的期待。他在茶歇时花了点时间掸了掸身上的尘土，把自己收拾得干干净净，又一次让自己显得完美无瑕，却又滑稽至极。

"你准备好了吗？"当他们从公共休息室的桌子旁站起来时，他问乔尔。

乔尔点了点头。

"好，带上装备，现在就下山。在岩石那儿等我。如果五分钟后我还没到，那就再等一会儿。"

乔尔不由得笑了。在极度紧张和兴奋的状态下，他不认为自己还能讲出玩笑，但什么也无法阻止弗兰克。乔尔走到院子里，提着两柄锄头、两把剪刀和一副厚实的手套，仿佛要对大门进行深挖似的，但当山脚下只剩下他一个人时，他把工具都靠在一棵树上，谨慎而笨拙地将它们藏了起来。任何看到工具的人都会以为他俩想藏起工具，然后鬼使神差地趁乱溜出前门。

他环顾四周，接着一头扎进树林。最后，他们会发现这两个人失踪了，但幸运的是，他们还要过一阵子才会有所察觉。

乔尔沿着林荫小路向岩石所在的角落走去，当他走到一半时，骚乱开始了。五月初的午后，寂静中响起了火警。乔尔暗自发笑。他几乎能看见弗兰克站在床上，将一张点燃的小纸条放在探测器下。警报将启动一系列既定程序，护士们会被派去搜查房间、集中居民。他们将趁乱逃跑，而当尘埃落定后，工作人员会检查屋后西墙边的紧急出口，而不会来他们新近发现的东南角。"阶段二"以其尖锐而多余的警报声持续刺破天际，乔尔倚在墙上等待着。

可怕的警报响个不停，乔尔为他们给其他居民带来不必要的慌张而内疚，但他们需要这种转移注意力的方法，需要一条出路。

他等了又等，当弗兰克出现在林间，小心翼翼地探着路时，他紧张了起来。

"怎么那么久？"乔尔不耐烦地问。

"我得回去取书。"

"什么书？"

"我的笔记本。如果我们要策划你的自杀，我得做笔记。《乔尔·门罗的不幸终局》又不会自己动笔写出来。"

"所以你回去拿了一本该死的笔记本，而让我在这等着。"

"等待对你有好处，乔尔。它能修身养性，你性子太急了。"

"你知道还有什么能修身养性吗？一拳打掉牙。"

"你怎么总是这么暴力？"弗兰克边问边忙着登上石阶，"暴力对你的脉轮没好处。"

"我的什么？"

"没什么。如果你都不明白我说了什么，我就没必要取笑你了。"

乔尔皱起了眉。这是双重打击，他不仅被取笑，还不明白对说了什么。

"你得了两分。"他勉强承认。

"我们现在开始记分了吗？很高兴知道这一点。来，扶我下来。"

尽管年事已高，这个小个子男人还是设法爬上了墙，但他不得不扭动身体，调整姿势，以便能落到煤仓上。

"你想让我怎么做？"乔尔困惑地问。

"我想让你稍微……"弗兰克暧昧地打了个手势,"你明白吗?"

"不。我不明白。我到底要怎么帮你下来?"

"天哪,乔尔,这并不难,你只要稍微……"他扭动着身体,同时打了个手势。

"我不知道那是什么意思。"

"该死。你就过来抓住我,然后稍微……"他又开始打手势,但这次扭动得更厉害了。

"如果你再不解释清楚,我就把你从墙上扔下去。"

他们身后,警报器关闭了。两人都朝那座大房子的方向望去。

"我们最好开始行动了,"弗兰克严肃地对他说,"你就过来抓着我。"

乔尔爬上墙头,向他的朋友伸出手去。他感到尴尬、笨拙。他试图告诉自己,他的不适与弗兰克的性取向无关,但那是个谎言。他忘了弗兰克洞察人心的神奇能力。

"别再摸我了,你这个变态,"弗兰克对他说,"你只需要……"

他扭动了一下,做了个手势。

乔尔叹了口气,他终于明白了。他极不情愿地坐了下来,以便能把弗兰克夹在他的两腿之间。当他把手放在弗兰克的胳膊下面,开始慢慢把那个小个子放下来的时候,他不舒服地意识到这个动作是多么亲密。弗兰克伸出他的一双短腿,倚在车库的侧壁上,这样能减缓他的下降速度,也能减轻乔尔的负担。

行动进行到一半时,乔尔有种发笑的冲动。他竭力忍住,却发现它像冒出的泡泡一样灌注了全身。他的手臂和胸膛因为想笑而发抖。如果房子的主人或是任何一个孩子现在走出来，就会看到两个试图逃离养老院的七旬老人，其中一个还悬在墙的半腰，而最后一声警报的余响还在空中回荡。

"别笑了，"弗兰克喘着气说，他的腿还撑在车库的侧壁上，"你会让我掉下去的。"

"我停不下来。"乔尔边笑边喘。

弗兰克设法松开一条腿，用脚尖试着触碰下面的煤仓顶。

"再低一点。"他气恼地说，继续努力让自己悬在空中。

乔尔把他放得更低了一些，他笑得快要流眼泪了，近乎头晕目眩。他尽量不去想自己有笑到中风的可能。如果他在逃出去自杀的计划中死亡，那将是极为讽刺的。对于《乔尔·门罗的不幸终局》而言，这会是一个不错的结尾，但对他的人生而言，这是一个糟糕的终点。

他手里突然没了重量，在那可怕的瞬间，他以为自己可能把朋友摔下去了，但弗兰克已经安全着陆，他站在煤仓上，对着墙上的乔尔怒目而视。

"我真想把你留在上面。"他沙哑着嗓子轻声说道。

"你为什么这么小声？"乔尔平静了下来，问道。

"因为如果那栋房子里有人，我们就会被逮捕，你这头蠢驴。"

这让乔尔哑口无言。如果他们被逮捕了怎么办？他告诉自己这是个可笑的想法。他正要去自杀，还担心什么"如果被逮捕了"呢？但他从未摆脱这种紧张感。

"我怎么下去？"他终于问道。

"我不知道。给我一分钟。"

"'你不知道'是什么意思？他们马上就会来找我们的。"

"是的，但他们会去消防通道或前门找。这就是阶段二的意义。"

"好吧，他们的行动可是很快的。我得马上下去。"

弗兰克转过身去，在邻居的后花园里四下搜寻，他检查了窗户，确保没有人盯着窗外看。一切似乎都很平静。几分钟后，他拿着梯子出现了。

"在棚子里找到的。"弗兰克一边说着，一边把梯子架在煤仓边。

"我得想想，我们犯了几条法？"乔尔问道，他小心翼翼地把脚伸出去，想要找到一个支点。他十分小心。从梯子上摔下来比中风更可怕。他不知自己为什么会这么想，但事实就是如此。

"没犯什么重大的。"弗兰克抓住梯子将它固定，向他保证道。

当乔尔落地时，两人对视了一会儿，笑了起来。乔尔不假思索地伸出手来，将他的朋友揽入怀中。

"我们走吧。"他们大笑过后，弗兰克对他说。

他们把梯子放回原处，若无其事地朝邻居家花园的大门走去，仿佛他们本就能名正言顺地去那儿。乔尔等着一声大喊，等着有人向他们喊出"你们要去哪里"之类的话，但这一幕没有出现，于是两人径直走了出去。

乔尔停下来观察暖房，里面塞满了各种形状和大小的儿童玩具。泰迪熊懒洋洋地散落在洋娃娃和满地都是的火车与卡车之间。通往主屋的门边，墙上贴着许多图画和素描。每张画上都有艺术家的签名，乔尔想象着一对慈爱的父母一边怜爱地看着他们的小天才，一边把他们的画作挂在墙上。

关于玩具的很多环节都是富有创意的，比如设计、制作和修理，乔尔想象中他从未给予过伊娃爱与奉献。她的母亲曾是她的玩伴，而她的父亲却是一个严厉寡言的人。他也陪过她几个小时，但只是在他想待的地方——

有比赛的电视机前，或是他工作的修理厂里。他想不起任何由她决定他们做什么或是去哪儿的时刻。他努力回忆出一个曾经属于她的玩具，随即意识到了自己与孩子的距离，这让他哽咽了起来。

"有什么问题吗？"弗兰克从窗外看着那些堆积如山的玩具，问道。

"没什么。"乔尔说。

"幸运的孩子。"弗兰克评论道。

"幸运的父母。"乔尔回答，然后走开了。

他们穿过这片地产——位于郊区的一小排别墅，有花坛、大花园和容得下两辆车的车道——来到通往山顶大门的长路上。这里看上去很遥远，但还没有远到令出来找两个老人的人看不见的地步。

令人痛苦的是，他们等车的公交车站全无遮挡，它背靠当地学校的围墙，尽管相隔一段距离，但从山顶的前门看过来是一览无余的。乔尔小心地窥探着养老院的大门，看是否有人来抓他们。没有人出现，大门也没有打开。终于，当送他们进城的公交车进站时，他感到了一种前所未有的释放。

"希望你这次带了钱。"当他们在公交中间并排坐下时，弗兰克说道。

"你带了吗？"乔尔回击道。

"我不需要带。我是这次行动的头脑，你是肌肉和钱包。"

乔尔在身上拍了拍，在夹克的内侧口袋里找到了钱包。

"带了。"

弗兰克朝他露出了微笑，而山顶在他们身后消失了。

他低头盯着那个小牌子——他的
工具,他的规矩。掌握他自己的命运。
修理厂不再属于他了,那种生活也不再
属于他了,它们都是古老的历史了。但
至少,他还能掌控一些事情。

公交车不慌不忙地驶向市中心,乔尔同弗兰克坐在一片舒心的寂静中,
享受着这种慢慢悠悠的感觉。他不知道其他乘客会怎么想他们。两位上了
年纪的绅士出去旅行。他表现出了内疚和紧张吗?他们能看出他害怕被抓
住吗?其他乘客对他们有什么看法吗?他们没有引起注意吧?只不过是两
个老人的出行罢了。

"去哪儿?"他问道。

"你想去哪儿?整个世界就是我们盘中的牡蛎。[1]"

"你知道吗,我从没吃过牡蛎。"

———————————

[1]语出莎士比亚戏剧《温莎的风流娘儿们》,意为"随心所欲"。

"你想吃牡蛎吗？"

"不，只不过我无数次听过这个表达，但从来没搞懂它是什么意思。"

"你说得太有哲理了，乔尔。你不小心就有了艺术家气质。"

"呸。"乔尔表面上对这个想法嗤之以鼻，但他不得不承认，在弗兰克的注目下，他乐于扮演自己的种种小角色。他觉得他们前天在犀牛面前的表演就尤为精彩。

"哦，你想怎么装生气都可以。我敢打赌，你这辈子都在暗自希望演个主角。"

"我这辈子都在工作。这才是我做的事。"

"你后悔吗？"

"既后悔，也不后悔，"乔尔坦承，"我想就是因为工作，我忽视了伊娃。想来有点难过。"

"我相信她能理解。"

"我不能。我想如果我们能再亲近一些，我就不必偷偷溜出养老院了。我想如果我是一个更好的父亲，我们就会更亲近了。"

"你对自己太苛刻了。"

"我想在生命的最后，回顾自己犯下的错误是有意义的。"

弗兰克没有回答。乔尔承认，谈论自杀通常都会是话题的终结。他任由思绪回到了他的修理厂。他成年后的大部分时间，以及他的一部分童年时光都是在那儿度过的，他十五岁就当了学徒，这在当时已经被认为是岁数大的了。但现在他想知道，这期间他都错过了什么？

"我们去我的老修理厂吧。"他提议。

"你觉得有什么灵感在那儿等着你吗？"

"可能吧，但我更多的还是想去看看。"

"太好了。我们从一个顶级戒备的养老院里逃出来，为的是看一眼修理厂。我以前有没有告诉过你，你的想象力贫乏得可怕？"

"至少提过一次，也可能更多。我不怎么关注你。"

"那就努力回忆一下上次课的内容，想一个比你的修理厂更好的点子。"

乔尔由他说着。当然，他方才是在撒谎，弗兰克说的每一个字他几乎都记得，他演绎得太好了，令人难忘。不过，这次他真的很想去看看那个修理厂。他想看看那个夺走了他太多东西的建筑，不仅仅是他的时间和精力。他的金钱，他的幸福感，他的社会地位都仰赖那栋建筑和那些进进出出的人，而在那之后，他落到了这个地步——偷偷溜出养老院，因为他不被允许在无人监管的情况下四处走动，以免中风会要了他的命。

"不。我想去看看。"

"有意思，"弗兰克沉思道，"你这会儿好像很笃定。那块你称之为'大脑'的水泥地里到底发生了什么，乔尔？"

"我为那地方付出了很多。我觉得……"他顿了一下，试图找到合适的语词，也试图理清脑海中纠缠的情感，"我觉得它亏欠了我什么。"

弗兰克什么也没说，但当公交车在离老修理厂几个街区远的地方停下来，而乔尔起身要走的时候，他的朋友从他身后的座位上跃了下来，对他点了点头以示鼓励。

两人平静地沿市中心外更安静的街道走着，身边的路人匆匆而过，他们却不紧不慢。这对乔尔来说太熟悉了。他一生中的大部分时间都在这一带生活。他有时会去当地的一家餐馆吃午饭，或者偶尔被他的员工拉着下班后喝几杯。他曾开车前往这间修理厂。这些街道曾经都属于他，当他走路的时候，他的双脚都还记得它们。弗兰克和他一起散着步，什么也没说，但乔尔发现他时不时会瞥上一眼，好像在试探他的反应。

它在拐角处出现了，矗立在街道正前方的尽头。那里曾经属于他，但现在不是了。有人给它上了漆，还给它加上了华而不实的标志，让它显得时尚。它看上去不错，但于他而言有些陌生和刺目。

当他们走近时，乔尔没有放慢脚步，他的双脚不受思想的支配，只是毫不迟疑地走进了那栋建筑，正如他几十年来所做的那样。

它不再是他的了。屋内的陌生感比屋外强烈十倍。被维修的汽车上安装了笔记本电脑，修理工们正在仔细地研究诊断。他们穿着看上去很干净的工装，至少比他想象中的干净，在吵闹的音乐声中互相喊叫。

他扫视房间，想看看有没有什么熟悉的东西——一张面孔、一种设备、一件陈旧的装饰品，却一无所获。一切都是新的，都是迥然不同的。他试着回忆他是如何布置这个地方的，却很难想起什么。那就像醒来后的一场梦，飘渺无形，触不可及。他想起了一些装饰品，那是露西那些年为了让他和顾客更舒适些而添上的，但他对它们不屑一顾。他真希望现在能想起它们，真希望自己当时能珍惜它们。

它不再是他的了。他为这地方奉献了几十年，它曾长久地属于他。他的家、他的婚姻和生计都是这栋建筑，但现在它不一样了：不再是一张友好的面孔，而是一个陌生人。

"需要帮忙吗？"一个声音问他，将他从沉思中拉了出来。

"不需要，谢谢。"他心不在焉地对那人说。

"好吧，您有辆车在这？"

"不。我只是想看看。"

他试图想个法子向他解释，这地方实际上是他亲手缔造的，而那个对他说话的年轻人所站的位置，正是他曾经修理过无数台发动机、传动轴和悬架的地方，但他说不出话来。

"哦，抱歉，"那人居高临下地对他说，"你不能就站在这儿，伙计。"

又一个。又一个认为可以把乔尔·门罗当孩子一样对话的人。

"我想做什么就做什么。"他打量着那个年轻人，说道。乔尔很高兴自己能藐视对方。

"哦，我可不这么认为，伙计。这里是修理厂，不是你家客厅。"

他向前一步，想把乔尔领出去。

"你别想碰我。"乔尔恶狠狠地对他说。他挺起了肩膀和胸膛。

修理厂的工作似乎停了下来，修理工们都看向了他。房间里的气氛变得紧张，温度似乎都下降了。那一刻他想着，他出洋相了。他无法容忍一个完全陌生的人站在曾经属于他的修理厂里。他本可以更巧妙地处理此事，但他绝不能容忍潜在的威胁。他正打算退却的时候，弗兰克又一次救了他。

"先生们，"他对着房间里的人低声说道，"请原谅，我这位好斗的朋友以前是这家店的老板，不幸的是，他得了癌症快死了，随时都有可能撒手人寰。他想在走之前最后看一眼他亲爱的老修理厂。"

情绪一瞬间发生了变化，方才和他对峙的那个年轻人突然变得心平气和。

"我很遗憾。"他喃喃道。

"不是你的错，"乔尔对他说，他希望自己的语气听上去宽宏大量，"我只是想四下看看。"

他感激地看了弗兰克一眼，接着又开始环视房间。

它不再是他的了。它现在属于别人，而他是一个入侵者。某种程度上说，这是一种解脱的感觉——又少了一条将他拉扯回昔日生活的纽带。这种环视足以成为一种告别，告别他为之呕心沥血的建筑，告别他女儿和外孙、外孙女玩耍的地方。他觉得这样的告别颇有几分诗意。

他拍了拍年轻人的肩膀，转身走到了阳光下。

它在那儿，就挂在门边。他不能看得面面俱到，所以方才错过了。一则小小的标语，印在一块旧车牌上："我的工具，我的规矩。"那是露西买给他的，说是很适合他，也是露西把它挂起来的。当然了，不是挂在现在的位置。他仿佛还记得它挂在自己办公室里的样子。这是她送给他的礼物，而现在它挂在别人的墙上。

"我能带走这个吗？"他没有特别询问谁，就开始将它从松松的螺丝钉上拆下。

他的动作不是很熟练，车牌令人不快地在墙上擦了一下，刮掉了一块漆。

弗兰克在他身边停下了脚步。

"好啦，那个吗，伙计？"他用从嘴角挤话的那一招问道，"我们能稍微快点儿吗？他们不是我最喜欢的那种观众。"

乔尔扭过头瞥了一眼，发现所有的修理工和楼上的员工都在盯着他看。

"这个以前是我的。"他对他们喊道。

他们仍在盯着他。

"我强烈地感觉到他们正考虑把它还给你，"弗兰克对他说着，仍面带微笑，嘴唇几乎一动不动，"但我不认为他们会像你一样享受这次重聚。"

乔尔又拧了一圈，它从墙上掉了下来。

"谢谢。"他走出房门时，对屋内的人说道。

他的工具，他的规矩。他曾经遗忘了它，如今再也不会了。

"我回头也要在山顶上挂一个那样的标语，"弗兰克在门外对他说，"'乔尔威胁施暴的计日牌'。我要设立一个基金会。我打赌你撑不过三天。"

"抱歉。"乔尔对他说道，他被痛苦折磨，但很高兴能带走这一点被埋藏得近乎遗忘的关于露西的记忆。

"我不知道这地方对你而言这么重要。"弗兰克对他说，言语中少了打趣的意味。

"我也没想到。不过是在那儿待了很多年罢了。还有什么呢？"

"乔尔，我知道这话听上去伤人，但事实上每个人都这么想。我们几十年如一日地做同样的事情，除了几处伤疤和一些幸运儿能攒下的积蓄外，很少有人能有幸拥有一些值得夸耀的东西。"

"我以为会很不错的，我不知道，我以为故地重游会很高兴，但不是，它很糟糕，好像我从没在那里待过一样。"

"我很遗憾，朋友。"

"我也是。我想……"他伤感地继续说着。他不知道自己想要什么，但他确信不是方才经历的那些。至少得是一个告别。他低头盯着那个小牌子——他的工具，他的规矩。掌握他自己的命运。修理厂不再属于他了，那种生活也不再属于他了，它们都是古老的历史了。但至少，他还能掌控一些事情。至少，他还能顺从自己的愿望结束这一切。

他遵纪守法，为人诚实，这使他对
于不守常规的行为尤感焦虑，不过反正
都要自杀了，这个认识让他觉得自己不
再像往常那样担心这类事情。

　　"我在钟楼上挂死怎么样？"当他们在酒吧里呷着几杯黑啤时，乔尔
问道。

　　"吊死。"弗兰克一边说，一边抹了抹嘴唇。

　　"什么？"

　　"吊死。'挂'的过去式是'吊'。[1]"

　　"不，不对。我白天挂了很多东西，用的都是'挂'。"

　　"不，你挂了很多东西，但'上吊的人'的'吊'不是'挂'。"

---

[1] 英文中"hang"的过去式有"hung"与"hanged"两种，此为弗兰克纠正乔尔误
　　用的过去式。

"这说不通。"

"吊死什么人是'吊',挂什么东西是'挂'。"

"这都是你胡编乱造的。"

"不,我没有。"

"好吧。那我在钟楼上吊死自己怎么样?"

"听上去不太对劲,不是吗?"

"喂,是你非要说它是对的。"

"我的意思是,这听起来不像是个好的自杀。"

"什么才是好的自杀?"

"我告诉过你这是你的事,不是我的。你不能找我出主意。为什么是钟楼?"

"我不知道,超越时间?"

"天哪。"弗兰克失望地叹了口气。

"要不穿着小丑服?或者别的什么——我扮成个牧师怎么样?"

"我的老天爷。"弗兰克又叹了口气。

他们一直在城里漫步闲逛、无目的地前行,直到走进一间酒吧,弗兰克又一次在前方带路,好像他知道自己要去哪里一样,尽管乔尔怀疑这次他还是像几天前那样毫无头绪。乔尔对此也无所谓,他们走过的街道都有一种令人愉悦的熟悉感。他已经有段时间没出来散步了,散步让他觉得很自在。

酒吧的烛台照亮了陈旧而洁净的米黄色墙纸,映着光洁如新的深色木质吧台。一小群顾客在矮桌和配套的软垫椅边三三两两地坐着,各种社会阶层、着装风格和酒醉状态和谐相处。柜台后的酒保快速地翻阅着他的酒水单，与此同时，电视里传来赛马评论员低沉的声音。

乔尔和弗兰克在吧台的另一头坐了下来，抬头打量着这个地方。他们点的几杯黑啤放在潮湿的啤酒垫上，"我的工具，我的规矩"在一边与之相映成趣。乔尔喜欢酒吧里那种人人都受欢迎的气氛：西装革履的老绅士和一群穷困潦倒的中年男人坐在一起，带着几个不到二十岁的打扮愚蠢的孩子一起喝酒。场面有些讽刺。

"这个想法有什么错？"他生气地问弗兰克。

"这是欠考虑的。"

"你能说点什么不故弄玄虚的话吗？"

"这是个愚蠢的计划。"

"为什么？"

"因为这是欠考虑的。"

"该死，弗兰克。"

"好吧，好吧，这么说吧。"弗兰克深吸一口气，"如果你随随便便选了个地标上吊，那你显然不明白发表宣言的意义。如果你告诉我，时钟代表无情的衰老或死亡，抑或是一种错觉——人们以为每过一小时就能取得一点进步，那么我会告诉你，这个想法不错……"

"好吧，那就是我的意思。"乔尔插话道。

"不，你不是，你这个骗子！"

"可能我只是不会像你那样表达自己，但那百分之百就是我的意思。"

"骗子。你爱怎么撒谎就怎么撒谎，门罗，但你骗不了我，当然你也骗不了你自己。"

乔尔想开口反驳，但弗兰克是对的。更糟糕的是他竟然没有对此沾沾自喜，只是平静而宽容。乔尔喝了一大口啤酒，愁眉苦脸地叹了口气。

"我没时间了，弗兰克。真的。我可没在开时钟的玩笑。"

弗兰克发出了一声短促的笑声。

"你当然不是在开玩笑。你还没那么聪明。"

乔尔向他的朋友投去了难看的一瞥。

"该死的心理测试。他们会把我送走的，或者更糟，把我关起来。"

"你目前隐藏得很好。"弗兰克向他保证道。

"也不尽然，"乔尔回答，他想起了近来与工作人员的冲突，以及出现在他房间里的犀牛，"必须在他们找到机会前完成。"

"也许你能逃过一劫。我不想看你急匆匆地了结此事。"

弗兰克一边说着，一边在他的灵感日志上潦草地做着笔记，他那皱巴巴的枯瘦双手都因飞快的书写而变得模糊了起来。乔尔羡慕他的头脑和创造力。

"啊，"他说，"你想让我活着，这样你就能写更多的戏了。"

"才不是。八竿子打不着，但我可以肯定地告诉你，当正确的想法出现，当它真正击中你的时候，你是会知道的。当你最终想到的时候，你会真正得到它。"

乔尔又要了两杯酒，慢慢地酝酿那个想法。他想着弗兰克，想着他的创造力、他的戏剧和表演，他也在想，那种生活对自己来说可能意味着什么。他可能会戴上围巾，每天下午和剧院里的人一起喝酒。那样他可能会有妻子以外的朋友，她当他朋友的时间已经够长了。

"祝你健康。"弗兰克敬酒道。

"或者相反？"乔尔举起酒杯，回答道。

"打扰了，先生们？"一个低沉的声音从他们身后传来。

乔尔和弗兰克挪开凳子，低头看着两个上了年纪的男人，一个穿着自己最好的衣服，另一个穿得粗糙一些，两人都已经七十多岁了。

"需要帮忙吗？"乔尔问。

那个穿着皱巴巴的斑点衬衫的男人举起了一副纸牌。

"四个人打更有意思？"他说。

弗兰克率先行动，他从凳子上滑了下来，坐到了更矮的桌子旁，露出了戴着塞尔比面具的咧嘴大笑，准备开始他的表演。乔尔微笑地看着他的朋友，他时刻站在舞台上，显然已经准备好认识新人、参与其中了。把弗兰克放到煤仓上的动作还是让乔尔感到有些疼痛。他几年前就意识到，疼痛已经蔓延全身。他也从凳子上爬了下来，比弗兰克慢一些。

"我叫罗伯茨，"衣冠楚楚的那个人说着，伸出了他那柔软的布满皱纹的手，"伦纳德·罗伯茨。"

"乔尔·门罗。"乔尔简单地握了握手，回答道。

"这是达西。米克·达西。很多人叫他 D。"

乔尔握着另一个人的手，它更有力，感觉就像是在握着他自己的手。

"我叫塞尔比。"弗兰克告诉他们。

"他叫亚当斯。"乔尔纠正道。

"弗兰克·德·塞尔比。"弗兰克平静地继续说道。

罗伯茨和达西看着他把一只手按在胸前，眼中满是喜悦地做着自我介绍。

"你们会习惯他的。"乔尔告诉他们。

他们笑得更开心了。

在愉快的遐想中，乔尔感到午后时光悄然而逝。他们四个人一起喝酒，达西变成了 D，罗伯茨变成了伦纳德，当他们喝到第五杯时，酒保不用招呼就主动来上酒了。乔尔觉得自己像是庄园的主人。酒吧里的其他顾客来来往往，但在四个小时左右的时间里，这四个男人打着梭哈赌着钱。乔尔在赌博时为弗兰克打着掩护，他看到自己的朋友赚得盆满钵满，尽管早有预料，却还是感到了惊讶。

弗兰克随意地表演着，仍然用他年轻时编的滑稽动作和他追过的女人的扯淡故事来哗众取宠。他在自己的故事里是英雄，他的自吹自擂本该让人反感，但事实却并非如此。乔尔知道他在撒谎，但并不打算打断，当弗兰克回忆起他在一次舞会上被三个女人扇了耳光，结果那晚三个女人都为他争吵不休时，乔尔被吸引住了，尽管他知道这个故事是假的。米克和伦纳德沉浸在德·塞尔比的表演中，心甘情愿地输着钱。乔尔很享受这一刻。

第五杯快喝完的时候，这一切都过去了。没发生什么意外，只是一个简单的心照不宣的默认，默认他们共度的时光已经结束。伦纳德和 D 穿上夹克，脸上挂着热情的微笑，衷心地同他们握了握手，邀请他们下周再一起打牌后就告别了。

乔尔和弗兰克坐了回去，继续喝酒。

"你觉得我们回去会有麻烦吗？"乔尔终于问道。

"基本上可以肯定，但他们究竟打算做什么呢？折磨我们吗？"

"你觉得什么时候回养老院合适？"

"我们想什么时候回就什么时候回。我们是自己命运的主人，自己灵魂的舵手。"

"那就不用着急咯？"乔尔问。

随着时间的流逝，他觉得自己的恐惧和担忧几乎流走了，在公共汽车上看到山顶在身后消失时，他对于被抓住的恐惧也减弱了。取而代之的是确信他们回去后会被痛斥，而这正是乔尔·门罗担心的。他遵纪守法，为人诚实，这使他对于不守常规的行为尤感焦虑，不过反正都要自杀了，这个认识让他觉得自己不再像往常那样担心这类事情。

"要不去别的地方喝一杯？"弗兰克提议。

"你不喜欢这里了？"

"变化是生活的调料。"

"我以前也听过这句。"乔尔告诉他。

"我在把自己拉低到你的水平。"弗兰克傲慢地回答，他把围巾披在肩上，大步走出门去。

屋外，午后的阳光刺痛了他们，而在每人五杯啤酒的作用下，新鲜空气仿佛也在耍弄他们。下午的街上挤满了来来往往的人群，他们购物、会友、办事。乔尔发现自己微笑地看着周围忙碌又充满活力的一切，他享受着在人群中微醺的感觉，享受着作为一个活力城市一分子的感觉。最重要的是，他享受不被关起来，不必躲在无处可去也无所事事的山顶，而是像这样旁观着生活的感觉。

正当他享受其中的时候，他听到一个声音在叫他。

"爸爸？是你吗？"

她们在决定他的未来。她们谈起他来就好像他不在场似的。她们越过他说话,仿佛站在两人中间的他是一个幽灵、一个影子。

"冷静。"弗兰克低声对他说,同时对乔尔的女儿报以欢迎的微笑。

她和莉莉一起沿街走向他们,两人都背着购物袋。她看上去很不错,乔尔漫不经心地想着,披散着金发,穿着漂亮的衣服,戴着两只可爱的小耳环。但同时她看上去也很生气。

"你在这里干什么,爸爸?"

"我们只是出来……"弗兰克开口说道。

"请原谅,亚当斯先生。爸爸,你在这里干什么?"

乔尔诅咒自己的麻痹大意。街上那种令人愉快的熟悉感蒙蔽了他。伊娃在这条街上班,她的办公室一定就在不到一百码的地方。他享受着散步的乐趣，完全忘记了这一点，他的舒适不是来自对世界的全新看法，而是因为多年前他经常在这条街上散步。

他埋怨着自己。

"喝一杯。"乔尔冷静地告诉她，掩饰着自己的失望。他检查自己的话有没有含糊不清，不必让她知道他们喝了多少。

"养老院让你出来了吗，外公？"莉莉问道，嘴角挂着一丝微笑。她并不生气，而是刮目相看。乔尔感到了一阵轻松，至少他的外孙女不觉得他是个白痴。

"是的，亲爱的。"他热情地对她说。

"因为表现得好。"弗兰克补充道。

"瑞安护士告诉你可以出来吗，爸爸？"伊娃问道，显然很生气。

"没明确说。"乔尔闪烁其词。

"她说了还是没说？"

"她说没说并不重要。"乔尔回答，他觉得自己开始急躁了起来。

"我认为很重要。"伊娃回答。

"它不重要。我不需要她或者别人来告诉我，我什么时候能出来，我能去什么地方。"

"爸爸，这太荒唐了，如果你出事了怎么办？"

"比如呢？"他愤怒地回答，"比如我快活一个下午？天理不容。"

"你不记得上次发生什么了吗？"

乔尔回忆起那次中风，那时候他一直头晕。他试图回想那天早上他有没有吃什么东西，但他想不起来。有什么东西暂时堵住了他脑部血液的流动，在缺氧的几分钟里，他的脑细胞开始死亡。乔尔失去了平衡，跌倒了。他记得下一个场景就是一群人围在他身边，一个男人喋喋不休，另一个男人忙着打急救电话。

他们告诉他下一次中风可能会要了他的命。而两年过后，他还在痛苦地活着。

"你有一回在一家鞋店里呕吐了，但你还是可以出去购物。"他反驳道，好像这两件事有可比性似的。

"我那时候八岁，爸爸。"

"那又怎样？总会有事情发生的，这并不意味着我这辈子就得做囚犯。"

"别再这样了。你不是囚犯，爸爸。养老院是个很好的地方，人们很友好，它不是监狱。"

"他们可能是世界上最可爱的狱警，但如果他们不准我离开，而且晚上把我锁在一个房间里，它就还是一个监狱。"

他现在真的爆发了。一个完美的下午被一次偶遇毁了。惩罚是无可避免的，但现在就得被送回去，这不公平。

"该死，别那么激动。"伊娃对他喝道。

"小姐，别用那种口气和我说话。"

"好了，放松点，乔尔。"弗兰克说着，试图让他平静下来。他的微笑变得不安，莉莉也是如此，他们俩都对眼前的摊牌感到非常不适。

"我不是个孩子，爸爸！"她厉声回答。

"哦，看啊，一个讨厌被当成孩子的成年人。多么令人意外啊。"

"如果你不表现得像个孩子，你就不会被当作孩子对待。"

"好啊，如果你不表现得像个泼妇，我也不会把你当泼妇对待。"

话一出口，他就后悔了。

这话下流、粗俗、卑鄙，是他讨厌的那种语言攻击。这些话也刺痛了她。他的小伊娃，他的女儿。她看上去愤怒、受伤、错愕。他想过要道歉，但很快就放弃了，他现在不会屈服，是她把他逼进了死胡同。

她盯着他看了很久，攫住了他的目光。他也盯着她。莉莉和弗兰克笨拙地在原地挪来挪去。

"莉莉，"伊娃终于说道，她的声音低沉而愤怒，"你和外公在这里等着。我去取车，把他送回养老院。"

"我哪儿也不去。"乔尔回答。

"是，你当然哪儿都不可以去了。"

她十分坚决。他能从她身上看出来。她一直是个倔强的孩子。他还记得她十岁那年拒绝离开他的工作室。谁都不能指使她该做什么，该去哪里。露西一度很绝望。当伊娃长成一个年轻女人时，她就不受控制了。一个叛逆而倔强的孩子。乔尔曾看到露西沮丧地连头发都扯掉了，但他什么也没做。他想，那可能就是他们之间隔阂扩大的起点。他让妻子努力驯服他们不羁的孩子，而他去工作。这就是他的贡献——工作。没别的了。

现在他没有工作了，而他那任性固执的孩子决心把他关起来。

"也许我们该回去了，伙计。"弗兰克不安地说。

乔尔想吼叫。他想说"不"，他想动身去一家新酒吧，享受重返社会的感觉，而不是因为年龄的缘故与社会分离，但他意识到这样做毫无意义。他也知道，他现在的坚持会让他们身陷的麻烦变得更复杂。麻烦可能意味着心理医生。他只需要再坚持几周就好了。

"那就去开你那该死的车吧。"他对女儿说。她满意地点了点头，风风火火地朝停车场的方向走去。

驱车返回山顶的途中一片寂静，乔尔和弗兰克坐在后座，莉莉和伊娃坐在前排。弗兰克在上车时有一两次试图讲几句俏皮话，但很快就放弃了，他放下了德·塞尔比的面具，在令人不安的寂静中坐着。

乔尔对于不公的愤怒被他的外孙女缓和了一些。当他摆弄着从别人的修理厂里拿走的牌子时，他从副驾驶旁的后视镜里看到了她的脸。她歪着的头和眼里的光彩向他暗示着什么。一种充满愉悦的情绪，当然，她觉得整件事都很滑稽，但她不会冒着让母亲生气的风险大笑。又或许还有更多，这是一种比别的东西都重要的感觉，一种某样缺失已久的东西失而复得的感觉。他想这可能是尊重，他希望如此。如果那时候他还是个信徒，他一定会为之祈祷的。

和她母亲不同，乔尔想，她看到的可能不是一个偏要不听指挥的怪老头。她能看到别的东西，她喜欢的，甚至可能会欣赏的东西。他紧紧抓住这种感觉，不让被押送回监狱的屈辱吞噬自己。

他从旁瞥了一眼弗兰克，发现他咬紧牙关，正努力地忍住不笑。弗兰克觉得伊娃的愤怒与自己无关，因此他抑制住了笑意，但那还是显而易见的。在前排的莉莉和后排的弗兰克的作用下，乔尔几乎被逗乐了，就像几个小时以前，他突然感到笑意油然而生。他看了看汽车的后视镜，女儿仍然凶狠而愤怒地盯着他，他觉得这也很有趣。笑声涌了上来，他咳嗽着加以掩盖。没用。他还是笑出了几声。

弗兰克一直努力不露出笑容，却猝不及防地哼出了一声笑，他试图从内侧的口袋掏出一条手帕来掩饰。莉莉对弗兰克的哼声毫无准备，她的肩膀抽动着，也试图止住笑声。

她把头完全转向一边，这样她母亲就看不到她再也无法控制的笑容了，当她无声地笑着的时候，她的肩膀开始轻轻晃动起来。乔尔看到伊娃怀疑地看向她笑着的女儿。那份愤怒让他狂笑不止，这让弗兰克也绷不住了，他那响亮的笑声充满了整个车厢。伊娃想要开口警告他们，但莉莉再也控制不住自己，突然爆发出了大笑。

他们三人坐在车里，发出无望的狂笑，乔尔的女儿焦躁而愤怒地等着他们安静下来。她决定说点什么。

"我很高兴你们都觉得这很有趣。"当他们平静下来时，她冷冷地对他们说道。

这话又引爆了他们，后座两位年迈的绅士发出了一阵又一阵的笑声，他们笑出了眼泪。伊娃厌恶地哼了一声。

"如果你摔倒了怎么办，爸爸？"

"如果你摔倒了怎么办？"他咯咯地笑着，回答道。

"别那么孩子气……"

"不，说真的，"他平静下来后说道，"谁都有可能在哪里跌倒。我有可能，你也有可能。把一个人关起来是很愚蠢的。"

"我的天哪，"她生气地说，"你没有被关起来。"

她的话没得到证实，养老院宽阔而威严的重重大门在眼前隐现。她也注意到了，于是转过脸去，呼叫前台开门。

"山顶疗养院。"那个声音说道。是接待员马克，一个枯燥而滑稽的年轻男人。乔尔像喜欢每个看守一样喜欢他。

"伊娃·门罗，"他女儿对着机器厉声说道，"我想你们有两位居民失踪了。"

"嗯……啊，门罗女士。当然。我给你开门。"

对讲挂断了，嗡嗡声响起，很快就被两扇大门重重打开的声音淹没了。乔尔盯着长长的、蜿蜒的车道，他知道自己将要看到什么，但知道了也无济于事。她会来找他的。

果然，当汽车转向最顶端的小停车位时，矮小而威严的犀牛从正门冲了出来。她的一切都来势汹汹——她的肢体语言，她暴躁如雷的表情，她狠狠压抑在每一步里的显而易见的愤怒。

乔尔极力让自己强硬起来。

"门罗先生，"她冷冷地开口说道，"你愿意解释一下吗？"

他不再咯咯笑了，她的愤怒是可怕的，但五杯吉尼斯黑啤是抵御恐惧的绝佳屏障，这让乔尔更有胆量。

"不怎么愿意。"他舒展着仍有些疼痛的身体，漫不经心地对她说道。骨子里仍残存着早上的劳累。

她只需一个眼神就挫了他的锐气。他能做的就是寸步不让。乔尔强作镇静。

"亚当斯先生，"她把注意力转向了弗兰克，说道，"你愿意解释一下吗？"

"瑞安女士，"弗兰克戴上了他的塞尔比面具，开始说道，"我诚挚地道歉，迫切地请求您的原谅。我屈服于软弱，你也可以说是一种旅行的欲望，我的双脚发痒，决定去看看这个世界。乔尔试图阻止我，但最终还是和我一起去了，他只是为了说服我回来。恐怕我把这小伙子引入歧途了，对此我感到非常抱歉。"

伊娃对弗兰克哼了一声，莉莉则站在妈妈身边，噘起嘴唇，不让自己笑出声来。

"你们俩喝酒了吗？"犀牛怀疑地问。

"试想，"乔尔回嘴道，"两个成年人喝了几杯酒，那可真是吓人呢。"

"门罗先生，如果你能不用那种语气对我说话，我会很感谢你。"

"如果你能不再弄丢我父亲，"伊娃打断道，"我也会很感谢你，瑞安女士。"

犀牛恶狠狠地看向伊娃，打量着对方。乔尔觉得她看上去像一只能吃掉一整头长颈鹿的小狮子。

"我不会的，门罗太太，但我需要你父亲的配合。可悲的是，过去几周我们一直没能达成合作。"

伊娃看了乔尔一会儿。

"你认为米勒先生的死，可能对他造成了比我们想象中更大的影响吗？"她问道。

"或许吧。毕竟我们一直在讨论的心理咨询可能是个更好的办法。山顶没有足够的人手为你父亲提供那种他可能需要的心理援助。"

她们在决定他的未来。她们谈起他来就好像他不在场似的。她们越过他说话，仿佛站在两人中间的他是一个幽灵、一个影子。乔尔看见莉莉正悲伤地看着他，带着一种极大的怜悯。他看得出来，她心知她们对他的忽视是对他的极大侮辱，而他一看到她的怜悯便怒火中烧。在那短暂而美好的瞬间，他以为她或许会尊重他，而现在她却站在那里，可怜他被人忽视。

"你们竟敢，"他几乎叫了起来，"你们两个竟敢当我不存在一样，妄谈我和我的精神状态！"

她们都有些震惊地看着他。

"我人还在这里，你们两个怎么敢连看都不看我一眼，就擅自决定什么对我最好？"

"爸爸……"伊娃坚决地开口说道。

"不。不，不，不！我不接受。我不能忍受。你和我说话的时候必须看着我。"他的愤怒中夹杂着酒精和悲伤，泪水夺眶而出，他哽咽了。我的工具，我的规矩。"你得同我商量。你怎么敢把我排除在外？！"

他的音量在最后达到了最大，充满了表现力，不过那是由愤怒推动的。弗兰克几近骄傲地看着他。莉莉露出了一个愉快的微笑。其他的居民——他们中的一些人还在打理花园——也停下了手头的事情，朝这边看了过来。

他大发脾气后，周围一片寂静。犀牛和伊娃都站在那里。两人看上去都没有明显悔悟的意思，但也没有因为他的大喊大叫而责备他。她们只是静静地看着他。

"他几乎完全脱离了自己的生活和这个世界。"威猛吉姆一边说着，一边慢慢走到乔尔身边。这是院子里唯一的杂音。

寂静蔓延着，将他们三人完全包裹其中。

"下棋吗，老家伙？"弗兰克终于平静地问道。他没有理会伊娃和犀牛，就像她们没有理会乔尔一样。

乔尔冷静了下来。她们仍在用眼神穿透着他，但谁也没有说话。这很合理。他知道自己养了一个同他一样固执的女儿。犀牛的冷酷无情则达到了一种全新的境界。他在任何对视比赛中都无法获胜，也不确定自己是否想这么做。

"听起来不错，"他回答，"吉姆，你想一起吗？"

"沉重而又慎重的一步棋。"吉姆平静地对他说。

"完全同意。"乔尔回答。他们三人朝主楼走去。乔尔略带满足地注意到其他居民还在看着他，而当他经过他们时，他看到了他们支持的表情。有一两个人还朝他点了点头以示鼓励。

在大厅里，三人遇到了尤娜·克拉克。她穿着晚装，外面套着园艺服。她像往常一样举止庄重，但眼睛里又闪过了一丝狡黠，带着一抹和那天早晨一样的调皮微笑。

"我想我告诉过你们俩，别惹麻烦。"她温柔地告诫他们。

乔尔喜欢她眼里闪烁的光芒，喜欢她的微笑，以及她同他说话时平静的语调。

"那还有什么乐趣？"他问道，眨了眨眼睛，活像德·塞尔比。

* * *

晚些时候，他们行动的后果才全然展现。乔尔和弗兰克回来时正赶上吃晚饭，由于灌了一肚子酒，他们腹内空空，此时正坐在公共休息室里大快朵颐，克拉克太太和克莱恩太太坐在他们身边，急切地想听他们讲述自己的冒险经历。

"但你们是怎么出去的呢？"克莱恩太太第三次问道。

"绝密。"弗兰克第三次告诉她。

"那是怎么出去的呢？"她又问道。

"我们用勺子挖地道。"弗兰克回答。

"不会吧？"她吃惊地问。

"我想他们是不会告诉我们的，"克拉克太太疲倦地说，"我们在大门口找到了你们的园艺用具。你们不会是爬出去的吧？"

"我们本来是可以爬出去的，"乔尔告诉她，"我们身手敏捷。"他的肌肉发出了一丝剧痛以示抗议。

她怀疑地看着他。

"就你这个年纪的男人来说，你的身体状况还不错，但我感觉你在撒谎。"

"谢谢你的留心。"他对她说，很乐意见到她听了他的话而脸红。

弗兰克又叉了一叉子土豆以掩饰自己的微笑。

乔尔发现自己对尤娜·克拉克的困惑正在消散，令他感到惊讶和高兴的是，他发现自己越来越喜欢她的陪伴了。

"但你们是怎么出去的？"克莱恩太太又问道。

他还没来得及回答，利亚姆护士就走进了房间，他的脸阴沉而严肃。

"乔尔，你有空的时候，我想去你房间和你谈谈。"

乔尔食欲全无。他意识到他们的行为是有后果的。这就是后果。

"我们走吧。"乔尔直接说道。他放下了叉子，尽量不显得沮丧。

他们默默穿过大厅，来到卧室。他的鞋子踩在瓷砖地板上砰砰作响，利亚姆护士静静地走在前面。当他们来到卧室时，护士站在了电视机柜旁边，他平日里的幽默与温厚无迹可寻。乔尔坐在床边，强打着精神。他看向床头柜以寻找灵感。他的标语牌靠在露西照片背后的墙上，上面还放着他新得到的幸运硬币。"我的工具，我的规矩"，它让他变得笃定。他感到自己的决心增强了。

"我们要知道你是怎么出去的，乔尔。"利亚姆严厉地告诉他。

"绝密。"乔尔面无表情地回答道。

"这是关乎健康和安全的问题，乔尔。我们不能让居民们随心所欲地到处闲逛。你是怎么出去的？"

"我走出去的。"乔尔告诉他。

"怎么走出去的？"

"用脚走出去的。"乔尔回答。

利亚姆护士叹了口气。乔尔看得出他不喜欢处于这种境地。他脸上的每个表情都流露出了他的感受——他讨厌做坏人。

乔尔寻找着这位年轻人是否知道石头一事的迹象。他们一定搜查过花园，一定看到了乔尔和弗兰克最近挖掘、锄地和砍斫的痕迹。如果他确实知道，并且正在求证，他也没有表现出来。

"我想你没明白这件事情的严重性，乔尔……"他开口说道。

又变成乔尔了。因为利亚姆有所需，所以嘴里喊出来的便不是把乔尔当孩子似的发号施令或出言劝诫时，他所称呼的"门罗先生"了。

"我们从大门走出去的。"乔尔撒谎道。

"不，你们没有。"

"你怎么知道？"

"有摄像头，乔尔。我们检查过了。请不要对我撒谎。"

"我们从墙上飞过去的。"

"乔尔，请你……"

"我们用园艺工具做了个投石机，它把我们投向了自由。"

"我在尽力帮助你。"

"我不这么觉得，利亚姆护士。我真的不觉得你在帮我。"

"我是在帮你。我想站在你这边，真的，我知道你觉得我在和你对着干。我保证我没有。"他停顿了一会儿，有些烦恼。"我们讨论过了，也做出了决定。你最近有点不对劲，我们很担心你……"

乔尔对此嗤之以鼻。

"……瑞安护士，还有你女儿已经达成一致，如果你不配合，她们将别无选择，只能把你安置到更符合你需要的地方。如果你不说出发生了什么，我们真的别无选择。我知道你看不出来，但我们很担心你。"

乔尔预感到这事要来了，但心态上仍没能做好准备，像是被人一脚踹在了肚子上。

"所以，我因为想自主一点，就要被当成疯子了。"

"没人把你当疯子。"

"哦，你们都这么说。除了疯子，你们还会把谁送去做心理评估？"

"只是因为你最近的行为太古怪了，我们得知道是不是出了什么问题，如果你不配合我们，我们就得动用其他手段了。拜托了，乔尔，我向你保证，我在尽力帮助你。"

乔尔想啐他一口，但那只会让事情变得更糟。他的真诚是显而易见的，他真的认为自己是在帮忙。

"什么时候做评估？"他转而问道。

利亚姆重重地叹了口气。

"你一直都很有敌意，乔尔。这是为什么？"

"什么时候做？"乔尔质问道。

"我们安排好了就做。可能下个礼拜。"

下个礼拜。乔尔甚至没能控制住自己的颤抖。一个礼拜。压根没时间了。

"问完了吗？"

护士近乎悲伤地朝他点了点头，然后离开了房间。

只有一周了，乔尔边穿上睡衣边想。他只有七天的时间完成自杀了。

乔尔怀疑他的好孩子作风会一直
保持到他再次见到莉莉或是克里斯。仅
此而已。但凡有一个成年人来做他的主，
他就会奋起反抗。

那天晚上，乔尔又做了一个噩梦，他梦见一片空旷贫瘠的土地，上面
点缀着巨石和小山，米勒先生的骷髅军团在那里漫无目的地游荡。他走在
它们中间，试图和它们说话，而它们全然不理。

在一座大山的山脚下，他背靠着一块巨石坐了下来，这块巨石的形状
和他们在山顶脚下发现的一模一样，但它的体积很大，心理医生弗兰克坐
在上面，打开了小笔记本，冷酷无情地在上面草草写着什么。乔尔蹑手蹑
脚地试图绕过心理医生弗兰克，他大汗淋漓，竭力不让别人注意到自己，
此时，一个声音从巨石的另一边传来。那是露西。不，是尤娜·克拉克——
他分辨不清。这吓了他一跳。

"这儿，乔尔，"尤娜或露西喊着他，"这儿，我亲爱的。"

心理医生弗兰克抬起头看着他。

"啊，你在这儿，门罗先生，"他发出了犀牛的声音，"很高兴见到你。我的工具，我的规矩。"

乔尔从梦中惊醒，茫然不知所措。

"你还好吗？"弗兰克在房间对面问道。

他又坐在床上看书，仍然穿着睡衣，脖子上围着那条圆点花纹的围巾。

"不好。"乔尔告诉他，试图清醒过来。

"做噩梦了？"弗兰克从床上爬起来问道。

"是的。我不想谈这个。"

在乔尔看来，房间似乎缩小了，塌陷了。它小到他无法用手指触碰，墙也靠得越来越近。

前天晚上，他把和心理医生会面的事告诉了弗兰克。他的朋友知道他的恐惧。

"没事的，伙计。"弗兰克站在乔尔身边安慰他。

"他们会知道的。"乔尔沮丧地告诉他。

"也许这是最好的办法，也许你可以谈谈，也许事情没你想得那么糟。"

"你答应过的，弗兰克。你答应过我永远不必见他们的。"

他无法解释这种恐惧。他甚至不想解释。他想要逃离，他们每天都在把他逼得更紧，把他推向他命定的死亡。他只需要找一个合适的方法离开。如果他找不到，或许任何形式的自杀都可以。

"好吧，好吧，不要心理医生。那你想怎么做？"

"我不知道，"乔尔无助地回答，"我需要你告诉我该怎么做。"

弗兰克久久地看着他。乔尔能看到他的大脑正在飞快地运转。

"一个礼拜，如果你够幸运的话，也许两个礼拜，"弗兰克若有所思地说道，"我有个想法。我知道这对你来说将会是个诅咒……"

乔尔点了点头，假装明白什么是诅咒。

"……但也许我们需要表现得规矩一点？"

"什么意思？"

"现在是你表演的时候了。表现得规规矩矩的，装作很和气的样子。他们说什么你就做什么。如果你在他们面前表现得很好，他们可能会不再考虑心理医生的事？"

"那我的……"

他说不出来。他想说自杀，但有什么东西阻止了他，某种陈旧而敏感的东西，让他欲言又止。

"如果你已经下了死志——请原谅这句可怕的双关——就没有理由停止计划，但我们必须更低调一些。你需要时间来处理好这件事，要我说，你能获得更多时间的唯一可能，就是成为整个山顶最乖的小男孩。"

乔尔仔细考虑了一下。这个想法有可能实现，他还有机会。两个礼拜的循规蹈矩、卑躬屈膝，换来他的自由？他能做到吗？没等这个念头完全占据他的脑海，他就想起了莉莉的脸，前天在车外头，当时他寸步不让，朝着她们大喊大叫，还有当她和她母亲当场抓住他和弗兰克时，她脸上的笑容。他喜欢那张脸，喜欢那份骄傲，以及那种对于一个她理解和珍视的男人的尊重与钦佩。

他也想起了克里斯的脸，他的鼻子和嘴唇周围有某种气息——厌恶，或是不舒服，或是其他乔尔不知道的东西。他讨厌那张脸，讨厌它所代表的一切。他讨厌从那双眼睛里看到的东西：又一个年迈体衰的老头。看望他是出于礼貌，但没什么意义。

卑躬屈膝意味着接受克里斯的那张脸，接受他的立场，意味着告诉他们，他还能忍受过去五年来那种荒唐而无意义的生活，如果他这样做了，他就必须记住莉莉展露给他的面容，无论那是多么短暂。他还会因为欺骗而如芒在背。

弗兰克看穿了乔尔典型的男性思维，他看到乔尔脑子里所有齿轮都在转动，于是露出了一个揶揄的微笑。

"我知道乔尔不会屈服，但这可能是你唯一的机会。"

"没错，他不会。"乔尔承认。他能做到吗？他能过着这种悲惨的生活，却要假装快乐吗？

"我要试试。该死，我要试试看，尽管这让我丢脸。"

乔尔怀疑他的好孩子作风会一直保持到他再次见到莉莉或是克里斯。仅此而已。但凡有一个成年人来做他的主，他就会奋起反抗。

"那我们现在该做什么？"弗兰克问。

"我们来计划我的自杀，"乔尔坚定地回答，"只是比以前更隐秘、更迅速。"

"你无疑是我见过最顽固的人，但我很高兴认识你。"弗兰克轻快地对他说道。

他毫无预兆地拥抱了乔尔。乔尔也抱住了他。

弗兰克没有抬头，他仍戴着塞尔
比的面具，但从他脸上近乎惊恐的微笑
中，某种属于亚当斯的东西似乎显露了
出来。

如前所述，当乔尔·门罗有了目标时，他就会变得精力充沛、活力四射。
在转院和评估的威胁下，他现在的目标就是死亡。他甚至开始在弗兰克读
的那些傲慢而做作的废话中寻找灵感了，在阅读中，周四到来了。他深信
剧院里的每个人时时刻刻都在自杀，而他终极解脱的灵感将来自一出戏剧。
他读过莎士比亚的作品，也读过一个叫索福克勒斯的人写的东西，还翻过
一些他连名字都懒得看的厚厚的精装大部头。他整个白天都在读书，在公
共休息室里吃午饭时读书，在花园里喝茶时也读书。他有一两次心不在焉
地向山下的岩石望去，发现自己又想出去了。他伤感地回忆起他们被他女
儿逮住之前，他是多么地快乐。

他也试图忽略身边其他人质疑的目光。威猛吉姆对于乔尔开始读文学作品一事感到十分困惑。傍晚时分，为了查看乔尔是否还在读书，利亚姆护士进出房间的次数比平常多出了五倍。令人高兴的是，尤娜·克拉克也怀疑地看着他。他几天前去过她的房间，看到她在读各种各样的书，他想，她也许会乐于见到他更具学者风度的一面。当她在傍晚时分打着聊天的幌子堂而皇之地走进他们的房间时，他尽力不露出微笑。

"他到底是怎么了？"她讶异地问弗兰克，此时乔尔正在读着一本《孤独西部》。

弗兰克一整天都在他的笔记本上草草写着什么，他迅速地翻页，偶尔瞥一眼乔尔，好像在揣摩他的对话或动作。他放下了笔记本，带着热情的微笑对尤娜说道：

"我很乐意告诉你，我只花了几周时间来训练这个人。"

"你做得很好。不过，说真的，他怎么了？"

乔尔尽量不去听他们说话。每个人都表现得好像他出了什么严重的问题。他尽量不显露出自己的愤怒。不过，一丝担忧还是冒了出来：读这么多书只会更让别人觉得他疯了。

"他没什么毛病，"弗兰克笑着回答，"嗯，和平时没什么两样。"

"如果有什么的话，你会告诉我的，对吗？我答应过他的妻子会照顾他的。"

她的话使乔尔坐直了身子。他从未想过，他的妻子也许一直都在为他打算着没有她以后的生活。她走得那么突然，似乎来不及这样做。这就是为什么尤娜总是对他那么好，这就是为什么她会照顾他，会对他产生兴趣。

他知道自己有时完全是在粗鲁地对待她，这令他此刻更加后悔。当乔尔意识到她对他的兴趣或许仅仅是由于露西的托付时，他感到了一阵别样的刺痛。

也许这样最好，他想，因为大限将至。不过，他觉得带着亲吻离开会很好。一些浪漫而温暖的东西。他已经很久没有和人共度那样的时刻了。他想过尤娜或许可能……但现在看来，那似乎是另外一回事了。

但他是多么幸运啊，有这样一位如此体贴、如此爱他、如此无私奉献的妻子。这使他从心里再一次为她感到骄傲，也愈加为她的离去而伤心。

"她是个了不起的女人。"他说道，并未从书上抬起头。他无须他们看到他眼里的泪水，但他怀疑弗兰克还是会知道。

"我真想认识她。"

"你会爱上她的，"尤娜告诉弗兰克，她的目光没有从乔尔身上挪开，"一个温暖的女人。宽容而仁慈。总是热情洋溢。"

"我很幸运。"乔尔以一种云淡风轻的口吻说道。

"的确。"弗兰克对他说着，声音里流露出一丝伤感，暗示着他失去的一些东西。

"她好极了。"利亚姆进门时说道。他什么都听见了。

"吃药吗？"他问。

这个问句里有一种乔尔喜欢，但近来却不怎么听到的语气。它不是一个要求，而是一个请求、一个善意的提议。

"请。"乔尔说着，放下了书。

利亚姆护士把一只玻璃杯放在床边，又将药片放在他的幸运硬币以及

"我的工具，我的规矩"标牌边。这是一种信任的表现。他不会站在那里像照看婴儿一样看顾他。乔尔几乎露出了微笑。几乎。

"这是你的，好先生。"他一边对弗兰克说着，一边摆好了药。

"谢谢你。"弗兰克说道，只要利亚姆在，他就会垂下眼眸。

"不，"利亚姆在床边停留了一会儿，和蔼地说道，"谢谢你。"

乔尔看着两人之间的互动，突然捕捉到了尤娜的反应——一个平静而满意的点头。这表明她看到了自己想要看到的东西。在理解人这件事上，乔尔没有弗兰克那样的深度，但他还是捕捉到了她表情里的意味——她知道了。他又一次低估了她。她知道弗兰克是同性恋吗？她一定知道利亚姆是。她在这里待的时间够长的了，正如乔尔终于意识到的那样，她太精明了，不会忽略这一点的。她知道他们之间发生了什么。乔尔想知道那是什么。弗兰克没有抬头，他仍戴着塞尔比的面具，但从他脸上近乎惊恐的微笑中，某种属于亚当斯的东西似乎显露了出来。乔尔不可能意识到他们之间发生了什么，但如果能让弗兰克高兴，他就支持。

乔尔朝房间对面的朋友露出了微笑。

"我想我要上床睡觉了，"他对他们说道，"趁现在状态不错。"

他看到的疏忽怠慢远不止是对建筑或家具，而是人。不是护士们忽略了他们，而是社会。

"我得告诉你，乔尔，这几天我们和你处得很开心。瑞安护士好像也会来看看。"周六上午，利亚姆护士告诉他。

他进来的时候，乔尔正坐着，他的书放在腿上，两眼空洞地望着下面长长的车道，他的目光穿过花园，落在了岩石所在之处。他正在想它。

乔尔周五一整天都在看书，他翻着弗兰克的藏书，寻找那些激动人心的自杀。他像老鼠一样安静。由于默默寻找可以作为宣言的自杀方式而受到表扬，这种荒谬感在他的脑海中挥之不去，当利亚姆给乔尔带来早餐时，乔尔咯咯地笑了。

他丝毫不关心自己的温顺是否为他赢得了狱卒颁发的金星和狱长的尊重。他想把药吐出来，只为了激怒他们所有人，但他越来越觉得利亚姆护士是站在他这边的。他想让乔尔快乐，想让他在有生之年得偿所愿，但这种支持却夹在他对工作的责任，以及他想看到居民们欣欣向荣的愿望之间。

"这让我很高兴。"乔尔对他说道，好像这对他来说无足轻重。

利亚姆准备出门时鼓励地拍了拍他的腿。他并不知道乔尔对他那居高临下的拍腿行为深恶痛绝。一只乖巧的狗。他忍耐着，因为他说过他会这么做。

"那天你做得很好。"当利亚姆正要转身离开时，乔尔对他说道。

护士瞥了一眼弗兰克的空床，这位健谈者已经和尤娜去公共休息室吃早饭了。

"什么？"他假装不知情地问道。

"你为弗兰克所做的一切。"

"我什么都没做。"

"我搞不太懂，但我觉得那是一件好事，让他高兴了些。"

"你真是个令人惊讶的家伙，乔尔。有时候我觉得你活在自己的小世界里，但很多事情你没有忽略，对吗？"

"说实话，我忽略了太多事情，但那件事没有。"

"看到你们俩在一起真是太好了。你们已经很亲密了。你真的爱他，不是吗？"

乔尔对"爱"这个字感到十分不适，特别是关系到一个同住一屋的男同性恋。利亚姆看出了这一点，笑了。

"但你还是我行我素，不是吗？"利亚姆说。

这个问题中有一丝苦涩。这暗示着，尽管利亚姆过得不错，但他已经遇到过一千个乔尔这样的人，一千个了。每个乔尔都把自己的不适或厌恶带入利亚姆的世界，一点点地伤害他的心防。

"我一直都是如此。"乔尔告诉他。他试图让自己的声音听起来是在悔悟，是在为这个世界的现状感到遗憾，但听起来却充满威严。

利亚姆苦笑着向他点了点头。

"你是对的，门罗先生。"

"是吗？"他问道，尽力不露出怒气。他又一次表扬他表现得好，表扬他现在是一个多么优秀的宠物，因为他安于自己的现状。

"我知道这对你来说很难，乔尔，我知道的。"利亚姆告诉他，"我们不是想为难你。恰恰相反，我会尽我所能让你过得舒适一些。"

在你等着我去死的时候，乔尔心想。但他一言不发，挤出了一丝微笑。

乔尔又陷入了他的自杀研究，他寻找着能带给他灵感、能告诉他如何做才有意义的东西，这样那些活着的人才会停下来想想，是否有更好的方法来照顾其他居民，是否能提供给他们更好的生活。尽管他死了，但他留下的教训却能够经受住时间的考验。与此同时，心理医生的威胁一直如影随形。他最大的恐惧就是被人发现，被其他人深入内心，发现他的冷漠、愤怒、绝望，以及微弱的、偶尔摇摆不定的想要结束一切的渴望。当他们发现的时候，就会把他关起来。没有小山尽头的岩石，没有弗兰克，没有尤娜。这让他胆战心惊。

* * *

下午三点左右，乔尔坐在公共休息室里，和威猛吉姆又一次陷入僵局。

"他回到平地了。"当这局棋成败已定时，吉姆认真地对他说。

乔尔重重地叹了口气，又走了一步骑士。他已经看到了结局。还有四五步棋，现在唯一的希望就是对手的失误，一个他知道永远不会发生的失误。

"他完全明白自己为什么被送进监狱。"吉姆露出了狡黠的微笑，对他说道。

那笑容清晰而尖锐，不再有吉姆·林肯标志性的空洞眼神。

"你在听吗，吉姆？能和我说说发生了什么吗？"

"今天的工人终生都在劳动。"吉姆对他说。狡黠的微笑消失了，那空洞的眼神和令乔尔不忍直视的沉重表情又出现了。或许这是片刻的清醒？又或许什么也不是。

弗兰克慢悠悠地走进房间，仍然穿着睡衣和睡袍，围着围巾，这条围巾主体是白色的，上面有一层细细的棕色波浪图案。当老人坐下来时，利亚姆护士来了，他穿着外套，正准备下班。

"今天上半天班？"乔尔依旧佯装乖巧地问道。

"今晚回来上夜班。"利亚姆告诉他。

"坏人才一刻不闲。"弗兰克主动说道。

他转向利亚姆，做出了某种表示轻松和舒适的肢体语言，尽管他的德·塞尔比面具松动了一些，乔尔还是认出了它。他们之间刚发生的互动是可爱而温暖的，但仍不足以消弭弗兰克几十年来的防御。

"这是工作人员给你的。"利亚姆对他说着，递给了他一个包装齐整的盒子。

"这是什么？"弗兰克问道，他真的觉得很惊讶。

"只是一个小小的生日礼物。祝你们玩得开心。"

当护士走出门时，乔尔十分自责。那天是弗兰克的生日。他不知道，也不可能知道，但生日就是那天。他的朋友甚至都没提过自己的生日。也许生日对弗兰克来说无足轻重。多年以来，他没有家人一起庆祝，没有妻子或丈夫，没有人送他贺卡，没有人给他做晚饭，也没有人为他举办一个派对。也许生日只是又一次提醒他，他的生活是孤独的。乔尔讨厌这个糟糕的想法。他想做得更好，想让这个人知道，现在有人在乎他。

弗兰克近乎渴盼地拆开了包装，把礼物从小盒子里拿了出来。早在盖子揭开之前，乔尔就知道里面装的是什么了——对有些人而言恰到好处的礼物。

弗兰克小心翼翼地把丝巾从盒子里拿了出来，光滑的银色料子上精细地织着白色和褐红色的玫瑰。

"对不起，弗兰克，我不知道。"乔尔对他说。

"别担心，老伙计。"弗兰克向他保证道，他仍在欣赏那条围巾，小心翼翼、近乎恭敬地触摸着它。

"你多大岁数了？"

"七十九。"

乔尔尽量不表现出自己的惊讶。弗兰克比他大，但他快活的心态和恣意的天性让乔尔觉得他要年轻得多。乔尔从未想过他比自己还要大三岁。

"我现在感觉很不好。我什么也没给你准备。"

"我不想小题大做。如果我想的话，就会不停唠叨这件事，你了解我的。"

他本有机会扮演一个受害者，献上另一场德·塞尔比的标志性演出，用一通尖刻而滑稽的长篇大论来谴责乔尔的神经大条。弗兰克放过了这个机会，让乔尔得以幸免。乔尔不知道弗兰克的这一决定是考虑到了他对即将到来的心理测试的恐惧，或是乔尔·门罗的死志，还是德·塞尔比的面具落下了，取而代之的是一个长久以来第一次打开生日礼物的孤独的弗兰克·亚当斯。

这几种想法都令乔尔反感。他不想被自己最好的朋友过多地照顾，或是过分地保护；他也不希望看到那个孤独的、被忽视的人。

乔尔环视房间，看到的都是疏忽和怠慢。旧家具仍然有用，但急需修理和更新。这台老电视机是很久以前捐赠来的，乔尔确信在任何一家商店都找不到一台一模一样的了。他知道那只是他的想法，山顶上有些人活得很快乐，这个地方的腐烂和荒芜是他想自杀的一种心理表征，但这丝毫没有改变他对这里的看法。

他看到的疏忽怠慢远不止是对建筑或家具，而是人。不是护士们忽略了他们，而是社会。这令人既沮丧又愤怒。他看着弗兰克脸上伤感而幸福的微笑，一切顿时显得如此可悲。一份礼物，一份来自串通一气地把他们关起来，让他们与世隔绝的工作人员们的贿赂。他感到自己的愤怒与沮丧成了一种内在的能量，一种激动而骄傲的力量，这力量使他无忧亦无惧。

突然之间，乔尔有了一个主意，它有些冒险，但很有趣。

"我俩为什么不进城喝一杯庆祝一下呢？"他问。

弗兰克的脸色快活了一些，但他很快就掐灭了自己的兴奋。

"这可能不是个好主意。我们一直表现得不错，低调行事，这两天的日子安静又可爱，为什么要捣乱呢？"

"别犯蠢了。今天是你的生日，我们应该庆祝一下。"

"乔尔，我不是想质疑你脆弱的理智，但你不觉得这有点疯狂吗？"

是他，乔尔想，是弗兰克。犀利，诙谐，快活。

如果乔尔得偿所愿，他们将永远不能共度弗兰克的八十岁生日。他将完成壮举，告别人世，纠缠着他的尘世烦恼将慢慢散去。这是他与新结识的最好的朋友一起过生日的最后机会。

"不，我其实不这么觉得，"乔尔告诉他，"我的工具，我的规矩。"

"你离那个把你永远关进精神病院的评估就差一步了，你想去摸老虎屁股？"

"我不想摸老虎屁股，我只想在你生日这天喝一杯。"

"乔尔，亲爱的孩子，"弗兰克开口说道，把声音压低到密谋的程度，"考虑周全点，想想未来的计划，你不觉得这会给你带来不必要的关注吗？"

当提到未来的计划时，他用一只大拇指在喉咙上夸张地横了横。乔尔笑了。无疑，弗兰克说得有道理，但乔尔想到的是一张张面孔——莉莉脸上失望的表情，克里斯脸上漫不经心的不快，还有他女儿和犀牛的严厉谴责。他厌恶这些面孔，厌恶他们对他的控制。他已经同意做条好狗，躺下来乖乖听话了，他也因为表现好得到了拍拍头的奖励，尽管这让人很不舒服，好像他欠这些人一个好表现，好像他就该让自己的生活被人控制，并学着接受似的。他感到身体深处发出了一声近乎野兽的嚎叫。

"我不会让任何人支配我的生活，尤其是在我朋友生日这天。"

弗兰克仔细端详了他一会儿，脸上突然露出了一个大大的调皮的笑容。

"永远都不该低估某些人的顽固，"弗兰克一边整理着围巾，一边对他说道，"我们怎么做？"

乔尔感到身上开始冒着兴奋。他会赢回曾经在外孙女那里见过的微笑和那一闪而过的敬意。他会做自己想要做的、选择做的事情。他会按照自己的意愿行事，而不是在山顶过着那种丢人的、无休无止的单调生活。

"晚饭后，当他们开始第一轮夜巡的时候，我们从窗户出去。"

"他们会锁窗户的。"弗兰克告诉他。

"我们现在去找人打开它，给房间透透气。然后我们把窗钩塞着，如果他们关窗户的时候没发现，我们就打开窗户爬出去。"

"窗户很窄的。"

"你是说我胖？"

"我的词汇量可远不止如此。如果我想羞辱你，我会用'肥胖''粗壮''厚实'一类的词。"

他回来了，他的朋友回来了。在共同的兴奋中，这三天的羞辱和威胁并没有打败他们。

"我能过去，你不用担心。"

"那时候天都黑了——你觉得我们能穿过树林吗？"

"我们会没事的。要有点信心，你应该是个乐观主义者。"

就在那一刻，两人才意识到威猛吉姆还坐在他们身边。他耐心地微笑着，等着继续残局。乔尔和弗兰克面面相觑。

"你会帮我们保守秘密的，对吗，吉姆？"

威猛吉姆笑得更灿烂了。

那是一枚徽章，上面写着"保住皇家剧院"。从没被保住的皇家剧院的破败舞台上拾起它，他觉得有些悲哀，因为没有足够多的人在乎，又一座曾有人深爱过的老建筑毁灭了。

　　他们的计划进行得不动声色。两人坐在卧室里读书，顺便请卡尔护士打开窗户透透气。等他离开房间后，他们在窗钩塞上了卫生纸。

　　弗兰克忙着在自己的衣橱里挑选晚上要穿的衣服，乔尔则在翻阅一本书，他没有真的在读书，由于过度兴奋和紧张，他一个字也看不进去。令人痛苦的是，晚餐时间来得很慢，当它终于到来时，他们急不可耐地冲进公共休息室，努力表现得很随意，但不幸失败了。

　　眼尖的尤娜·克拉克难免发现了一些蛛丝马迹。晚饭时，她一直和他们坐在一起闲聊，漫不经心地斜睨着他们。当他们吃甜点时，她猝不及防地说道：

"我不知道你们在搞什么名堂，但我想你俩又要惹麻烦了吧？"

乔尔举着一勺冰激凌正要往嘴里送，突然停了下来。弗兰克只是随意地挑了挑眉毛，接着他意识到，乔尔震惊的反应已经露出了马脚。

"你真是一点都沉不住气。"他小声对乔尔说。

乔尔意识到可能的确如此，仍然没有继续吃冰激凌。

"又要故技重施，玩失踪？"她问。

"今天是弗兰克的生日。"乔尔心虚地对她说道。

"哦，太好了，"她回答，"生日快乐，亲爱的。"

"谢谢。"弗兰克满面笑容，"我想你不会揭发我们吧？"

"我想不管去哪儿，你们都会互帮互助的吧？"

"互帮互助。"乔尔别扭地念叨，她又不是他母亲。

"是的，亲爱的，"她对他说道，伸手擦去他下巴上融化了的冰激凌，"我挺喜欢你俩的，我可不希望你们出什么事。"

乔尔听完她的话就脸红了。更世故的男人或许会有勇气，或是有办法告诉她，他已经多么喜欢她了。相反，他又吃了一勺冰激凌。

"你在这件事上似乎很能沉住气。"弗兰克说。

她沉默了一会儿，用勺子在碗里把甜点弄来弄去。乔尔见她说话时字斟句酌，但极力避免和他有眼神接触。

"自从你来这儿以后，他就变了个人，"她对弗兰克说，"他变得更快乐，更开朗。他更像几年前搬到这里来的那个人了。要我说，他也变得更大胆，或者更随性了一些，这是个不错的改变。我一直很担心他，眼看着他变成一具空壳。很高兴看到他走了出来，所以就算你们俩都因此受到责骂，那又如何？”

乔尔露出了一个微笑。他想伸出手去拉住她的手，向她表示感谢。但他忍住了，他又吃了一勺冰激凌。

"想要帮忙吗？"弗兰克问。

她对他露齿一笑。

* * *

晚餐过后不久，他们躺在床上假装要休息，卡尔护士前来巡视，带来了血管紧张素受体阻滞剂、鱼肝油和茶。他关上了窗户，乔尔唯一能做的就是不去盯着它看。他毫不犹疑地接下了药和茶，护士满意地点了点头。这进一步证明了他是个好孩子。大约十分钟后，他们听见尤娜的房间里传来了微弱的鸣钟声，这是一个呼叫。当卡尔护士走进她的房间时，他们几乎屏住了呼吸，聆听着尤娜低声恳求的声音。

在接下来二十分钟左右的时间里，卡尔护士会把书送进克莱恩太太的房间。

两人紧张兴奋到了极点，他们从床上跳了起来，开始匆忙地穿衣服。当弗兰克给自己那包括新围巾在内的着装做最后的修饰时，乔尔走到了窗前。

他试探性地推了推。

窗户打开了，夜晚的空气透了进来。乔尔深吸了一口自由的空气，笑了。

"你到底在等什么？我可没有一整天的时间。"弗兰克边说边向窗前走去。这个捣蛋鬼为了今天的场合精心打扮。他穿上了自己最好的一套深蓝色西服，肩上有些破旧，搭配了一件挺括的白衬衫和一双棕色皮鞋。他将生日围巾在脖子上缩了一个精致而松散的结。乔尔的穿着要朴素得多，但他相当自豪地想，自己仍显得风度翩翩。

乔尔小心地抓着扶手，安静地迈着谨慎的步子，提起西裤，小心翼翼地爬出了窗户。逃出禁地的激动再一次占据了他，他快要咯咯地笑出声来，这种大笑的念头在前两次出逃时也困扰着他，但夹杂其中的还有一种害怕被抓住的恐惧和一丝想要被抓住的盼望。如果他们不出门的话，麻烦可能会少一些吧。

弗兰克紧随其后，小心翼翼地把脚探进石子路。为了减少噪音，他们沿着花园里的草坪向下走去，但当他们接近树林时，出现了一道令人目眩的光。

利亚姆护士的车停在他们面前的大门口，他正准备上夜班。两人想也没想就蹲低了身子，踉踉跄跄地半跑了起来。大门前的弯道对他们有利，如果运气好的话，利亚姆护士会在背包里翻找他的磁卡通行证，或是按下蜂鸣器，或是看向别的地方。

他们尽可能快速地朝树林边跑去，乔尔等待听到喇叭的哔哔声，或是身后传来他们在暮色中被发现了的喊叫声。他一直盯着汽车，等着警报响起。走到一半时，他觉得自己看到了护士抬头看向他们，他几乎确信自己看见了，于是他鼓起勇气等着喊叫响起。但没有人过来，当他们来到树林边时，他们自由了。

两人在一棵大常青树后停下喘了口气。弗兰克暗自发笑，做了几次深呼吸，乔尔虽然没有那么上气不接下气，但仍感到一阵阵心悸的折磨，当大门打开时，他伸长了脖子想要看一眼那辆车。当汽车沿车道停下时，他看到了利亚姆护士的身影，后者小心地，几乎是明显地把目光从他们身上移开。乔尔肯定他看见了他们，但这不可能，因为车停在了车道上，缓缓移进了员工停车位。

"我们走吧。"弗兰克对他说。

显然，当晚的第二个大障碍是墙。他们小心翼翼以树林做掩护，走到了岩石跟前，轻松地爬了上去，接着，他们又一次发现自己盛装坐在一堵对他们这个年纪的人来说过高的墙上。

"比我印象中要高。"乔尔对弗兰克说。

"不，你只是变老了。"

"三天就变老了？"乔尔问。

"老了就是老了。我们别在数字上争论了。"

"还是老办法？"乔尔问。

弗兰克朝他点了点头，又露出了灿烂而滑稽的笑容。

两人笨拙地摆好了姿势，弗兰克的脚在车库的侧壁上蹭来蹭去，小心翼翼地想要落到煤仓上。当他们下降到一半时，一盏灯亮了起来。他们僵住了。

灯光来自后花园那间堆满了玩具的暖房。夜晚的天色昏暗，屋内的灯又亮着，主人不太可能看到他们，但他们还是僵住了。

如果要再僵一次的话，那便是他们看到屋主的时候。透过玻璃窗，那个在屋子里拾起玩具，和蔼地同一个小男孩说话的人，是犀牛。

她脱下了制服，换上了便服，头发向后梳成一个松散的马尾辫，笑得很轻松。小男孩的话逗笑了她，即便隔着厚厚的玻璃，乔尔和弗兰克也能听见她爽朗的笑声。

乔尔还记得三天前经过那个满是玩具的小房间时的嫉妒。他觉得那一定是对优秀的父母。他简直不敢相信自己的眼睛，犀牛看上去正常而友善，和你愿意交朋友的那种人没什么两样。

在震惊中，他忘记了弗兰克，直到他的朋友发出一声窒息般的喘气，他才意识到自己一直抓着他的围巾，差点把他勒死。

"对不起。"他低声说着，继续把那个小个子放了下去。

弗兰克在煤仓顶探到了立足点，他转过身来面向还在墙头的乔尔。他那压低了的声音几乎听不见，但乔尔十分肯定其中包含了"杂种""白痴""浑蛋"等字眼。

他一边发表着长篇演说，一边点着头。

"把梯子拿来。"他终于低声打断了弗兰克的话，此时弗兰克正用毫不客气的语言描述乔尔的母亲。

"不行，他们还在里面呢。"

"那我怎么下去？"

"来吧。"弗兰克说着，弯下腰来。

乔尔差点笑出声来。他要踩着弗兰克的背下去。

"别让我摔倒了。"他对小个子说。

"你还是想想怎么减肥吧。"弗兰克反唇相讥。

乔尔希望自己不要大笑出声来，他小心翼翼地踩在弗兰克的背上，进入了犀牛的花园。他的目光迅速从弗兰克弓着的背转向了只被车库一角挡住了一点的暖房。无论小男孩在做什么，她的注意力都在他身上。他踩在他朋友弯曲的背上，一度以为弗兰克会在他的重压下瘫倒在地，但那个小个子屹立不倒，只轻哼了一声以示抗议。乔尔试着用双臂支撑自己，尽可能减轻他的负担。

当两人终于落在坚实的地面上时，他们茫然地站在原地。她没有看到或听见他们，仍在和那个孩子玩耍，她依然笑得很灿烂，看上去像个正常人。

"我们走吧。"弗兰克低声说道。

两人从房子边上的小路侧身而过，离开了暖房，最后不得不经过厨房的窗户。屋里的灯还开着，一个男人正慢条斯理地收拾着碗碟。他看上去也很正常，甚至很愉快。犀牛和这个男人结婚了吗？他看上去很开心，不像一个每天都因为自己娶了个母老虎而备受折磨的人。她过着一种怎样的生活，让她在这里快快乐乐的，却在山顶冷若冰霜？

当他们到达公交车站时，乔尔已经不再那么震惊了，但这不真实的一切仍让人一时难以接受。他一边向弗兰克提起这件事，一边掸去自己印在那小个子的西装外套上的鞋印。

"我猜你永远不会真正了解一个人，对吗？"弗兰克对他说道，仍在检查自己身上是否有从树上、煤仓，或是乔尔的鞋子上掉下来的灰尘。

当公共汽车进站的时候，乔尔已经完全把这件事抛诸脑后，取而代之的是兴奋。天快黑了，到了周六晚上进城的时间了。当他还住在自己家里的时候，也很少在周六晚上进城，他觉得有些经历是自己必须弥补的。当公共汽车驶离时，山顶被抛在了身后，乔尔强迫自己停止担心，往积极的方面想，看看即将到来的夜晚会是什么样。在这个为朋友庆祝生日的夜晚，他们只做自己想做的事。

＊　＊　＊

公共汽车到站之前，乔尔就感受到了市中心周六之夜的活力。这是一种原始的东西，流动的人群，亢奋的精神，夜晚在他们面前展开，任取所需。乔尔渴望加入他们。更老练也更时髦的弗兰克显得很随意，乔尔试图照着他朋友的样子，也显出一种平静的无动于衷，但他发现自己激动地想去做点什么，就像这座城市的其他人那样。

"去哪儿？"他急切地问。

"我有个想法。"弗兰克告诉他。

"你又不是第一次有想法了。"

"不过可能会有点伤感。"

"我都打算自杀了，没有比这更伤感的了。"

"对，没你的伤感。"弗兰克笑着表示同意，"我想去看看'皇家'。"

那无疑是有艺术和文化气息的东西，但由于乔尔和他那土豆般的灵魂对这类东西经验有限，他不知道那究竟是什么。他脸上的表情泄露了他的困惑。

"它曾经是我最喜欢的剧院。"弗兰克告诉他。

"曾经？"

"他们在九十年代末关停了它。我崩溃了。或许从长远看，那是最好的办法，那地方正在没落。"

乔尔能从弗兰克的眼睛里看出怀旧的心绪，并意识到它是如此的熟悉。

他最近一直沉浸其中——对美好时光的追忆。

"那我们走吧。"他说。

两位衣冠楚楚的绅士穿过熙熙攘攘的城市，离开了活动中心，当他们从城里最时髦、最新潮的地方来到老旧的街区时，人渐渐稀少。乔尔想起这些街区曾经喧嚣嘈杂的时候，当他回忆起那些建筑过去的样貌时，也想起了它们曾是多么受欢迎。保龄球馆现在是一家工业化的自助洗衣店，一处大住宅区以前是老电影院，他不止一次和露西去过那儿，在他们谈恋爱的时候，以及后来当伊娃长成一个年轻姑娘的日子里——那时候只要不和父母待在一起，她哪儿都想去。

那座古旧的皇家剧院赫然坐落在街中央，弧形的正门还立在原地。它在那里矗立得太久，乔尔都已经不再注意到它了。上剧院从来不是他的爱好，所以他也从来不曾对它留心，而在此刻，他站在剧院面前，注意到了它古老的优雅，纵使它已破败不堪。这座建筑似乎保留着对那段不可忽视的辉煌往昔的追忆，即便它的窗户被木板封住，前壁上满是涂鸦，正面醒目地立着一个大大的"已出售"标志。

"它很漂亮，不是吗？"他对弗兰克说道。

"那是我在乔尔·门罗的精神里看到的一点闪光吗？"弗兰克问。

"我还没那么麻木不仁。"他反驳道。

"不，我的朋友，我想恰恰相反。"

"什么意思？"

"不用在意。"

"我们怎么进去？"乔尔问道，注意到大门周围的栏杆挡住了他们。

"边上有个后门。没人会劳神锁上它，上锁的门引不来老鼠。"

"有老鼠？"

"你会怕几只老鼠？"

"不怎么喜欢，但我可不怕。"

"你真有趣，乔尔。你显然不怕死，但如果和一些啮齿动物待在一个老剧院里，你就吓死了。"

"我觉得它们也不会比你更讨厌了。"他面无表情地说道。

弗兰克笑了。

"那我们走吧？"

当乔尔和弗兰克小心翼翼地走入狭窄的小巷时，乔尔突然意识到自己很快就掌握了偷偷摸摸的本领。几周前，当他们乘出租车离开山顶时，他提心吊胆得连自己的影子都怕，而现在，他摸索着走进满是老鼠的小巷，从一家机构溜出来，为的是溜进另一家机构。

"打那以后你就一直在这里？"乔尔问道。

"我时不时会来这里。它鼎盛之时对我不错。"

他听上去有些忧郁。这不像弗兰克，乔尔怔了一下。

"别抢我的戏。"他对弗兰克说。

"又怎么了？"

"我才该是那个悲伤又可怜的人，你应该是个有趣的人。我们不能两个人都悲伤，那样就太沉重了。"

他听到前方传来一阵轻笑。天太黑了，小跑中看不清弗兰克的脸，但他希望他的脸上是温暖的神情。

后面有一小块空地，有几级台阶通向一扇门，到处都散落着垃圾、空瓶子和罐子。

"我猜可能是某个无家可归的可怜人在这儿出入，有一回我到这扇门前吸过烟。我会在幕间吸烟，其他演员以前很讨厌这一点。你知道的，万一我没看到上场提示什么的，但我从来就没错过。"

门果然打开了，当弗兰克上前走进剧院时，门发出了轻微的吱嘎声。乔尔猜测他们现在在后台，后墙的老砖裸露，上面满是涂鸦。在他们头顶的高处，有用于悬挂长长的黑色幕布的装置，他知道那是一组装置中的一部分。一堵高高的隔墙将他们同舞台隔开，当他们绕过它的时候，窗外高悬在剧院两侧的路灯照亮了他们，恰好能让乔尔看清舞台上废弃的残存物和那些曾属于皇家剧院的破旧的软垫椅子。

弗兰克走到舞台中央，暗自伤感地笑了笑，回头邀请乔尔上台。对乔尔来说，步入舞台中央是一个特殊的时刻。弗兰克看着乔尔体会着那种感觉，脸上的笑容渐渐变得灿烂。当他们迈出步子时，鞋子还在房间里发出了回响。

"我是李尔王，"弗兰克骄傲地告诉他，"还是戴尔沙特医生[1]、威利·罗曼[2]和埃阿斯[3]。"

乔尔仔细打量着他的朋友，看他是否有后悔、悲愁，或是别的什么情绪的迹象，但他看到的只有幸福。

"你怀念它吗？"

---

[1] 戏剧《马》主人公。

[2] 戏剧《推销员之死》主人公。

[3] 希腊神话人物。

"当然。"弗兰克一边说着，一边步出舞台中心，朝下向观众席的短梯走去，"但也许我的舞台生涯还没结束。也许《乔尔·门罗的不幸终局》有朝一日会搬上舞台。也许买下这地方的人装修完工的时候，这个剧院会比以前更好，而我会再次得到机会。"

"也许会变成一个购物中心。"

"你又来了，半瓶子醋。"

"在市中心建一座这样的大楼要多少钱？几百万？你觉得一帮有那么多钱挥霍的家伙，会在乎老剧院？"

"我们生活于希望之中。"弗兰克坐在一张破旧不堪的旧椅子上，轻快地对他说道，"你在舞台上看起来不错，你知道吧。"

乔尔意识到他仍在舞台中心，而他的观众正朝他微笑。他迅速地向他的朋友走去，却不小心踢到了什么东西。它很小，要不是掠过舞台时发出了响亮的声音，他是不会注意到它的。当他弯下腰捡起它的时候，他的背部和所有的关节都立刻发出了抗议。一粒小小的纽扣，后面还有一个别针。那是一枚徽章，上面写着"保住皇家剧院"。从没被保住的皇家剧院的破败舞台上拾起它，他觉得有些悲哀，因为没有足够多的人在乎，又一座曾有人深爱过的老建筑毁灭了。他把徽章装进口袋，走了下去，坐在了他朋友的身边，两人抬头凝视着昏暗的舞台。

他想象着弗兰克站在舞台上，他的声音以其独有的方式忽高忽低，洪亮的笑声充溢着整个房间，与后墙发生碰撞。乔尔不知道戴尔沙特医生或者威利·罗曼是谁，但在他的想象中，弗兰克是饰演他们的完美人选。

"我真希望当时能见到你。我和露西去看电影的某个时候，我真希望我去了剧院，去看你演戏。"

"接着说，"弗兰克对他说道，"你会无聊到发疯的。"

他在逗趣，但他的声音里有一丝哽咽。

"不，真的。我希望我去了。那不是很棒吗？我们两个人坐在这里，你就可以说你是罗曼医生什么的，我会说，'哦哦哦，我记得，演得太棒了。'"

"罗曼医生？"弗兰克被逗乐了，问道。

"或者其他的什么人。"乔尔不屑地说。

"我也希望你能看到我，我的朋友。这是一桩有趣的旧事。"

他开口说道，接着又停了下来。乔尔仔细地看着他。不再有德·塞尔比的面具了，纯然是亚当斯，他的脸上有一种乔尔此前从未见过的新表情。一种既坚强又脆弱的表情。他显然在竭力控制自己的情绪。

"接着说。"乔尔几乎低语道。

"我有很多朋友，很多，来自世界各地。我在纽约、伦敦、洛杉矶、巴黎和都柏林都演出过。我哪儿都去。他们爱我，乔尔，我是说他们真的爱我。而现在，我亲爱的怪老头，我只有你了。"

他的声音又沙哑了，有什么东西呼之欲出。乔尔感到自己的眼睛刺痛，讨人厌的泪水情不自禁地流了下来。

"他们爱我，但我从来没有爱过他们。我想去爱。真的。"

此刻，他的泪水难以自抑，他努力保持快乐的样子，努力继续表演，但泪水在他的言辞之间汹涌而出，冲刷掉他僵硬的笑容。

"但我总是觉得，他们爱的是我展示出来的东西，你明白吗？像是漫画版的我。从来不是真正的我。"

"是德·塞尔比，"乔尔又小声说道，"而不是亚当斯。"

弗兰克似乎思考了一会儿，在努力保持微笑的同时，他的新面孔闪烁不定。

"你有时候非常聪明，乔尔。"弗兰克笑着对他说，尽管他说这话时抹去了眼角的一滴泪水。

乔尔听到这句称赞时感到局促不安，他努力不让自己哭出来。

"当然，有时候是个大白痴，但有时候……是的。我想你是对的。我从来就不喜欢亚当斯，所以他们有了德·塞尔比，他们爱他。所以我就是他。但德·塞尔比无法爱上任何人，因为他不是真的。"

他仍然固执地努力保持微笑，那是一种新的微笑，并非德·塞尔比式的，而是另一种。它似乎不想留在他的泪水中。

"你为什么不喜欢亚当斯？"乔尔问道。

"我不知道答案，我的朋友。我希望我知道，我希望五十年前我就知道，那时候知道还对我有好处。我让一个英俊的男人离开了我，因为我害怕在公共场合牵他的手，我不愿在别人能看见的地方吻他。他会在演出结束后参加派对，看着德·塞尔比那副如鱼得水的样子，心想为什么我不能在他面前表现成那样。我错失了很多。"

他在泪水中努力挤出微笑，那张新面孔崩溃了。乔尔突然明白为什么这是一张全新的面孔了。这是亚当斯，这是他第一次没有试图隐藏自己。

"我欺骗了自己，乔尔，"他抽泣着说，"我这一生都在欺骗自己。我想我的确讨厌利亚姆。好笑吗？我讨厌他，因为他是我从未成为过的人。他自在地做自己，很愿意做自己。他很勇敢，而我是个懦夫。我这辈子都是个懦夫。"

"你不是懦夫,"乔尔含着泪低吼道,"你不是懦夫,弗兰克·亚当斯。你是我见过最好的人,我不允许你这么说自己,我不允许你这样说我的朋友。"

"对不起,我从来都不是那种人。"

"你想成为什么样的人都可以,不用管我。"

"我很努力地不让自己变成这样。"他咬紧牙关,仍然试图控制自己的情绪。

乔尔紧紧地抓住弗兰克的肩膀,好像他可以通过手上的力量来传达自己的感情。

弗兰克的肩膀颤抖着。

但他没有哭。令乔尔近乎震惊的是,他发现那个人在笑。

"好吧,究竟有什么好笑的?"他生气地问。

"我不知道,"弗兰克对他说,他仍在笑着,抽着鼻子,擦着眼泪,"其实我也不知道。"

对于突转的节奏,乔尔从愤怒变得困惑,他一定表现出来了,因为弗兰克笑得越来越厉害。

"我再次向你道歉。"弗兰克边笑边哭地对他说道。

当乔尔发现自己因朋友哭笑不得的荒唐行为而发笑时,他的困惑又转为欢乐。

弗兰克用他那张亚当斯式的脆弱面容看着他,又哭又笑,乔尔发现自己也发出了一阵轻微的笑声。

一旦他开始发笑，大坝就决堤了，他停不下来。

他的笑声是喷薄而出的，不像上周和伊娃待在车里时那种被压抑的笑，而是一种紧张的释放，两人似乎都得到了解放。笑声回荡在这座废弃老剧院的每一面墙上，萦绕在舞台上，又回到他们身边，令他们听到了自己的笑声。乔尔笑弯了腰时，弗兰克抓着他的胳膊。

"你们两个！"一个声音在他们身后喊道，"你们在这里做什么？"

两人在座位上转过身来，尽管惊讶，却还是无法止住笑声。他们只能看到过道前端有一束手电筒的光在他们身上来回照着，手持电筒的人朝他们走了下来。

乔尔想对那人说声"抱歉"，但听上去像是被勒住脖子时发出的笑声，这让弗兰克笑得更厉害了。

"保住皇家剧院。"他又试了一次，但在他的笑声中，那听上去像是"煮点什么"。

"什么意思？你们不能待在这里！"手电筒背后的那个声音告诉他们。

乔尔又想说"抱歉"，这是他第二次在夜里想，在他找到机会自杀之前，他会不会先笑死。当手电筒不耐烦地来回照着两个老人的时候，他们颤抖着，努力使自己平静下来。

"我说，"那个声音现在充满了困惑，说道，"我还以为是什么吸毒的人。没想到……"

他没想到两个盛装打扮的老绅士会在过道里笑得快背过气去。

"抱歉，年轻人，"弗兰克终于说道，他站起身，平静了下来，"我们这就要走了。"

"你们到底是怎么进来的？"手电筒问道。

"我们一直都在这里，"乔尔开始吹嘘道，"我们是鬼。"

"行了，行了，老伙计，"弗兰克责备道，"没必要吓唬他。"

光模糊了乔尔的视线，让他看不清那张脸，但他有点喜欢这个吓唬人的主意。两个鬼在剧院里笑得前仰后合，他觉得这正是弗兰克想写的东西。

"好吧，好吧，"乔尔说着，从座位上站了起来，"你要带我们出去吗？"

他们被送回了正门，发现自己又回到了起点。弗兰克的脚步现在看上去轻松多了。悲伤的时刻显然已经过去。

"我很抱歉，老伙计，"他们一边走着，他一边说道，牢牢戴上了德·塞尔比的面具，"那地方有时候会让我控制不住自己。"

"没事，没事。"乔尔对他说。其实他想说的更多。他想告诉弗兰克没关系，他在他身边，珍惜他，也很高兴认识他。

但他什么也没说，只是诅咒着自己的懦弱。

他都要自杀了，这些话听上去会很虚伪。但他还是希望自己能说出来。

"我们去喝一杯吧？"弗兰克问道，脸上挂着轻松的笑容。

> 两人的差异或许可以在那一刻总
> 结出来。一个喜欢人群，外向，人来疯，
> 另一个相对安静，踏实，还有他现在才
> 意识到的——不喜欢一大群人。

　　他们在路过的第一家酒吧坐了下来，这家酒吧新装修过，设计成了复古风格，顶灯的样式甚至比他们出生的年代还要久远。弗兰克微笑着走进了房间。这里曾是戏剧制作人、演员和各类创作人才的聚集地，那是一类乔尔从未见过的人。对弗兰克来说，这是一段历史，是一个他七十九年的人生记忆与那些生命中过往面孔交织而出的旋涡。他在这个吉利的日子回到这里，在去过皇家剧院之后来到这里，真是再合适不过了。

　　对乔尔来说，这是完全陌生的地方。自从他决定最好还是自我了结之后，他发现自己喜欢上了在诸多新经验和新感情中遨游，这是乔尔觉得自己错过了的东西——他任由自己错过的东西。他一度诅咒自己错过了这些，

诅咒自己的刻板和他那该死的固执。是他故意将它们拒之门外的。他从口袋里掏出徽章，别在胸前，上面写着"保住皇家剧院"。他想，他们中的一些人可能从中得到了乐趣。

酒吧里人声鼎沸，顾客们进进出出。他们在一张高一些的空桌子旁占了个座，爬上了高高的酒吧凳。逃跑的过程使他们感到了一丝酸痛。两人已经有很长一段时间不跑动了，而弗兰克也是第一次被当作人梯。他们点好了酒，在熙熙攘攘的人群中坐了下来，微笑地看着对方。

城外会有人找他们，有人会对他们的失踪惊慌失措，但这不再像以前那样困扰乔尔了。相反，当他们等着上酒时，他打量着他的朋友，弗兰克仍在微笑着东张西望，乔尔看着他的朋友是否有悲伤的迹象，并没有，相反，他感到两人之间出现了一些新的东西，一些特别的东西。

他知道那是什么。

他看到了真正的弗兰克·亚当斯。乔尔对此感到很自豪。弗兰克让他看到了一些他鲜少示人的东西。他微笑地看着他最好的朋友。

"生日快乐，伙计。"乔尔举起酒杯，对弗兰克说道。

碰杯时，他的朋友也对他露出了微笑。

"我几乎肯定利亚姆看到了我们。"当他们喝酒时，他对弗兰克说道。

"他没看见，你这个蠢货，否则他会阻止我们的。"

"该死的，我就是能肯定。"乔尔反驳道。他记得当他们爬进灌木丛时，利亚姆护士看见了他们。

"你能定定心吗？你讨厌他，你爱他，现在你又讨厌他了。"

"那是你。总而言之，你得承认这一点。你爱上他了。"

"我没有。"弗兰克气急败坏地说，同时整理着他的围巾。

他脱下了西装外套，将它挂在吧台下的挂钩上，但围巾还戴着，绺得很精致。乔尔又一次惊讶于他的朋友是一头多么爱炫耀的蠢驴，而他又是多么喜欢他。

"好吧，反正你是有点喜欢他的。"乔尔坚持道，又啜了一口酒。

"看看你，多么从容不迫。两个礼拜以前，你说不出这话，生怕触到了我的痛点。现在你却在告诉我我喜欢谁。"

现在轮到乔尔生气了，但主要还是尴尬。当弗兰克告诉他这一点时，他表现得像头一等一的蠢驴。

"能问你一个问题吗？"乔尔提出，尽量不显得尴尬。

"天哪。现在已经有点别扭了。我能看出来。"

"你们那天说'谢谢'是怎么回事？"

"什么'谢谢'？"

乔尔使劲地看了他一眼。

"我还是低估你了，乔尔。你真的比看上去要聪明，真的，你觉得呢？"

"谢谢。"乔尔冷冷地说。

"这很难解释。"

"试着和我说说。"

"他只是告诉我，他知道。"

"他知道你喜欢他？"

"不，你这个大——笨蛋。"弗兰克回答，把"大"这个音拖得很长，"他知道我……"

他迟疑了。

那份迟疑里全然是弗兰克·亚当斯。戴着德·塞尔比面具的那个人可以戴着围巾，和陌生人说笑，可以和戏剧制作人与诗人握手，但潜伏在面具之下的亚当斯，甚至连"同性恋"这个词都说不出口。

乔尔想要知道和理解弗兰克世界里的那一部分，让他如此痛苦，以至于给自己起了个新名字加以掩饰的那一小部分自我。他想这么做，但同时也不想。

乔尔伸出一只胳膊，安慰地拍了拍他朋友的肩膀。他还是像以前一样笨拙，但在真挚的友谊之中，弗兰克明白了这个手势的含义，这是乔尔为数不多表达支持、爱与安慰的方式之一。他继承了他父亲搞砸情感的非凡能力。弗兰克也对他的朋友笑了笑，他的微笑苍白而疲倦，但仍然满怀感激。

"够了，"德·塞尔比说着，摆脱了那些情绪，把手伸进夹克衫里拿笔记本，"和我说说《乔尔·门罗的不幸终局》吧？"

乔尔一直在想这个问题，他阅读了古代的和新近的戏剧，寻找正确的方式。他有了主意。

"被警察打死。"他告诉弗兰克。

"接着说。"

"你的戏份很重。"乔尔对他说。

"我已经开始喜欢它了。"弗兰克回答。

这不是一个很复杂的想法，但有很多动作戏。乔尔想象他的自杀中含有一部分宗教的因素，他就是置身其中长大的：教会、耶稣、永恒的诅咒、忏悔、修女、邪恶的牧师、善良的牧师、礼拜天早晨、父亲的毒打，"罪人"

这个词不绝于耳。

露西死后，他就远离了宗教。并非刻意为之，那是因为在她死后，他的生活陷入了一种死气沉沉的状态，而他只是顺其自然罢了。当他再度开始思考宗教问题时，它对他来说似乎毫无用处。它在某些地方如此模糊，在其他地方又怪异地具体，就像一本告诉你如何生活，却没有告诉你如何自处的指南。他的愤怒和厌恶越来越强，直到他不幸得出上了当的结论。

这个新主意的宗教成分在于，它将发生在教堂里。某一天，他会带着一个"人质"进去。人质的角色将由传奇电视剧演员弗兰克·德·塞尔比扮演。乔尔会穿上一件完全仿造的自杀式炸弹背心，或者带上一袋假的炸药。它们看上去像真的一样，但实际上塞满了彩纸。

当警察来抓他的时候，他会提一些要求。其中一条是，社会必须以更诚恳合理的方式照顾老年人，必须结束他们孤独而离群索居的状态，以及改正把老年人当二等公民对待的做法。

他们会给他一个平台，一个向全国演说的机会。他会出现在铺天盖地的新闻中，消息会就此传开。当时机成熟时，他会发起最后一击。

他想象自己在慢动作中，从教堂的前门冲出，发出一声野兽般的吼叫，他的手指放在假炸弹的引线、假枪的扳机，或是别的什么威胁性的东西上。他们会向他开枪，他会像石头一样倒下，死去。当他的尸体倒在地上的时候，彩纸炸弹就会爆炸，整个地方都会沐浴在彩纸中。

当他们把他打得千疮百孔时，波切利[1]那首悲伤至极的歌在他的脑海

---

[1]安德烈·波切利，意大利男歌唱家，被称为"第四大男高音"。

中回荡。然后，他们都意识到这是一场骗局，但那时，他的话已经引起了全国的关注。

"这么说某个警察杀了你？"弗兰克问道，给乔尔的慢动作幻想泼了一盆冷水。

"你说'某个警察'是什么意思？就这么定了。这很有戏剧性。"

"为什么是警察？"

"他们代表了国家，而国家在照顾老人这方面做得很糟糕。"

"色彩令我印象深刻。但逻辑当然还是很烂，不过至少有了点想法。"

弗兰克一边草草写着笔记，一边发表着犀利的评论。他的笔记本里写了很多字，乔尔确信，《乔尔·门罗的不幸终局》将是一出长达七个半小时的戏剧。

"为什么很烂？"他泄气地问。

"人人都讨厌恐怖分子，这就是原因。"

"就这样？"

"没错。无论有没有彩纸——顺便说一句，这是个不错的尝试——你刚才就已经加入了恐怖分子的名单，遗憾的是，恐怖分子的名单长得可怕。是不是骗局对人们来说并不重要。它将被铭记为一个想博眼球的人的恐怖主义行为，而世上所有的同情都将留给我和那个击毙一个愤怒老人的可怜警察。"

令人痛苦的是，他说得是如此正确。乔尔喝了一大口酒。

"这本该是个很容易做出的决定，你知道吧，"乔尔气愤地告诉他，"生活一团糟，我自杀了，搞定。"

是弗兰克让事情变得复杂了起来。

"这是你的决定，朋友。我只是觉得，像你这种地位和才干的人，需要以一种妥当的方式离开人世。有尊严，还要有那么一点品位。"

乔尔知道这样的赞美是为了减轻打击，而它也确实奏效了。他克制住了想要自我吹嘘一番的冲动。

"我快没时间了。"乔尔对他说。

"你有时间。每个人都有。别着急。"

"但如果他们……"

"他们不会把你关起来的，浑蛋。"

"他们可能会。"

"他们不会。你可能觉得你女儿是个怪物，但她不是。她想给你最……"

乔尔对那句话嗤之以鼻。

"……她绝不会让你被隔离的。"

"你还是觉得我应该去见那个该死的心理医生吗？"

"我觉得这不会对你造成任何伤害，但这根本不是重点。我认为你不该被迫去做任何让你不舒服的事情。"

弗兰克说完这话时充满了活力。他的随性态度和平易近人常常掩盖了他敏锐的才智。

"你不打算说服我放弃吗？"

"不，你这蠢货。我认为你应该被允许做任何你想做的事。自杀或者不自杀，看不看心理医生，晚餐吃冰激凌，早餐吃汉堡，任何你想做的都行，你是个成年人。"

"你知道我真正想要什么吗？"

"什么？"

"再来一杯酒。"

对于一些人来说，在互联网和手机的世界里是难以失联的，但对于乔尔·门罗而言，他能勉强理解互联网，却不知如何使用手机，与世界失联就像走出圈住他的养老院大门一样简单。周六的夜晚，当两个盛装打扮的老人在城里的酒吧间流连时，乔尔突然想到，山顶会疯狂地寻找他们，而且压根不知道他们在哪儿。

他们喝了更多的啤酒，聊起食物，聊起他们都不会做饭，以及他们对此是多么后悔；他们聊着自己的成就，生命中最重要的时刻；聊着自己的缺点，他们错过的瞬间。在此期间，乔尔一直在想着伊娃，奇怪的是，他还想到了犀牛。她们一直都和他对着干，而现在，瑞安护士和孩子（乔尔认为是她的孩子）在暖房里的样子鲜明了起来。她聚精会神，脸上露出他从未见过的微笑。为什么他从来没见过呢？为什么她对他来说就是威胁和邪恶的力量呢？而伊娃，他的亲生女儿，一个他深爱着的人，为什么身上有那么多他讨厌的地方呢？他讨厌自己的生活，以至于对之产生了一种根深蒂固的仇恨，迫切地想要摆脱它。

当他们谈论自己所有美好的时刻时，大部分时候她都是中心。她在他的工作室里闲逛，从旁协助他修车，放学后在他的办公室里安静地做作业，而他则在一边更换油和零件。她给他的修理厂带来了温暖的陪伴，只要他在换班时朝她看上一眼，就能感到世界一切都好。在他的脑海中，那个小女孩和年轻姑娘已经被取代了，取而代之的是一个像骂孩子一样责骂他，不让他到日益疏离的世界里去的女人。

他们在一间又一间酒吧里聊起这些话题，乔尔觉得自己喝得越来越多，也变得越来越多愁善感。

"这是莉莉常来的地方。"弗兰克打断了他的遐想，对他说道。

"抱歉。什么？"乔尔疑惑地回答。

两人离了一家挤满了喝鸡尾酒的年轻人的时髦夜店，想找点更适合自己的东西。他们漫步在一条宽阔热闹的大街上，夜愈深，令人目眩的人群也愈多。

"这家夜店，"弗兰克指着他们经过的一家夜总会的大门说，"这是莉莉周六晚上去的那家。"

"你怎么知道？"

"因为我问过她。"

"什么时候？"

"在你生着闷气心不在焉的时候。"

乔尔不予理会。透过大门，他看到了一方宽阔的庭院，那是夜店的吸烟区。里面有座喷泉，周围散落着椅子和几间稻草顶的棚屋，人头攒动。

"我们进去吧。"乔尔提议。

"你说什么？"

"我们进去吧。今天是周六。如果莉莉在这儿的话，我很乐意见到她。"

他想起了她的脸，想起了那份尊重与欣赏。她喜欢那个不同于小时候见到的外公。他疏远得太久了，对那些孩子来说，露西就是全部。

弗兰克听完后咧嘴一笑，他整理了一下围巾，将他的德·塞尔比调整至最佳状态。

"那我们走吧。"他宣布,故意大步朝门口走去。

两名年轻的保安站在通往夜总会大院的大橡木双开门前,乔尔猜他们三十出头。两人正在大笑,看上去很开心。他们都像巨人一般,一个高大魁梧,无疑有六英尺半高,留着近乎姜黄色的胡子;另一个稍矮一些,但更强壮,他把胡子刮得干干净净,看上去面容清秀。

"你们确定来对地方了吗,先生们?"他问道,两人看上去都有些尴尬。

"当然。你是在暗示我们老了吗?"弗兰克问。

他说这话的时候声音尖锐。乔尔分不清他是被冒犯了,还是又一场经典的德·塞尔比式表演。

"呃⋯⋯不是。只不过⋯⋯"保安停了下来,想找个理由不让两个上了年纪,或许还喝醉了的人进入一个满是二十几岁年轻人的夜店。

"啊,我想我明白了,"乔尔说,"你觉得我们还没到准入年龄。这个失误可以理解。"

"等等⋯⋯"保安们困惑地面面相觑。"管理方有谢绝进入的权力。"个子较矮的那位难为情地说道。很明显,两名保安都不想阻拦他们,但当管理方询问这两名七十多岁的男子在夜店里做什么时,他们也不想担责。

弗兰克挺直了腰板,正准备痛骂他们俩一顿时,乔尔挺身而出。

"是因为我们是同性恋吗?"乔尔近乎平静地问道。

高个子保安的下巴以一种最令人满意的方式耷拉了下来,另一个则惊慌地用手捋了捋他的短发。

"先生们,"年轻的那位开口说道,"不是那⋯⋯"

"不是恐同？那是什么，年龄歧视？"

乔尔和弗兰克手挽手站着，扬眉等待回答。他们将坚持到底。两人合起来超过一百五十年的经验足以克服任何障碍。

拖延了一阵后，保安们试图想办法绕过这个问题，个头小一点的那位终于走到一边，摇了摇头，露出被打败的苦笑，打了个手势请他们通过。弗兰克经过时还给了他一个夸张的飞吻，然后两人进去了。

从外面看，夜店的院子里似乎很热闹，但乔尔完全没有做好准备迎接里面的狂热。人们穿着各式各样的衣服，大多很花哨，有些人几乎一丝不挂，年轻人从彼此身边擦过，喝醉了的人踩着高跟鞋，摇摇晃晃的。一个坐在角落里的年轻人处于昏迷边缘，正努力地睁大眼睛抬起头。

音乐重击着他们，嗡嗡地穿过乔尔的衣服、鞋底，进入他的骨头。到处都是酒，一层烟幕在狂欢者们的头顶飘着，亲吻和抚摸随处可见。

他试图平静地接受这一切，此刻觉得自己严重的耳鸣还是有点用的，但乔尔·门罗已经很久没有置身于如此疯狂的人潮之中了。他朝弗兰克瞥了一眼，希望寻求他的支持，却发现那个老头很热爱这些。

两人的差异或许可以在那一刻总结出来。一个喜欢人群，外向，人来疯，另一个相对安静，踏实——还有他现在才意识到的——不喜欢一大群人。

"我想我要喝一杯！"他对弗兰克喊道。

"什么？"弗兰克吼了回去。

"我说我要喝一杯！"乔尔又喊了一次，在喧闹中提高了音量。

"我不知道你在说什么，但我们去喝一杯吧！"弗兰克对他说道。

令人痛苦的是，酒吧在院子的另一头，他们要穿过一大群人。乔尔有些担心他们两个老人能否被接受。他们会被认为是变态吗？潜伏在比他们年轻得多的人群之中。他们会被嘲笑吗？两个不合时宜的老古董。令他大感意外并为之欢欣的是，他没有看到任何评判。事实上，当他们朝吧台后走去时，他发现大多数年轻人——那些清醒得能够注意到他们的人——都表现出了一种无声的尊重，他们微微挪到一边，让他们通过。

一位年轻漂亮的姑娘朝他们露出了热情的微笑，同时轻轻推开了她那些不知情的朋友。他们向下走去后门时，人们给他们让开了一条路。乔尔本打算一进门就松开弗兰克的胳膊，但他被人群吓住了，于是两人手挽手穿过了一片混乱。

幸运的是，吧台边上离扬声器较远，音量没那么大，两人都能专心思考，也能听到对方说话，尽管他们几乎是在喊叫。

"先生们来点什么？"酒保问道。他年轻而英俊，对他们露出了鼓励的微笑。

"请来两杯黑啤。"乔尔要求道。

"对不起，先生们，只有鸡尾酒。"

乔尔沮丧地看着弗兰克，却再一次发现对方很高兴。

"我们要两杯鸡尾酒。"弗兰克对那人说。

"要哪一种？"那人耐心地问。

"今天是我的生日。给我个惊喜吧。"弗兰克回答，眨了眨眼睛。

乔尔忍不住笑了。这是德·塞尔比的拿手好戏。当酒送到时，乔尔伸手去拿钱包，却被一只年轻的手轻轻拦住了。

"外公？！"莉莉问道，怀疑地盯着他。

她从酒吧另一头的某个地方分明地看到了他们，于是前来瞧瞧自己有没有看花眼。现在，她站在自己的外公面前，错愕不已。乔尔调动出内心深处的德·塞尔比，淡然一笑。

　　"你好，亲爱的。"他说道，在她的前额上吻了一下。

　　对他来说，这是一个完美的时刻。与此同时，弗兰克突然大笑了起来。乔尔尽量保持不笑，但他一定表现了出来，因为莉莉很快也绷不住了。

　　"等等，让克里斯也来看看。"她喘了口气说。

　　"你弟弟也在这儿？"

　　"是的，和他的一帮朋友一起。妈妈知道你在这儿吗？"

　　乔尔尽量装作不对这个问题生气。这是一个无心的问题。他还得得到女儿的允许，这让他很气恼，但从各方面考虑，他知道莉莉并非故意冒犯。

　　"不知道，亲爱的。如果你不把这件事告诉别人，我会感激不尽的。"

　　"当然。"她说着，并未在意方才听到的建议。

　　她微笑地看着他。这就是他此行的目的，这就是他想从残破、漫长且毫无意义的生活里得到的东西。他想要得到尊重、爱与欣赏，以及所有来自两个平等关系的人之间生发的东西。

　　"你是怎么出来的？"

　　"他把我当人梯。"弗兰克告诉她。

　　她惊喜地从一个人看向另一个，替他们俩付了鸡尾酒的钱，然后带他们来到夜店的某个地方，那是一片划出的空间，一半的年轻人在这儿玩得很开心，"庆祝他们的生活"，乔尔觉得弗兰克可能会这样说。

　　在这群人当中，穿着浮夸，发型极具风格的，是克里斯。

"外公……"他张大了嘴惊呼。

"他是你外公吗？"一位年轻姑娘立刻问道。

"是的，我是他外公。"乔尔告诉她。

克里斯对他咧嘴大笑，而莉莉开始向所有人大喊着她是如何看见他们在院子那头点鸡尾酒的。弗兰克做了自我介绍，莉莉开始向朋友讲述他的演艺生涯，由此引发了一阵手机的窸窣声，以及在互联网上搜索弗兰克的骚动。

乔尔很自豪。他为自己能来这里而自豪，为外孙、外孙女很高兴看到他而自豪，为自己能拥有生活而自豪，即便有人正试图阻止他。

当一杯鸡尾酒喝完时，他们又去喝了更多。两人在别人的提议下去了舞池，痛饮使他们无所顾忌。乔尔笨拙地跳着舞，弗兰克也好不到哪里去，但他们周围已经聚集了一群人，一小群年轻人跳着，舞着，旋转着，给两人拍照，而他们也毫不在乎自己的形象。在一首特别的歌曲中，克里斯抬起一只胳膊，搂住了外公的肩膀。乔尔喝得酩酊大醉，情绪高涨，他觉得自己可能会因这小小的示爱举动而爆发。

几首歌过后，乔尔觉得自己喝醉了，他疲惫不堪又兴奋过度。在一段漫长而危险的时间里，他站在舞池中，任由自己的腿不听使唤。他头晕目眩，分不清东西南北。他以前不是也有过这样的感觉吗，几年前他在酒吧里晕倒的时候？他希望这次只是头晕。

他从舞池走向吧台，双腿危险地摇晃着。他需要水。一路上，几个跳着舞的人向他致意，其中一人还停下来和他自拍。他希望自己没有醉醺醺地笑着。酒吧经理向他露出了一个大大的、热情的、满是喜爱的微笑。他咕嘟咕嘟地一口气喝完了水，一只手紧紧地抓着吧台，让那阵眩晕过去。经理热情地拍了拍他的肩膀。乔尔为这热情洋溢的一切而倾倒。世界并没有将他们拒之门外，而是欢迎他们进来。

当音乐结束时，一群十几二十岁的年轻人像醉汉一样涌向了城市的街头，两个保安会心地微笑着看向两位老人。他们的身边粉丝环绕，弗兰克甚至在一些年轻人展示他电视剧时代的照片时，为他们签名留念。

乔尔醉醺醺地站在街道中央，夜晚清新的空气令他感到凉爽。他的耳朵还在音乐和喊叫声中嗡嗡作响，他觉得自己的骨头也在皮肤下颤动，但他感受到了活着的美妙与光彩。

他们摇摇晃晃地走在街上，成群结队地聊天、大笑，在一两个年轻人快要呕吐但没吐出来的时候短暂停留，最后止步于一家烤肉店外。

"烤肉？"他问克里斯。

"你没吃过烤肉吗，外公？"

"从来没有。"

"凡事都有第一次。"克里斯一边说着，一边把他领到拥挤餐馆里的一把椅子前。

人数实在太多了，他们不得不分坐在三张桌子上，乔尔、克里斯和两个朋友坐在一张桌子上，弗兰克、莉莉以及两个年轻姑娘坐在后面，她们显然在不停地给他拍照。

"你们在搞什么，外公？"克里斯嘴里塞满了烤肉，问道。

"我朋友的生日。"乔尔告诉他，尽量显得若无其事。尽量装作他在爬出窗外时，没有暗暗希望被抓住。

"他们不知道吗？"克里斯问道，仍然深深敬服。

今晚，他给他们留下了深刻的印象，与此同时，他也与他们共同创造了一个特殊而美妙的时刻。自从他们还是小孩子以来，这是他第一次感受到了和他们之间的联结。

"我想，亲爱的们，"乔尔从座位上站起身来宣布，回味着"亲爱的们"这个词，"我可能有点醉了。"

他的声明收获了衷心的欢呼。弗兰克大笑了起来。

"而且，"乔尔接着说道，"我们可能该回家了。"

话一出口就引来一片嘘声。弗兰克威胁着要向他扔一个塑料盒。

"安静，"乔尔十分威严地对他们说道，令他极为意外的是，他们安静了下来，"我们下周可以再来。"

出现了更多的欢呼。乔尔微笑着看向他的观众。

"你们回家没问题吧？"当他们从垃圾食品中站起身来时，一位年轻姑娘关切地问道。

"我给你们叫辆出租车。"另一个年轻人说道。

"不，我来叫。"克里斯跳了起来，在他能看到的第一盏车灯前打了个手势。

乔尔低声表达了他的感谢，他仍有些晕乎，但不得不对弗兰克喊叫，让他停止摆姿势拍照和吸引年轻人。

"煞风景。"弗兰克对他说着，摇摇晃晃地坐上了出租车后座。

"哗众取宠。"乔尔并无恶意地反驳道。

"回去接受惩罚吧。"弗兰克心不在焉地说。

"可能在所难免了。"

"值。多好的生日礼物啊。"

当出租车把他们拉向山顶时，他们安静了下来。汽车穿过两侧耸立着高楼大厦的长长街道，经过了一群年轻人和老年人，所有人都喝得醉醺醺的，他们吃着快餐，推迟着夜生活的结束。

他们回去后要做的正是接受惩罚。护士们会大动肝火，而且肯定有人给伊娃打过电话了。两人都需要回答一轮又一轮的问题，最重要的是，他们会被没完没了地训斥，好像他们是偷偷溜出家的傻孩子，而不是两个被允许自由行动的成年人。

正当乔尔意识到自己还没有完全准备好接受惩罚时，出租车过了桥，在那一刹，乔尔决定喊"停"。

出租车停在了河边的一个小公园旁。公园里有小木凳、雕塑和鲜花。白天，人们会在那里驻足，拍摄河流对岸城市的天际线，欣赏奔腾而过的河水或是他和弗兰克曾在其中度过了一下午的典雅古堡。它在夜晚是美丽的，但那是一种不同寻常的美，一种安静而略带忧郁的美，流水正为小木凳唱着夜曲。

乔尔让司机等等。他喝醉了，充满了怀旧与感伤，从出租车上爬了下来，坐在河边。

"还好吗？"弗兰克坐在乔尔身边的木凳上问道。

"还好。只是有点晕乎。"

"那里有点狂热，有一会儿你看上去像是要晕倒了。"

"知道吗，我直到今晚才意识到，我不喜欢人群。"

"并不意外。"

"你也这么认为？"

"你不喜欢任何人。"

"我喜欢你。"

他的话很真诚。这是发自内心的，只有一点被酒精刺激的成分。露西是他最后一个真正的朋友，她是他一生的挚爱。自从她去世后，他就独自闲逛一天以打发时间，他看着时间一分一秒地过去，只等着天黑，这样他就能睡去。现在他有了一个新的朋友，他很高兴身边又有人陪伴了。

"我也喜欢你。你是个古怪的浑蛋，但我还是喜欢你。"

乔尔沉浸在这一刻。他过去匆忙度过了太多重要的时刻。他坐在那里，聚精会神地欣赏着周围的景色，任由水声和城市微弱的嘈杂在身边飘荡。

水流在召唤他。如果他想的话，现在就可以了结。也不用接受惩罚了。他可以轻易地爬上将他与冰冷河水隔开的栏杆。他意识到自己一直都想在河水中死去。

他可以滑入、漂走，让流水带走他的焦虑、无用和对死亡的恐惧。他可以就这样离去。

他得在弗兰克不在的时候做。他真的不想离开弗兰克。不能是现在。而且这并不是他们俩想要的结局，太平庸了。也正如弗兰克曾对他说的，有失体面。他摆弄着"保住皇家剧院"徽章。看来皇家剧院至少还能平安度过一个晚上。

"你觉得有天堂吗？"他最后问弗兰克。

"见鬼。"

"得了吧，你读过那么多稀奇古怪的书，已经很有哲学头脑了。一个简单的问题。"

"你认为问一个人天堂是否存在是一个简单的问题？"

"我只是想听听你的看法。"

"为什么？"

"因为如果真有天堂，而我因为自杀去不了怎么办。"

"你又开始想着宗教了？"

"不完全是。首先，我不确定自己信过教，以前只是走过场。"

"我觉得我没有资格回答这个问题。"

"为什么？"

"因为我显然也上不了天堂。"

"为什么？你也要自杀吗？"乔尔怀疑地问。

"不是，你这个大白痴，"弗兰克责备道，"因为，嗯，你知道的……"

他还是说不出口。即便是在凌晨三点，即便是喝醉了坐在河边，弗兰克·亚当斯也还是说不出那几个字。

"那我们会在地狱里玩得很开心。我们俩。"

弗兰克仰起了头，坦率地笑了。乔尔希望是亚当斯在笑，而不是德·塞尔比。

"我们也能从地狱里逃出去。"他对乔尔说。

"我觉得地狱里没有够大的石头。"

他们在舒适的沉默中坐了一会儿。河对岸，城堡的影子在夜色中格外显眼。他们头一回外出就是去了那儿。

"问你一个问题？"弗兰克说道，打破了沉默。

"问吧。"

"你今晚玩得很开心，对吧？"

"这是我一生中一个最美好的夜晚。"

"所以也许情况没那么糟？"

"你什么意思？"

"也许如果情况没那么糟……你知道吧？"

"不，我不知道。"

但乔尔知道他的意思。他想了一会儿。也许情况没那么糟，也许有理由留下。也许有莉莉、克里斯和尤娜·克拉克就足够了，而他还有弗兰克……

接着，他想起了自己在做什么。他坐在河边公园的长凳上，为的是拖延在外面待得太晚而受到的责骂——那个他抚养成人的女人的训斥，他可能受到的处分，她啧啧叫着，失望地摇头。一切都是因为他想出去。最后，没人保得住皇家剧院。它已经死了。

但那一线希望也一直都在。如果他能在生命末尾挽救同孙辈的关系，那也许还有机会。

"也许不会那么糟。"弗兰克试探着说。他又一次从乔尔脸上的表情看到了他的内心。

"也许不会。"乔尔表示同意。

"那么，你还会考虑吗？你还会考虑自杀吗？"

"当然会。"

> 这话说出来的时间糟糕得恰到好处，就在那一刻，尤娜·克拉克端着一盘茶和饼干走进门来。她突然停了下来，完全被这句话冲击到了，震惊得脸色煞白。

当出租车驶上山顶时，最先映入眼帘的是一辆警车，车灯在车顶旋转着，闪烁的光芒随意地投射在房屋的墙壁上。一个警察在附近闲逛，看上去有些倦怠。接下来是一辆银色的霹雳马，那是托尼的车，这意味着伊娃也在这里，车灯也都开着。从窗户可以看到他们的卧室、主接待室和公共休息室的灯都亮着。在大门处，一切都一览无余。他按下蜂鸣器准备迎战，等待的时间比平时要长。显然，在搜寻两名失踪居民的过程中，没有人负责接待工作。

"山顶养老院。"传来了利亚姆护士气喘吁吁的声音。

"利亚姆，老伙计。"乔尔以一种近似弗兰克的语气应答道，强行在声音中加入了几分欢快。

"门罗先生。"利亚姆的声音传来。是中立的，说不上开心或是不开心，最后还轻轻叹了口气，或许那是宽慰的叹息。接着，门伴随着嗡嗡声打开了。

乔尔和弗兰克在公共汽车站就下了车，醉醺醺地走到大门口，这意味着他们要走一段长长的上山之路。正要开始走时，他就看见伊娃朝他走了过来，她的头发乱作一团，走起路来气势汹汹，仿若雷暴将至。

"放松点，乔尔。"弗兰克对他说道。他可以预见将要发生的事。

乔尔努力定住脸上的笑容，但他知道笑容正在消失。

"你到底在干什么？"她怒气冲冲地朝他们走来，问道。

"散步，亲爱的。"他回答。

"你竟敢……"她似乎有些语塞，显然很是沮丧，"你以为自己在干什么？"

"我晚上出去散步了。"他漫不经心地回答。

"散步到凌晨三点？我们担心得要命。我们报了警，瑞安护士简直要疯了。"

"对此我有点怀疑。"乔尔回答。

"你在外面可能发生任何事。任何事！你知道自己有多傻，多不负责任吗？"

"傻？不负责任？一个人现在已经不能和他的朋友去喝一杯了吗？"

"不能，爸爸，一个人不能谁也不告诉就和他朋友去喝酒，三更半夜的连一句话也不说就溜出去。"

"如果我告诉你，你不会同意的。"

"那是因为你不该出去，爸爸，我的天哪。"

"那他妈的告诉你到底有什么意义呢？"他愤怒地回击道。他不在乎说脏话，他是不会道歉的。

伊娃没看出他的争吵有什么新鲜的，她似乎也对谩骂无动于衷。

"哦，所以这是我的错咯？"她问道，"你不告诉任何人就失踪，把我们都吓坏了，这是我的错？"

"不完全是你的。不完全，但主要还是你的。"

"主要是我的错？你真自私，你自私又自大。"

其他人正在往外走，两名警官、瑞安护士和托尼。当他看到伊娃恼羞成怒时，便加快了脚步。弗兰克在乔尔身边不安地动来动去。乔尔从未见过他如此不知所措，但他当时无暇对之啧啧称奇。

"自私？我可能偶尔想出去走走，这太可怕了，是吗？"乔尔问道，他渐渐激动了起来，和他女儿分庭抗礼，"我是个自私的浑蛋，因为我不想每日每夜都被关在这个监狱里一直关到死，是吗？"

"我的天哪，你太激动了，你可以随时来看我们，但你太忙着生闷气了。"

"哦，去看你，是吗？为了什么？礼拜天在家里坐上几个小时，孩子们却对你不理不睬？嗯，那就让一切都好起来了，不是吗？"

"如果你不是一直对他们那么浑蛋，也许他们不会忽略你。"

这些话脱口而出，伊娃立刻就后悔了，乔尔看得出来，但他知道得更多。他的外孙、外孙女现在喜欢他、尊敬他。

"嗯，那不重要，因为他们现在喜欢我，尊重我，这比语言更有说服力。"

"现在可能是个道晚安的好时机。"弗兰克试图礼貌地插话。

"闭嘴，弗兰克。"乔尔说。此时伊娃也厉声说道："你别管，亚当斯先生。"

"我想，也许他是对的。"托尼试了试，但仍无法阻止他们。

　　"我已经尽力为你提供一切了，"她激动地对他说，"我一直努力示好。你却只是抱怨个不停，和你待在一起太难了。"

　　"哦，别说了，别说了，"乔尔回答，他怒火中烧，那是一种混杂着酒精的原始的东西，"你更喜欢你妈妈，我们都知道。她去世前你喜欢来这儿，而从那以后，你就一直在等着我死。"

　　"你怎么能这么说？"她说着，泪水夺眶而出。

　　"因为这就是事实。这就是我待在这里的原因，不是吗？打发时间一直到死！"

　　"你不只是自私，你还刻薄、狠心。"她回击道。她用手背擦去了眼泪，愤怒使她不再哭泣。

　　"没错，嗯，真相总是伤人的。"乔尔还击道。

　　她的眼泪触动了他，他不愿看到她哭泣。

　　他还记得她的第一次崩溃。露西对她说了很多话，但当她坐在床上，将膝盖抱在胸前哭泣时，是乔尔把她抱在怀里。眼泪使他偃旗息鼓，但他决心不屈服。所以，他从她身边擦过，朝山顶走去。

　　他在路上遇见了犀牛。她半身穿着制服，半身穿着便服，头发仍在脑后绑成马尾，这让她显得更有人情味，多少没那么吓人和危险了。但她看他的眼神像玛瑙一样坚硬，预示着她要报复他。

　　当然了，他想，这是不做一具听话的行尸走肉，不想就那样躺着等死的惩罚。

　　他知道这是一个戏剧性的想法。也许伊娃是对的。也许是被弗兰克传染的。警察没有试图阻止他，他们只是在他步履沉重地经过时确认了他的存在。他没有回头看伊娃，他不确定自己还能否承受再看到她的哭泣，但当他朝他们的房间走去时，他听见弗兰克紧随其后。

他们躺在各自的床上时，乔尔仍热血沸腾，心跳加速。在鸡尾酒和几杯黑啤的作用下，他一直怒火中烧。在离窗户不远处，他们听见了后果。乔尔听见瑞安护士正在说话，但他听不清她说了什么。然后是伊娃和托尼。另一个声音也咕哝着什么，大概来自一名警官，接着是车门陆续打开和关上，引擎发动，他们下山时碾动碎石的声音。他知道会有后果的，是严重的后果。

一阵脚步声传来，乔尔闭上眼睛假寐，他担心犀牛要来找他。脚步在房间里徘徊了一阵，乔尔冒险看了一眼。是利亚姆护士，他站在乔尔床边等待着，眼里闪过一丝光芒。他面颊的轮廓笔直如箭。太笔直了。他把水和一些止痛药放在了他的床头柜上。

"醉后吃的。"他说，乔尔觉得自己看到了一丝微笑。

"生日快乐，弗兰克。"利亚姆说着，退了出去。

至少有一个人是站在他们这边的。

* * *

在一个连警察都不得不出动的重大夜晚，头一个也是最严重的后果仍然是宿醉。乔尔已经很久没有这样醉过了，他突然意识到自己为什么从来都不是一个好的酒徒。他头疼欲裂，嘴里还能尝到烤肉的味道，每次在床上翻动时，他的胃里都会翻江倒海。透过模糊的双眼，他还能看见自己的床头柜上放着的小徽章，上面写着"保住皇家剧院"。乔尔迫切地希望有人能来结束皇家剧院的不幸。五月的早晨，阳光洒进他们的房间，刺痛了他的大脑。但对于乔尔来说，情况无可避免地变得更糟了。

"门罗先生，"一个声音说道，那是一个严厉而威严的声音，是犀牛，"我想说几句。"

乔尔感到胃里翻腾搅动，他在床上挪动了一下，试着坐起来。

他试着说"需要帮忙吗"，结果却说成了"许要绑忙吗"。

她对他的衰弱感到惊讶。今天早上，她穿回了她干净的制服，头发像往常一样盘成一个严肃的发髻，又一次显得专制和恐怖。

"门罗先生，你是怎么从山顶出去的？"

"我飞出去的。"他对她说，皱着眉头伸了个懒腰。

"门罗先生，我在问你问题。"

"这点我很清楚，我又不傻，瑞安护士，但我不想告诉你任何事情。"

"也许正因为你不傻，你才应该再好好考虑一下自己的决定，然后向我解释你是如何从山顶出去的。"

"我用抓钩爬上了北墙。"

"也许那时你会更愿意和我们联系的心理医生聊聊。"

这就是后果。

"我想你和我女儿在压根没同我商量的情况下，已经决定了怎样对我最好。"

"你女儿和我都关心你的最大利益，门罗先生，而且我们现在都很担心你。我担心山顶没有足够的资源来照顾你这样显然很痛苦的人。"

担心他的痛苦？不太可能。她想要的是驱逐，如果那老头不听话，就把他赶出去。

"当然。"

"我是不是让你觉得，我并不关心居民们的最大利益？"

他审视着那句话。他的大脑似乎停止了运转，这让他难以思考。令他吃惊的是，他一个例子也举不出。他知道有很多例子，他就是知道，但无论如何，他一个也想不起来。

"你是这所监狱的狱长，不是吗？"他心虚地说道。

"门罗先生，你行为古怪，不负责任，也难以捉摸。你一直都情绪不稳，乱发脾气。你和我们对抗，拒不合作。这些都是不好的征兆，门罗先生。"

她是对的，但她同时又错了。她挑了个好时候来制服他。他的脑子里一团糨糊。

"好吧，就算这样拒不合作又怎样？我不会和你那该死的精神病医生谈。"

"是心理医生，门罗先生，两者是有区别的，而且我们已经在预约了。你可以说话，也可以不说，但我们要评估的是你是否适合留在山顶。所以当他们来的时候，你最好表现出自己有多健谈。"

"不，我拒绝。因为我讨厌别人告诉我该做什么。我讨厌在任何事情上都没有发言权，我讨厌被迫按照你想要的方式行事，就因为这是你想要的。我讨厌的还不止这些。"

"我们走着瞧吧，门罗先生。"她语气不善地说道，退出了房间。

他坐在那里生气。

他转身去向那块盖着被子的东西寻求支持，那是弗兰克·亚当斯。那东西稍稍翻动了一下。一只脚从被窝一头伸了出来，这是表明下面藏的是人而不是怪物的唯一证据。

"也许，老伙计，"弗兰克几乎完全蒙在被窝里，沙哑着嗓子说道，"也许你该考虑找个人聊聊。"

乔尔惊呆了。

"你说什么？"他愤怒地问道。

"听着，别变身'愤怒乔尔'，也别大喊大叫，但你不觉得那也许……"

"也许什么？"乔尔厉声说道。

"我说了，别那么生气。"弗兰克皱着眉头，坐在床上回答。他的宿醉就像是他的保护膜。"但昨晚不是很有趣吗？见到你的外孙、外孙女不是很棒吗？也许有人能帮助你，比如关系上的问题，悲伤的情绪之类的？"

昨晚是很有趣。它很有启迪，而且莫名让人上瘾。他想要更多。但他不想以牺牲自己的自由为代价得到它，也不想一直扮演一个乖孩子，他不想以摇尾乞怜的方式得到它。

"这他妈的是怎么回事？"他几乎是在咆哮。

"原谅你的用词。"

"就这一次，别开玩笑了。怎么回事？你应该站在我这边。你想让我乞求他们的准许？掌控自己生活的那些话都怎么了？"

"我是站在你这边的。"

"不，你不是。你站在她那边。你怕她了吗？"

"天哪，我醉得太厉害了。"弗兰克叹了口气，一只手放在脸前，"我不怕她，乔尔。我只是恰好觉得，她可能有道理。"

"你？在所有人之中，你，一个我唯一确定是站在我这边的人？你怎么解释你说我是你唯一的朋友，怎么解释？你大谈特谈要我做自己命运的主人。"

"哦，搞什么鬼，你能别把这说成是站队的事吗？我只是说这可能会有帮助。我不是要判你无期徒刑。"

"你答应过的，弗兰克。你答应过不会让我去的。"

"我不会让你去的，你这个浑蛋。"

"好吧，你实际上是要我去的。我还以为整个地方只有一个人不会背叛我呢。"

"你能不能消停一分钟，别再以自我为中心了？你女儿很担心，犀牛很担心，利亚姆护士很担心，尤娜也很担心，他妈的每个人都在担心你，而你却坐在那里告诉我没人站在你这边？你他妈的傻吗？"

"你怎么不去找那个该死的心理医生？"乔尔问。

"我？"

"对，就是你。你是一个说不出'我是同性恋'的同性恋，你改了名字，这样真正的你就永远不会是同性恋了。你才是那个需要该死的精神病医生的人。"

如果那天早上乔尔的大脑运转正常，他也许永远不会说出这些话。他本可以管住自己的舌头，而不是用它来攻击自己的朋友。

这话狠狠地击中了弗兰克，令他猝不及防。没有德·塞尔比面具的迹象，只有坚硬而愤怒的弗兰克·亚当斯。

"只要你想，你就是个讨厌、狠心的浑蛋。"

这是弗兰克最后一次说乔尔狠心。

"既然我们是在下黑手，"弗兰克继续说道，"就让我们停下来，看看现在到底是什么情况。你是个懦夫。你害怕去看心理医生，因为你怕他会在你的脑子里发现点什么，你害怕可能会发现一些关于自我的东西。这与掌控你自己的生活无关，而是与你的恐惧有关。最糟糕的是，你是个懦夫，因为你想自杀，而不是面对任何事情。"

"我不是懦夫。"乔尔愤怒地说，他紧握着拳头。

"那你为什么这么想自杀？"弗兰克紧追不放。

这话说出来的时间糟糕得恰到好处，就在那一刻，尤娜·克拉克端着一盘茶和饼干走进门来。她突然停了下来，完全被这句话冲击到了，震惊得脸色煞白。

弗兰克的脸也变白了。他没想让任何人听见。愤怒的面容沉了下来。乔尔试图说点什么加以掩饰，把她蒙在鼓里，收回方才的话。一个笑话，一句评论，任何事情……

但他毫无头绪，她看向他的目光里夹杂着苦涩的失望、深刻的悲伤和炽烈的愤怒。

她把托盘送到了乔尔床边，显然是勉强为之，她小心翼翼地放在那里，目不转睛地盯着他。他那一团糨糊的脑袋拼命想说点什么，任何能够救场的，能消除她那双美丽眼睛里的痛苦的话都行。但他仍然毫无头绪。她对他摇了摇头，转身离开了房间。

在很长一段时间里，他们谁也没说话。乔尔的困惑和对自己的失望又变回了愤怒，他恶狠狠地盯着对面的弗兰克。

"乔尔，"弗兰克近乎低语道，"对不起，我从没想……"

"闭嘴，弗兰克。就这一次，他妈的给我闭嘴。"

乔尔在床上翻了个身，把被子往上拉回到脖子，试着入睡。

他可以就在那一刻死去，他非常乐意。

CHAPTER
23

他试着回忆自己什么时候变了，什么时候变成了某个完全不同的人。他什么时候忘记了如何交流？

　　他下午打了个盹，又做梦了。他走在和以前一样荒凉的土地上，试图寻找尤娜。到处都是米勒先生的尸骨，满目皆是小山和巨石。低沉厚重的绝望阴云离他那样近，让他觉得自己或许能伸手触碰到它们。散落在地上的岩石同他和弗兰克的那块岩石形状一样，但只要轻轻一推，它们就会滚动。他远远地看见尤娜和弗兰克坐在山脚大笑，他们背靠着一块巨石，但当他推开各种各样的米勒先生时，那座山似乎离他更远了。突然之间，他压根就看不见他们了。

　　"你们去哪儿了？"他喊道。

　　"他们在山的另一边。"露西的声音传来。

　　他转过身来对她说话，但对面的不是她，而是犀牛，她穿着便服，对他报以热情的微笑。她伸手去抓他，然后他醒了。

房间空荡荡的，没有弗兰克的踪影。茶和那盘饼干还在那儿，现在已经凉了，看上去莫名有些可怕。大杯子里的茶看上去像是用死水泡出来的。乔尔总是觉得，一杯凉了的茶有一种可怕而悲哀的感觉。他越过它们，望向弗兰克的床。它收拾得干净整齐，看上去毫无生气。走廊里也很安静，失去了平日里的活力。他看了看时间。三点整。大家一定都在公共休息室里。

他醉得最厉害的时候显然已在睡梦中度过了，但他的胃里还残留着宿醉的痕迹。一种不安的感觉，部分是酒精的作用，部分是他强烈的懊悔之情。他挣扎着从床上爬起来，脚底的冰凉令他不适，他打开了电视。

他调了一小时左右的体育频道，试着找一些值得看的东西，但他的大脑无法思考或感受到除了悲伤以外的任何事情。空虚又回来了，隐现在他的脑海中，威胁着要将他吸入扯出，让他变得不再真实。

到了晚上，乔尔不再看电视，而是穿上了拖鞋和睡袍。他穿过养老院，带着一种无声的怨恨从居民们身边走过。克莱恩太太来了。她尴尬地对他笑了笑，那是一种勉强的问候。他们昨晚的鬼把戏传开了，大多数人也都听到了那天早上的争执，听到了多少是另一回事。乔尔尽量不去想它。

弗兰克对他吼出了那些话——狠心、坏脾气，但声音不大，肯定没有传到护士们的耳朵里。尤娜会告诉别人吗？他对此表示怀疑。然而，未来仍十分可怕。好像人们把他当作一个想自杀的人就已经糟糕至极了，而他做没做其实无关紧要。

他在公共休息室里坐了下来。弗兰克坐在克拉克太太身边，他们俩都没有说话，只是坐在那里看电视剧。乔尔讨厌那些该死的电视剧。他坐在边上的一张小桌旁，摆好了棋盘。等待着。

他根本不在乎自己看上去是什么样，一个虚弱的老人坐在桌子旁边，固执地不跟任何人说话，等待着威猛吉姆缓步走进来。他一看见棋盘眼睛就亮了。

"很明显，我相信他就是人类的代表。"吉姆对他说着，露出了友好的微笑，坐了下来。

"下这该死的棋吧。"乔尔对他说，这是他头一回不去判断这个人是清醒还是糊涂。

不到半小时，他们就陷入了僵局，吉姆开始重摆棋盘。乔尔没有反对再来一局，他甚至一句话也没说。他已经打发掉了半个小时，于是从桌子旁站起身来准备离开。弗兰克转过头看向他，有那么一会儿，他似乎要说点什么，但实际上没有。尤娜甚至没有转身。

乔尔回到自己的卧室，心中的积怨越来越深。

夜里某个时候，卡尔护士带着预防中风的药片来了，大家都说他会中风，也都很害怕他中风。乔尔并没有反对。他一言不发地吃下了那些该死的药丸，喝完水躺了下来。卡尔护士的表情没有改变。冷漠而沉默。乔尔对此很感激。

他侧身躺着，面对着窗户，背对着过去属于他妻子，然后是米勒先生，现在属于弗兰克的床。他不想看它。相反，他盯着下面长长的车道，看向了岩石所在的角落。

过了一会儿，他听到弗兰克进来了。弗兰克更衣准备睡觉时，他仔细地听着。当吱嘎声表明弗兰克已经躺在床上时，他纹丝不动，而当弗兰克关掉床头柜上的灯时，他几乎屏住了呼吸，只是一言不发地躺在那儿。

当周一到来时，乔尔发现自己又回到了昨天晚上的位置。回到了米勒先生死后第二天他所在的地方。孤独、沉默，充满了苦涩的愤恨，一切都令他心力交瘁。孤独是可怕的，他不知道自己是如何度过这种生活的。在弗兰克来之前，和尤娜·克拉克共度的那段时间充满了愧疚。在他妻子去世之后和他最好的朋友到来之前，那段日子在他的人生中是可怕的。

他在床上津津有味地吃着早餐，翻看着电视频道。竞赛节目和纪录片都无所谓，至少不是该死的电视剧。

之后他想打个盹打发时间，却发现自己辗转难眠。于是他又重新开始盯着窗外，盯着下面长长的车道，想知道他们有没有发现他的石头，想知道瑞安护士是在工作还是在家陪孩子，或者是孩子们。他意识到自己对她出了这里之后的样子一无所知。

"你这不是在帮自己，你知道吗？"利亚姆护士说。

"别管我。"乔尔对他说道。

"这次不行，乔尔。"利亚姆回答。

他踩着软鞋，安静地在床边踱来踱去，因为此时此地不宜大声说话。

"为什么大家都不放过我呢？"

"因为我们担心你……"

"你一直都这么说。"

"……而这种自我放逐并不能让你不看心理医生。"

"又是该死的心理医生。"乔尔抱怨道。

"我担心你好几年了。"

这令人惊讶。

"什么？"乔尔问他。

"好几年。尤娜·克拉克也是，我想即使是威猛吉姆·林肯也在担心你。你知道，他只想和你下棋。"

"胡说八道。"乔尔坚持道。

"不是胡说八道。你一直情绪低落，寡言少语，同时又很焦虑和忧郁。"

"不，我没有。"

"你当然有。只是最近几个礼拜你才走了出来。我记得你不那样的时候，露西还在这儿的时候，你是一个宠爱妻子的安静的老绅士。对每个人讲话都彬彬有礼。你读书，看体育比赛，人也很好。然后就是许多年来的空白。能看到你重焕生机，看到你清醒了一点，早上经过你房间时听到你笑，听你和弗兰克互相嘲讽，是很令人高兴的。"

"所以那天晚上你才放了我们？"乔尔试探性地问道。

利亚姆面无表情地坐在床边，摊开双手。

"我没有放任何人去任何地方。如果我让你们两个偷偷溜出去，那就严重违反了我的照管义务。如果我看见了你，我就会阻止你，但我没有看到你们像两个躲在敌后的二战老兵一样躲进树林。"

乔尔的脸上不禁掠过了一丝微笑。这是一个相当不错的形象。他不会挑这个角色来演，但那依然是迷人的。

"如果你这么关心我，怎么还会继续推动这种治疗呢？你怎么总是站在瑞安那一边呢？"

"乔尔，我尽可能用最友好的语气说出这句话，但你有时候真是一个实打实的笨蛋。"利亚姆带着无奈的微笑对他说道。

"哈，这可不太友好。"

"你不能再认为这是一场战斗，不能再认为这里是监狱了。你必须意识到，我们是在尽力帮助你。"

乔尔试图把它想象成另一种样子。他试图不去看窗户上的栏杆，试图把山顶上的生活想象成一种不同于开放式监狱的景象。这很困难。

"听着，"利亚姆继续说道，"我想让你试着把这当成一个机会。它无论如何都会发生。你会见到一位心理医生。如果它无论如何都要发生，为什么不抓住机会分担一点出去呢？为什么不把这当作是你表达一些事情的机会呢？请你理解，这件事不是没有理由的。这不是惩罚，不是忏悔。这只是因为你固执得都不肯承认自己需要帮助。"

"你有时候是个很无礼的孩子。"乔尔对他说道，尽量不让自己显得生气。

"你有时候是个很易怒的大人。大体上很好，就是易怒。"

他看上去似乎会说得更多。但相反，他在乔尔旁边放了一个冒着热气的杯子。"我给你带了茶。"

他安慰地拍了拍乔尔的胳膊，站起身来。乔尔绝不会承认和人聊聊是件令人高兴的事。他又习惯了说话，于是安静就变得难以忍受了。

乔尔立刻从床上跳了起来，至少是以比先前更充沛的精力从床上爬了起来，他端起茶，朝走廊走去。

他走到她的门前，近乎匀速地敲了三下。尤娜面无表情地打开了门，她一定知道是他。

"乔尔。"她冷淡地说。

她从未对他冷淡过，有那么一瞬间，他怀念起她无条件对他好，并时常令他不安的日子。

"我可以进来吗？"他紧张地问。

"可以。"她对他说着，站到了一旁让他进去。

"我想聊聊。"他对她说。

这句话几乎如鲠在喉。

"很好，"她回答，仍然冷冷地看着他，"说吧。"

他抿了一口茶使自己镇定下来。弗兰克会知道该说什么。一些机智又让人放松的东西。他会眨着眼睛，戴着他的德·塞尔比面具，而她会笑，接着一切就会平静如常。

"我很抱歉你昨天听到了那些话，"他开始说道，"我没想让任何人知道。"

"但是为什么呢，乔尔？你究竟为什么会想那样的事？这里的生活到底有多可怕，让你甚至会想对自己做那样的事。你有一个女儿，还有两个可爱的外孙、外孙女。"

"我知道，我知道，"他告诉她，"但这并没有改变什么，真的。我在这里不开心。至少，我过去在这里不开心。"

他确定自己曾经想那么做，但不知为何，那似乎是很久远的事情了。那时候他真的想死，现在他不确定了。他的头脑一片混乱。两天前的晚上，他本可以跳进河里结束一切。他可以在任何时候用睡袍上的细绳做一个套索，然后结束一切。

只要他愿意，他随时都可以结束一切。那他为什么还没有了结呢？

"现在你开心了？"她问道，声音里有一丝希望。

他不想伤害她。尽管对他满腔怒火，她仍显得那么脆弱。

"我不知道，尤娜。我不知道我是谁。我受够了，你明白吗？"

"不，乔尔，我不明白。"她回答。

"我受够了，你明白吗？"他几乎话都说不利索了。他刚开口说了一点，那些话就粘在了舌头上，但一旦他说出来了，就会滔滔不绝。

"没有意义。无聊透顶。我以前是有用的，我能修东西，能修汽车。人们把他们坏了的东西带给我，我能让它们再次运转。甚至在我退休后，我还在修东西。房子里所有的东西我都修。你知道我曾经希望东西会坏，这样我才会觉得自己有用吗？露西收拾屋子，收拾得干干净净，而我却像个没用的大傻瓜一样坐在那里，抱怨自己太无聊了，而不是去帮她。还有花园，我们以前有一个美丽的花园，她把那些可爱的小东西打理得很好。我坐在里面等着什么东西坏了，这样我就能修它了。"他又卡住了，那些话在他听来十分笨拙。他想起了她的小花园，她那双沾着泥土的手，想起了他是怎样在看足球的时候透过客厅的窗户，看见她在泥土上快乐地劳作。他会给她沏茶，而她会冲着他微笑。他试着回忆自己什么时候变了，什么时候变成了某个完全不同的人。他什么时候忘记了如何交流？他努力地表达自己，同时又不让自己显得愚蠢和软弱，但他又接着说了下去。

"即使是我们的女儿伊娃，当她需要什么东西的时候，她也会去找露西，而不是我。我什么也不做。但至少我有露西，你知道的。我还有堂兄弟姐妹、邻居和朋友，不多，但我有他们。然后他们走了，一个接一个地走了。一些人搬走了，大多数人死了。然后我就只有露西了。她走了以后，我就觉得自己什么都没有了。我讨厌一无所有，讨厌自己百无一用、无所事事，我只想……"

他停了下来，他能看出她的同情。她的眼睛里有什么东西，一些认同的暗示，他的一些话让她感到熟悉。也许是闲散和无意义，也许是无情的失落感，也许是"下一个就是你"那种残酷而可怕的感觉，那些不断侵入的想法。

不管怎样，他已经无话可说了，他呆呆地站在那里，等着她说点什么。

"我知道。"她同情地对他说。她的目光柔和了下来，一只手放在他的胳膊上。

"我很抱歉给你增加负担。"他平静地说。

"这不是负担，乔尔，我保证。你还想那样做吗？"

"我不知道，尤娜。我真的不知道。"

"你是个可爱的人。请不要离开我们，乔尔。"她说着，泪水夺眶而出。她伸出一只手，抚摸着他的脸颊。

那种亲密，那种肢体接触……这对他来说几乎难以承受。他感到眩晕。难道他对情感已经如此陌生，以至于它会对他造成这样深刻的影响了吗？

在那一刻，他知道她在关心他，深切地关心着他。也许她甚至还爱他。他走到她跟前，伸出双臂抱着她，她也抱住了他，在他胸前轻轻哭泣。他觉得自己或许该为此而内疚，为抱住她时温暖的情感而内疚，好像他在某种程度上背叛了关于露西的记忆。但他没有。他一点也不觉得内疚。

乔尔意识到自己该留心一些了。如
果太云淡风轻,他们就会知道他在说谎;
如果反应太激烈,他就有被关起来的危
险,或者由于对衰老太过愤怒而被转去
某家精神病院。

礼拜二的早晨到来了,尽管这并没有给乔尔带来更多乐观和希望,他
醒来时的感觉仍比前一天要好。他觉得这是因为他上床时比平常更开心。
弗兰克还是没有同他说话,但知道尤娜就在走廊那头是一件高兴的事,就
在他打瞌睡的时候,他想起了她,露出了微笑。一个问心无愧的微笑。这
在他想起尤娜时是不同寻常的。

当他醒来时,弗兰克又去了公共休息室。他是一个习惯早起的人,这
让乔尔有些恼火。按照乔尔对世界秩序的认识,演员、创作人及其同类都
是晚起的人,而早晨属于高效者和像他这样的商人。

上周末,有人发现了窗钩上的那张纸,而昨天晚上,卡尔护士进来彻

底检查了窗户，然后才给他们倒了茶。这让乔尔既想笑又害怕。他和弗兰克在短期内不太可能再尝试逃跑了。

他一边啃着早餐，一边想着自己即将到来的死亡，或者即将去看心理医生的事，后者比死更糟糕，他也在思考弗兰克的问题。他不想生他的气，也不想让弗兰克生气。他想让一切恢复如常，恢复到他们说说笑笑的时候。他想让弗兰克像他们坐在老剧院里时那样看他，像一个朋友，一个真正的朋友，一个尽管存在种种不同，却仍精神相通的朋友。

他的生命可能就要结束了，这已经够糟糕的了。他不喜欢独自完成这件事，尤其是在他交了这么好的朋友之后，这个朋友也许能帮他确定他是否真的想死。

下午早些时候，一个男孩的到来彻底毁了他的一天。

乔尔肯定这个男孩会争辩说他已经成人了，但在乔尔看来，他面前这个穿着普通的西装裤，卷起了袖子衬衫的，是一个男孩。他可以拥有他想要的所有资格证——乔尔确信这个小东西有几麻袋这样的资格证，他的名字后面有一大串字母。乔尔对一个心理学家可能会有的字母毫无兴趣，他一看到那冷静的微笑，立刻就讨厌起那家伙来了。

这个男孩进入过谁的生活？他在别处造成了什么无法估量的破坏？他还不受欢迎地硬闯了哪些地方？

利亚姆护士把男孩领进了乔尔的房间，给他指了指乔尔。一件武器，一把枪，又一个狱警，也许还是个刽子手。

乔尔几乎能听到他的弗兰克在说他过于戏剧化了。

当男孩拖了一把椅子过来，露出了最无邪的微笑时，他闭上了嘴。

这个男孩，这个还处于青春期的生物，拥有把他锁起来，以及把他从山顶送去精神病院，把他从他和露西合住的最后一个房间、他和弗兰克合住的房间里带走的权力。

"乔尔，你好吗？我是马丁。如果可以的话，我们今天就聊一小会儿？"

居高临下的浑蛋。

不可以。没有人问过他的意见。他不想和那个男孩说话。如果弗兰克在这里，他就会知道该说什么。

自以为是的浑蛋。

接着，他灵光一闪。

乔尔立刻受到了启发。

弗兰克肯定知道该说什么，乔尔要做的就是调动他内心的弗兰克。他试着想象那只老鹦鹉会怎么做：

"我亲爱的孩子，我希望你能说得简短些，因为我觉得做整套戏有点多余。"

他觉得这听起来很弗兰克。

男孩整理了一下领带，脸上仍然挂着他那愚蠢而无邪的微笑。乔尔觉得他的手一碰到这个男孩就会变得油腻。

"我尽量不占用你太多的时间。首先，你有什么特别想说的吗？"

乔尔的脑子里一直重复着一句话："不要说自杀，不要说自杀。"

弗兰克曾经说过他沉不住气。乔尔觉得这是一场关于沉着的测试。他的脸上没有出卖任何信息，事实上，他觉得自己很好地掌握了弗兰克那种神秘的微笑，看上去像是知道了一个你不知道的笑话。

"我很高兴能和你交流，年轻人，既然你大老远来看我，我就让你来挑个话题。"

他的脑海中有个声音："别提瘦小的米勒先生在你妻子的床上被按死了。"

弗兰克式腔调："你大老远跑来，我可不想一个人说个没完。"

用弗兰克那种慢吞吞的表演式口音说话很费力。那种声音忽高忽低，有时候低得近乎耳语，但从不会让听众听不到。

"好吧，"男孩有些困惑地说道，"我了解到你不太喜欢这家养老院，这样开场可以吗？"

乔尔意识到自己该留心一些了。如果太云淡风轻，他们就会知道他在说谎；如果反应太激烈，他就有被关起来的危险，或者由于对衰老太过愤怒而被转去某家精神病院。

好像其他人都不会愤怒似的。

"这里有点误会，老伙计。我只是有种被忽视的感觉。"

这话听起来很像弗兰克。他应该戴条围巾的。

"我对山顶没有意见。我的问题在于总是被困在里面。当然，我已经潜逃好几次了，这是他们的问题。"

乔尔竭力露出弗兰克要聪明时尤为喜欢的狡黠微笑，他担心这会让自己看起来很可怜，他一半的问题在于缺乏微笑练习。他在想，如果他站起来偷拿一条围巾，会不会看上去很疯狂？

"而你觉得他们那样做不合理？"

他的脑海中："你说得太对了，我就是这么想的。"

弗兰克式腔调："这个世界本来就不合理，不是吗？那几次是不合理的。我只希望他们能给我一点空间。"

因为他不想在监狱里度过生命的最后时刻，他们就想把他赶出去？他们不知道他离终点有多近。甚至他自己都不确定，但那不是重点。他们对他的控制是不公平的。

男孩看了看他，接着看了看他的笔记。有些东西对不上。犀牛，或者伊娃，或者有人告诉过小男孩会发生什么，但事实却并非如此。乔尔赢了。他打败了那个穿着愚蠢的西服，一脸傲慢的装腔作势的小浑蛋。

他能坚持下去吗？

"和我说说亚当斯先生吧？"男孩问道。

他的脑海中："鹦鹉。我最好的朋友。一头蠢驴。你认识的最可爱的人。"

弗兰克式腔调："他现在需要医生。当然这么说有点疯狂。老实说，我很担心他。他需要多出去走走。他需要一些朋友，需要学会表达一些感情。"

当乔尔意识到他其实是在谈论自己时，他停了下来，接着他提醒自己，他不是弗兰克，而且现在进行的游戏只是不提他可能想要自杀的事，最重要的是不被赶出去。

他朝男孩露出了微笑。男孩也报以微笑。他的脸让人很想揍他一顿。

"我明白了，"男孩说，仍然面带微笑，"而你认为你是在帮助他？"

"我想我已经为他做了力所能及的一切。你也许会说，为了让他继续前行。"

弗兰克为他做了一切，是他让他继续前行。也许他让他走得太远了，也许已经够了。

乔尔十分想念他的朋友和他的陪伴。他希望弗兰克在这里，同他坐在一起，只要静静地看电视或者读书就行了。

男孩继续向他提问，自然是试探性的，蜻蜓点水的，从不问得太过沉重，于是乔尔将内心的弗兰克调到了那些问题上。

问题是各种各样的。他的童年。他的父亲，那个狠心的浑蛋。乔尔用一种甚至连弗兰克可能都无法做到的顺畅回避了这些问题。乔尔发现，德·塞尔比面具是一种避免流露情感的有力工具。他的妻子。他的女儿。男孩明显是有备而来的。

过了一会儿，他感到自己乐在其中。他看着面前的男孩在纸上草草写下什么，每次乔尔说话时，他都会鼓励地点点头，而当他们快要结束时，乔尔觉得自己已经占了上风。他用德·塞尔比的表演掩人耳目。

"那好吧，门罗先生。我想今天就到此为止吧……"

乔尔的心雀跃了起来。

他战胜了可怕的心理医生。

"……下周同一时间？"男孩告诉他。

乔尔的心又沉了下去。

他曾愚蠢地以为一次就能结束，他的脸上也一定显露了出来。

"门罗先生，这不是死刑，只是一次小小的聊天，"男孩带着乔尔认为是他一天中最欠揍的表情说道，"到时候见。"

当男孩走出房间时，乔尔痛苦地盯着他的后背。他真傻，以为他们一次就能解决。总是会有更多的。而现在他看上去完全疯了，因为他不可能再继续保持着德·塞尔比的作风。面具掉下来的时候，男孩就会知道，然后他就真的要遭殃了。他究竟怎样才能通过谈话摆脱困境呢？

他唯一拥有的是时间。也许还有足够的时间来完成那件事，尽管他的内心现在越来越犹疑。抛下他们变得越来越难以想象，尤娜在他的脑海中凸显，还有莉莉和克里斯，还有利亚姆。最重要的是，还有弗兰克。

弗兰克，一个可能救了他命的朋友。他不想再吵架了。

当然了，问题在于——该怎样道歉？乔尔·门罗对道歉知之甚少。每个人似乎都在竭力提醒他，他是个固执得令人恼火的人，而道歉之类的事根本就不是他的作风。在那件事上，两人都没有开口，这让道歉和心理治疗都成了问题。那天早上，他思考了一会儿，到中午的时候，他想出了解决办法。

那天下午，乔尔朝公共休息室走去。在敞开的房间里，山顶的居民们散布在不同的桌子之间，但弗兰克坐在电视机前的大沙发上，耐心地等着他的电视剧开演。乔尔径直走向他的朋友，坐在了他旁边的位置上。沙发还有很大的空间，但乔尔选择直接坐到了弗兰克身边，几乎是紧贴着他。

弗兰克咕哝了一声，斜眼瞥向乔尔。那一瞥有些冷淡，但也并不过分。乔尔直视着电视，假装没看见那一瞥和弗兰克眯起的眼睛。在他们左后方的小桌子上，威猛吉姆见他们坐下，也带着愉快得近乎淘气的微笑坐在了沙发空着的地方。

"太阳总是伴随阴影。"他坐得舒舒服服的，对他们说道。

乔尔点了点头表示同意，但还是一言不发。

在头两个小时里，他们观看了电视竞赛节目。没有人说话。弗兰克的表情令人捉摸不透，乔尔也是如此，他寄希望于弗兰克知道他在做什么。

尤娜坐在附近，乔尔几乎能感觉到她的担忧和好奇。她坐在那里看着他们，希望他们之间的分歧不会扩大到无法弥合的地步。

过了一会儿，利亚姆护士把他们的午餐送来了沙发这边，午餐放在通常为送去他们卧室而准备的托盘上。他显然在忍着笑，并对此毫无愧意。

他们都低声道谢，别的什么也没说。

在接下来的两个小时里，他们看着电视剧——痛苦、沉闷、浮夸、表演令人恼火的电视剧。为了打造纯粹的地狱，弗兰克甚至调开了一部外国电视剧，于是乔尔不得不一边看着字幕，一边看着演员们过火的表演。威猛吉姆撤退了。显然，连吉姆也有极限。

乔尔不能有极限，这个游戏里不能有。于是他继续希望着弗兰克知道他在做什么。一种他不能表现出来，但越来越强的滑稽感来自这样一种想法：弗兰克知道他在做什么，但他要让事情愈演愈烈。

他们继续互不交谈。尤娜继续看着他们。

在一次对乔尔决心的严峻考验中，弗兰克从影碟架上拿了一套《光荣岁月》，塞进了碟盘里。当他重新回到座位上时，他挑了挑眉以示挑衅。乔尔平静地看着他的表情，在接下来的五六个小时里，他们静静地坐着，一集接一集地看着这部九十年代初的电视剧。这很痛苦，但乔尔不得不承认，他的朋友是那群演员中最出色的。他很抢镜。

晚饭前不久，弗兰克放了他死去的那一集。令乔尔感到好笑的是，他的朋友对这个角色处理得太过火了，他还没来得及说出酒吧老板和多少个女人上床的终极秘密，就心脏病发作死了。结束后，弗兰克把手放在遥控器上。

"够了吗？"他漫不经心地问道。

"不，"乔尔温和地回答，"请你无论如何都要继续。"

"哦，他妈的，"弗兰克咕哝着，"连我都受够了。吃晚饭吗？"

"吃。"乔尔同意了，尽量不表现出放松的神态。

两人在尤娜和克莱恩太太身边坐下了。

尤娜惊骇地轮番看着两人。

"所以，就这样咯？"她怀疑地问。

"怎样？"乔尔无辜地回答。

"这就完了？这就是你要做的？就坐在那儿看电视，然后就完事了？"

"你知道她在说什么吗，老伙计？"正当晚餐摆在他面前时，弗兰克问道。

"不知道。"乔尔迟钝地回答。

"你是在告诉我，在这一切之后，在这一切之后……那天，还有……"她的声音渐渐弱了下去，下巴剧烈地抖动着。

"她看起来有些沮丧。"弗兰克评论道。

"是的。你觉得我们做了让她心烦的事吗？"

"想不起来了，老伙计。"

"尤娜，"乔尔尽己所能温柔地问道，"出什么事了吗？"

尤娜伸手去拿报纸，疯狂地拍打着乔尔和弗兰克。他们举起双臂保护自己，经受着猛攻，直到尤娜精疲力竭。她坐在餐桌前，卷起的报纸被弃置一旁。

"可以把盐给我吗，弗兰克？"乔尔问。

尤娜怒气冲冲地继续吃晚餐，嘟囔着什么。克莱恩太太笑眯眯地看着他们俩，但故意不看向尤娜那边。

乔尔看着他的外孙微笑着回视他，把"我的工具，我的规矩"标牌放回原处，乔尔觉得也许皇家剧院可以得救。他无法控制剧院的命运，但他自己可以得救。

　　这是乔尔的胜利，但绝不完美。那天晚上，两人之间的沉默是友好的，比前三天那种冷冰冰的沉默要好得多，但夹杂在那种沉默之中的，是一件重大而糟糕的事情。他们没有提起那件事，因为乔尔不知道怎么提，而弗兰克也想不到一种能不把他们摇摇欲坠的友谊击得粉碎的提法。

　　因此，在整个周三和周四，他们之间的友谊尴尬而有希望，但也十分紧张。过去几天和几周那种轻松愉快的同志情谊已经一去不复返了。戏谑和玩笑已经结束，取而代之的是随意的闲聊。乔尔并不喜欢闲聊，但他也懒得思考其他选择了。

　　"看以前的竞赛节目还是什么？"那天下午，当他们坐在房间里看电视时，乔尔礼貌地问道。

"哦，你想看什么都行。"弗兰克和蔼地回答，"如果你不介意的话，我可能会读点书，或者写点东西。"

"要我把声音关小吗？"乔尔热心地问道。

"没关系，"弗兰克顺手拿起他的小日记本，补充道，"我一旦开始就几乎听不到声音。"

这就是他们对话的方式。

这一整天都很痛苦，不过比周一早晨那种可怕的孤独好多了。世界对乔尔来说变得更快乐，也不那么忧虑了，但他和弗兰克之间的关系却不是这样。他们共同制造了一种令人不安的局面，那天晚上，乔尔几个小时睡不着觉，拼命想办法来打破这堵墙，却徒劳无功。

接下来的两天，他也做出了尝试，但他搞砸了。他用他的固执把整件事情都搞砸了。他拒绝谈论除了电视、护士或是他们共读的书以外的事，而在周五晚，他恐惧地意识到，杵在他们之间的是那件他一直在逃避的事情，那件自从他看到安吉莉卡护士努力按压抢救米勒先生后，就一直在恐惧的事。

在他们之间，无形地、沉默地、耐心地等着轮到他的，是死亡。尤其是乔尔·门罗的死亡。

在乔尔等待生命结束的时刻里，他们的关系是永远无法修复的。只要弗兰克知道乔尔随时可能离开，它就会一直破碎。

这说不上深刻和重大，也不值一提。这只不过是一种可怕而糟糕的渴望，渴望摆脱恐惧，摆脱无用的感觉，而现在，这个曾把他们联结在一起的秘密让他们保持着距离。

尤为痛苦的是，乔尔发现自己陷入了怀疑。求死的笃定被一种不稳定却日益强烈的渴望取代，他渴望更多地了解他的外孙和外孙女，了解尤娜·克拉克，了解弗兰克。他不确定自己是否还能把他们抛下，而唯一能帮助他解决问题的人就和他一起坐在房间里。

只是他们没有进行真正的对话。

距他们在弗兰克生日那天溜出去的一周后，一个阳光明媚的周六下午，解决问题的办法停在了山顶停车场，当时他根本没有意识到这是个办法。

莉莉开着一辆小巧玲珑的小汽车，外孙、外孙女都从车上下来了。在痛苦和懒散中，他整整一个礼拜都几乎不曾想到他们，没有想到他们会被卷入风暴。伊娃知道他们见过他吗？她知道他们整晚都在和他喝酒、跳舞，还把他带进了一家烤肉店吗？

当他见到汽车停下来的时候，他意识到自己并不怎么在乎那些问题。见到他们，他太高兴了，没工夫管他们来干什么。他们在没有受人指使的情况下来见他，他感到高兴，而非痛苦和愤恨。他有那些小家伙来温暖他，世界变得多么美好啊！他知道那是弗兰克的功劳，是他为他开启了一种美好的感觉，是他向他伸出了手，带他走出了孤绝的境地。他对他的朋友露出了微笑，弗兰克的脸上也露出了同样欢喜的笑容，这让乔尔很高兴。

莉莉第一个进门，穿得像往常一样漂亮。乔尔知道这是一种在化装舞会上穿的裙子，但他也只是猜测。他觉得这看上去很成熟，但他也坦率地承认，他完全不知道女性时装里的成熟该是什么样。她仍保持着一贯的微笑，迷人、坦诚、友好。

克里斯跟在后面。他的打扮不修边幅。事实上有些过分草率，夹克太大了，不适合在晴天里穿，他还穿着牛仔裤和运动鞋，袜子立刻露了馅，不是一双。乔尔对此并不上心。在过去几个月或几年的某个时候，他可能时常会评头论足一番，但这次他只是微笑地看着外孙。克里斯也露出了微笑，从他过大的衣服里拿出了一瓶威士忌，敏捷地递给了弗兰克。

"这就是你说你喜欢的那瓶，是吗？"克里斯问。

"是我喜欢的，好吧，但我不记得我说过……"弗兰克告诉他。

"真的吗？"克里斯扬起眉毛惊讶地问道，"你可说了十分钟。"

乔尔放声大笑。他们以后会更了解弗兰克的。对他来说，花十分钟谈点什么都算短的了。

"搞不懂你在笑什么，"克里斯笑着对乔尔说，"你还想教我二十岁的女朋友跳华尔兹，你这个老色鬼。"

乔尔的记忆闪回到了上周六。他想起来了。那个可怜的姑娘已经会跳华尔兹了，但他不管，他还是要教她。他为自己的愚蠢感到难堪，尴尬得几乎扯着被子盖住了眼睛。

"别担心，外公，"克里斯对他说，"她还是觉得你很棒。"

"大家都觉得你们很棒。"莉莉告诉他们。

乔尔看见弗兰克在床上抑制住了自吹自擂的冲动。

"事实上，"她从钱包里拿出了什么东西，接着说道，"保安让我把这些交给和我一起玩的'两个老同性恋'。"

她拿着两张卡片。

"这是什么？"弗兰克问。

"这是夜店的贵宾卡，德·塞尔比先生。"

乔尔听了哈哈大笑，弗兰克也放声大笑起来，这种大笑还是乔尔在弗兰克来的第一天听到过的。它从墙上弹得回来，引得莉莉和克里斯也笑了。

莉莉把卡片交给弗兰克保管。乔尔怀疑自己是否还会用到它们。他本就乐意成为一家高级夜总会的贵宾。尽可能打扮得漂漂亮亮的，去一家时髦的夜总会。他想象着人们会盯着他和弗兰克，而他也并不在意他们把他当成同性恋——他为什么要在乎他们觉得他是同性恋、异性恋、双性恋还是别的字母代表的东西？他们会看到一个老人在城里的夜晚随心所欲，去他们去不了的地方，而不是相反。

"是什么风在周六把我两个可爱的外孙和外孙女吹到山顶的？"乔尔问，"你们肯定有更棒的事情做吧？"

他们不安地对视了一会儿。

"首先，"莉莉说，"我们想说对不起。"

"为什么？"乔尔问。

他不想让她说出来。如果她因为让他做了他自愿去做的事情而道歉，他会沮丧地尖叫的。如果她把那一刻从他这里夺走……

"无论如何，我们可能让你们陷入了麻烦。"她答道，而他几乎松了一口气。

"完全没有，"弗兰克不屑地告诉他们，"我们的年纪够大，阅历够多，我们很清楚自己惹上了什么样的麻烦。"

弗兰克一如既往地切中了要点。

"我们给你们俩在家惹了什么麻烦吗？你们的妈妈知道你们和我出去了

吗？"乔尔问。

他们看上去又有些不安了。

"不，"克里斯终于说道，"但我们有点想告诉她。"

"为什么？"乔尔问。他不想让他们有麻烦。

"因为，"莉莉插嘴说道，"这样很好。她很担心你，真的很担心。我们觉得如果她知道你玩得很开心，就不会那么担心了。你知道吗？"

她的声音变小了一些。乔尔久久地看着他们。

他们长得像他们的母亲，也像他们的外婆。他想他们身上一定也有他们那一无是处的父亲的基因，但他看不到。可能它们也逃跑了吧。

他们是那么聪明、友好、可爱。他怎么会允许自己让祖孙之间的隔阂变得如此之大呢？为什么他没有更像露西一些呢？为什么他没有更努力地尝试一下呢？

克里斯在他的床头柜边走来走去，心不在焉地拿起了那块牌子：我的工具，我的规矩。他露出了微笑。

乔尔盯着牌子看了很长时间，接着，他的目光转向了他的幸运硬币。他想起了投石器和那些在模型展台上百无聊赖的工作人员。那似乎是很久以前的事了，那是他第一次自己离开养老院。那的确只是几个礼拜以前的事。他意识到从那时起，他和弗兰克之间的友谊就发展得深厚而有力。那枚幸运硬币令他想起了美好的时光，但更重要的是，它让他想起了弗兰克。

乔尔看了看旁边的皇家剧院徽章。他从上周起就没戴过了。它是苦乐参半的。保住皇家剧院。皇家剧院已经注定要完蛋，它甚至对此一无所知，就像乔尔觉得自己注定要完蛋一样。乔尔看着他的外孙微笑着回视他，把"我的工具，我的规矩"标牌放回原处，乔尔觉得也许皇家剧院可以得救。他无法控制剧院的命运，但他自己可以得救。他确信有足够多的人关心他。

他那时就知道，他做不到那件事。

他不能丢下他们。

现在他绝不会自杀。他绝不会剥夺自己和他们在一起的时间了。为了他们，他会找到办法来抵制抛下一切的冲动。

事情似乎就这么简单。他曾经想要，甚至是渴望完成那件事。他曾经那么孤单，那么虚无，那么恐惧，他想结束自己的生命。现在他不再孤单了，生活似乎没那么无聊了，恐惧也没那么强烈了。

在弗兰克的陪伴下，他离以前的那个人越来越远了，现在的他不再想死，不再看到它潜伏在拐角处。他仍然想要它，仍然想要离开，但现在他有了可以战胜这种冲动的东西。

"你们都是好孩子。"弗兰克·亚当斯严肃郑重地对他们说。

弗兰克明白他们在做什么，明白他们在拯救外公的过程中所扮演的小角色。那是一个曾经对他们冷淡、疏离、暴躁的外公。他们只需要从他身上看到一点希望的火花，就会冲过来拯救他。

这是弗兰克为他做的。弗兰克让他重新与现实世界联结，在朋友的陪伴下，他一天天远离了内心的空虚。

他也不可能离开弗兰克。他会想办法弥补他对他们的关系造成的伤害。他不会丢下他的。

沉默持续了很长时间。乔尔既困惑又惊诧地坐在那里。

"说点什么，你这浑蛋。"弗兰克命令他。

"你们需要我做什么？"乔尔问。他现在完全由他们指挥了。

"我们不喜欢看到你和别人斗。"莉莉告诉他。她长得太像她妈妈了，乔尔看着她，喉咙就要哽住了。

"嗯，我不喜欢斗。"他告诉她，尽量不让自己发出哽咽的声音。

"哈！"弗兰克坐在他旁边的床上发表了自己的评论。

"我不喜欢和真人斗，弗兰克，"乔尔尖刻地对他说，"你不算。"

"我不算真人吗？"

"宫廷小丑不算真人。"

"哦，这么说你是国王了，是吗？"

"你现在才知道吗？你的反应有点慢，不是吗？"

"哇哦。乔尔·门罗说我反应慢。锅碗瓢盆都在咔嗒咔嗒地抗议。"

莉莉和克里斯又露出了微笑，乔尔想要再舒一口气，但他不得不克制住自己。他和弗兰克的关系也许没有破裂，也许情况还好，只要这不是又一场"德·塞尔比秀"。

"接着说，亲爱的。"乔尔对莉莉说道。

"我们想让你道歉……"克里斯急忙对他说道。

"为什么？"乔尔直接问道。决定不自杀是一回事，但道歉可能也太过分了。

"因为你吓着她了，你让她担心，最重要的是，你告诉她，她喜欢外婆更胜过你。"

乔尔都忘了这茬儿了。

那是一场令人不快的小争论最后，一个令人不快的小挖苦。当然，他并不是故意的，但不管实情是什么，这很可能还是他的错，而不是别人的。他把照顾独生女情感健康的责任交给了妻子，他如此彻底地推卸了这项责任，又如何能期待他们的关系能稳定而愉快呢？

"她告诉你了，是吗？"他难为情地问道。

"她真的很难过，外公。"莉莉告诉他。

她会难过，这令他惊讶，也让他不悦。她通常都是那么强悍，那么能干，那么坚韧，以致他怀疑自己说的话是否会对她的厚脸皮有什么影响。

"嗯，我可能有点过分了。"他喃喃说道，仍然对自己现在所处的位置感到不适。

"你会站出来道歉吗？"克里斯问。

他必须这样做。如果他能挽救同他们的关系，或许他也能拯救同伊娃的。

"我会的，"他保证道，"什么时候？"

"明天你有空吗？"莉莉问。

"明天可以。"

"你呢，德·塞尔比先生？"她问弗兰克。

"这件事我可能就派乔尔去做了。我觉得你妈妈不太喜欢我。"他微笑着说，仍然在欣赏着他那瓶威士忌和那张夜总会贵宾卡。

对乔尔来说，单独去是有道理的。即使他还想自杀，他也不能在女儿还生气的时候去做。有些话是必须说的，那些他不知道自己能说出来的话，那些他很久没有说过、但仍有必要且早就该说的话。无论接下来发生什么，他至少都会确保和女儿言归于好。他毫无保留地深爱着她。她可能长得像她的母亲，但她出众的性格和品质是从她父亲那儿学来的。在她的决心、果断和她眼里的勇气中，他看到了自己。

"我们什么时候去呢，亲爱的们？"乔尔问道。他突然被他们温暖了。至少，他会给他们留下一些能够深情怀念的东西。

* * *

乔尔是在安静的沉思中度过那个周六晚上的。考虑到人们近来对他的精神健康的怨言，他希望没人会把他的沉默误认为是某种自闭。事实上，他是在练习第二天要对伊娃说的话，温言软语对他而言从来都不容易。他自己小时候就从未听过这些，但这不足以成为借口。

有几次，当乔尔练习着他那些笨拙的台词时，弗兰克会从房间的另一头看着他，同时在他的日记本上草草写些什么。他秘密而戏剧性地做着这件事，乔尔知道，这位剧作家非常想被人询问他在做什么，于是乔尔自顾自地笑了笑，什么也没说，继续练习着他的演讲。

礼拜天一到，他就精心打扮好了自己。这比他长久以来的形象都要好。他冲了个澡，涂上了发胶，把棕色皮鞋喷得锃亮，完成之后，他对着镜子自我欣赏。

"我见过更糟的。"弗兰克冷漠地表示了支持。

"还行吗？"乔尔问。

"比'还行'好。非常好。"

乔尔整理了一下衬衫和西装外套的领子。弗兰克仍然斜眼看着他，他们试探着恢复友谊的努力仍然很勉强。乔尔发誓，在和伊娃谈过之后，他会处理好这件事的。弗兰克填补了乔尔在生活中所缺失的朋友角色。乔尔觉得自己对他的亏欠难以偿还，但至少他会让这个老人知道，他很感激。

就弗兰克而言，他似乎意识到乔尔身上有某种重要的东西在翻动。不仅仅是穿上西装、打扮自己这么简单，也不仅仅是与家人共进晚餐。对他的朋友来说，这将是一个重大的时刻。他进入了未知的领域，而仅仅几周前，他刚和弗兰克一同迈出了旅程的最初几步。现在这一切有了巨大的飞跃。那是信仰的飞跃，进入未知的飞跃，但对那个老人而言，他才刚刚开始理解它的重要性。

弗兰克从床上爬了起来，帮乔尔整理好了他打理不好的领子。他对他的朋友咧嘴一笑，拍了拍他的肩膀，然后爬回了被窝。

＊　＊　＊

那天下午，孩子们护送"犯人"穿过了山顶的大厅。得罪"看守"的一大后果就是多少会被盯着。他和弗兰克都被认为是不值得信任的。但乔尔也并不冤枉，毕竟他还没打算放弃那块可爱的石头。还有时间，但不多了，如果他的计划如期进行，也只够他在城里再待一个晚上。

当三人走出房门时，安吉莉卡护士对他露出了一个勉强的微笑。她仍然对他很警惕。可以理解，乔尔想，这也是他应得的。从山顶大门驶进开放社会是一种自由的感觉，不过稍稍打了一些折扣。现在一切看起来都不一样了，公共汽车站有了之前不具备的意义，从外面看，山顶的院墙比他记忆中要小得多。他们经过了山顶路两旁的房屋，在通往他的岩石所在的林荫小路上，他看到了他们的后花园。

他想知道犀牛今天是否在家和她的孩子玩耍，她是否放下了头发，看上去像普通人一样。

"你们的妈妈知道我要来吗？"乔尔问。

"知道。"莉莉告诉他，她的声音爽朗而昂扬，像是在隐藏什么。

"她对这事不大高兴？"乔尔试探着说。

"她当然不高兴。"克里斯在后座插嘴道。

乔尔努力在座位上扭着身体，好让外孙看到自己在瞪着他，但没有成功，于是他只好代之以一声响亮的"哼"。

就这样，他在前去向她道歉的路上，而她正等着用平底锅把他拍平。他想这也是他应得的。生活的教训似乎无处不在。

在某些人看来，他女儿和两个孩子合住的房子可能是"简陋"的，不过是城中某地并置的三张床。在经济繁荣时期，这里的房价也从未飙升过。在乔尔看来，这是个很棒的街区，住着很好的人，但这里却并不怎么受青睐。

托尼的银色霹雳马停在屋外，伊娃的小掀背车停在车道上。乔尔扶着克里斯坚实的手臂，有些费力地从车里爬了出来。他挺直身子后，将一只胳膊搭在了克里斯的肩膀上，高兴地发现克里斯靠过来很自然地拥抱了他。他最后一次真正拥抱他的外孙是什么时候呢？克里斯八岁的时候？还是九岁？乔尔记不清了。

房门打开了，托尼站在那里等着迎接他们。他个头不是很高，比克里斯还稍矮一些，但对一个四十多岁的人来说，他的身材非常好，体型苗条且肌肉发达。他那乱蓬蓬的棕色头发有些稀疏了，但他离被岁月带走英俊的容颜，变得形容枯槁还早得很。而那是乔尔常会有的感受。

"门罗先生。"托尼正式地说道，这算是打招呼。

乔尔强迫自己接受。托尼曾被他视作一个闯入者，当这个人喊出他的姓氏时，乔尔曾勃然大怒。

"托尼，请叫我乔尔吧。"他对着这个更年轻的人说道。

莉莉和克里斯拥抱了那个在某种程度上代替了他们父亲的男人。他也热情地拥抱了他们。看到他们相处融洽是令人高兴的。乔尔是怎么做到置身其外那么久的？

"我带了酒来。"乔尔对托尼说，手里拿着他们半路买的那瓶酒。

"太好了。"托尼回答，面对这个改头换面的乔尔，他显然觉得尴尬且不自在。

"爸爸。"伊娃说着，出现在了走廊前头。

她看上去是那样严厉而权威，手里拿着一把木勺，饭菜的味道从厨房飘出。她越来越像她的母亲了。如果在其他时候，这可能会让乔尔受伤，而现在，他乐于见到他参与抚养的女人身上有那么多他所爱的女人的影子。

"我带了酒来。"他心虚地对她说。

"谢谢。"她勉强地回答。

"我们能聊两句吗？"他问道，开始感到紧张。你可以随心所欲地排练这些事情，但如果你从小就被教育不要谈论自己的感受，便只会对深刻而重大的对话感到不适。

她对他点了点头，面容已经变得柔和。她能看出他的笨拙，而他希望她也能看到他的真诚。他们坐在客厅里，孩子们和托尼则向厨房走去。

"他是个帅气的小伙子，不是吗？"乔尔问道，试图拖延一阵。

"什么？"伊娃吃惊地问。

"托尼，帅气的小伙子。我觉得他就得这么帅，因为你很漂亮，你知道的。"

这些话说得那么生疏，那么笨拙。他并不擅长恭维。

"谢谢，爸爸。"她回答，看到他脸红，她稍稍露出了微笑。

"那俩孩子，他们……"他迟疑了一下，试图回想同弗兰克是如何交谈的。那通常都很简单。他们谈论过重要的大事，那对两人来说都很容易。"他们真的很棒。"

"他们也很喜欢你，爸爸。"她对他说道，变得温柔了起来。她眼里严厉的光芒——不仅是过去几周，而是过去几年对他皆是如此——开始消失了。他想知道她能否看到他过去的样子，他在她小时候的样子？

"嗯，我受之有愧。"他看着地面，坦承道。

她什么也没说。也许她不想违心地纠正他，也许她和他一样笨拙。他猜可能是前者。

"我应该向你道歉。"在一阵冗长而尴尬的沉默过后，他对她说道。

"听着，没事的，爸爸……"她开口说道。

"不，请让我说完……"

他深吸了一口气。

"我很抱歉，我不是个好父亲。"他对她说。

"不，爸爸……"她开口说道，在座位上向前倾了倾。

"拜托了，伊娃。"他打断了她，说道。她久久地看着他。他想她也许能看出他需要说出来。她坐了回去。

"我看到你一直都是怎么带孩子的，既当爹又当妈。你做得很好。而我没做好，你明白吗？在我能做的时候，当然了，我还是让你妈妈去处理那些难题了。我告诉自己那不是我的工作，我的工作是赚钱，我告诉自己我没办法处理那种事情，你明白吗？让你妈妈处理一切，我不该那样做，那对她太苛刻了，对我也是一样，你明白吗？我错过了一切，错过了了解你、了解你是什么样的人，完全错过了。我不该那样。"

她的眼里含着泪水。他也热泪盈眶。

"我想念你妈妈。我很想念她。我没有理由成为浑蛋。弗兰克有时候说，我是个狠心的浑蛋。他是对的，他总是对的。我很孤独，你知道吗？我很自私，还有点害怕。我没能处理好这些。也许……也许如果我更了解你，如果我承担了更多养育的责任，花更多时间和你在一起，我们之间就不会什么也没有了，你明白吗？我想这些我意识到得太迟了，然后我觉得自己就是孤身一人。对此我也很抱歉。"

她从扶手椅起身，到沙发上与他同坐。她将一只胳膊搭在他的肩膀上。他抹去了一滴流到下巴上的眼泪。

"这对我来说很难，"他接着说道，"那样孤单，感到自己那样一无是处，觉得自己就像是在等死，这对我来说很难。"

他深吸了一口气。

"这就是我的感受。我觉得自己只是在等死。而我厌倦了等待，厌倦了担惊受怕，担心咳嗽变成肺炎，肿块变成癌症，头疼可能变成脑瘤。为了防止中风，他们不停地塞给我这些药片，也许我也可以像你妈妈那样走，发病只需要一分钟，然后我就走了。我一直都觉得自己没理由活着，没理由继续打扰别人。"

她现在对他有了不同的看法。那是一种深刻的不同。她似乎能看到之前未曾留意的东西了。

"我很抱歉，爸爸。"她低声说道。

"这不是你的错，而是我的，不过没关系。我想让你知道我会变得更好。有个心理医生……我会说出来的。我现在有弗兰克、尤娜，还有你的孩子们，我也想重新拥有你，如果还不晚的话。但你必须相信我，相信我知道什么对自己最好，相信我可以自己做决定，我还有自己的生活。你能为我做到吗？我们能一起做到吗？"

她哭着拥抱了他，他也流着眼泪，任由她抱着。

> 只要弗兰克还在担心他朋友的生命安全，他们就会一直别扭着。弗兰克不会聊电视以外的话题，以免碰触到某根神经，或是把乔尔送上一条不归路。

　　乔尔神清气爽地回到了山顶。在多年的人生低谷之后，他对事物的感受，一种真正的感受被激活了，尽管山顶对他来说仍像一座监狱，敞开来迎接他的大门似乎和往常一样不祥，但向女儿道别的惋惜也是真实可感的。现在她在他眼里变了样，变得更鲜活、更年轻了。她身上似乎闪耀着关于曾经那个小女孩的记忆，当她向他挥手告别时，她的微笑是真诚而衷心的。他很想请求她在车里坐一会儿，什么都不聊，只是在她的陪伴下，感受一会儿他们新建立的关系。

　　回到房间，弗兰克从床上坐了起来，从一只杯子里啜了一口热饮，看上去非常愉悦。

　　"你怎么这么高兴？"乔尔问。

"我也可以这么问你，老伙计。"

"我和家人一起吃了顿不错的周日晚餐，基本没和谁吵起来。"

"奇迹永不停息。"

"那你呢？"

"我把酒掺到咖啡里了。"他说道，显然很高兴。

乔尔大笑起来。

"你喝了不少吧？"

"可能比我该喝的要多。你想来一杯吗？"

"当然。"

乔尔叫了一杯咖啡，送来的是低卡的，但他决定什么也不说。他现在表现得很好，而且如果工作人员觉得他年纪大了，不宜在晚上七点后摄入咖啡因，至少他可以从他们不知道他很快就会喝醉这件事上得到满足。

两人坐在床上，一边就着低卡速溶咖啡慢酌威士忌，一边看电视竞赛节目。乔尔仍能感觉到他们之间的隔阂。只要弗兰克还在担心他朋友的生命安全，他们就会一直别扭着。弗兰克不会聊电视以外的话题，以免碰触到某根神经，或是把乔尔送上一条不归路。

他不能接受他们之间还有隔阂，乔尔想。

"我要去见心理医生。"他对弗兰克说。

弗兰克一时不发一言，他正在消化这条消息。

"为什么？"他终于问道。

这让乔尔大吃一惊。他原本期待的是祝贺，为他做出健康而成熟的决定而热烈鼓掌。

"你说'为什么'是什么意思？"

"我觉得那个问题不用解释。"

"哦，并不是。你说'为什么'是什么意思？"

"我想知道你为什么要这么做。为什么是现在？是什么东西改变了？"

乔尔听懂了弗兰克问的问题，但更重要的是，那些他没有问出口的问题。

"你想知道我是否还想自杀吗？"

"你只有我想象的三分之二粗心。"弗兰克笑着对他说。

"我要去看那个该死的心理医生，"乔尔气愤地说，"这还不够说明问题吗？"

"我想听你说出来。"

"哦，我不说。"

"哈哈哈哈，你是一头倔驴，你知道吗？"

"对不起。"

"别啊，它是你最气人也最讨喜的品质。"

"听着……"

"你不必那样的。"

"我还是有点想。"

"那你试试看吧。"

"我还是想自杀，"乔尔坦白道，"我只是不想'想自杀'。"

"那是个开始。"弗兰克对他说道，他从床上爬了起来，摇摇晃晃地穿过房间。他显然喝得比乔尔多很多。他走到床边，在乔尔的额头上吻了一下。

"我不想你有什么不测，老头。真的。"

"你老了，变得多愁善感了。"

"只是对你，你这个暴脾气的老浑蛋。"

他说这话时是如此深情，乔尔担心他可能又要哭了。弗兰克摇摇摆摆地回到床上，微笑地喝着他的咖啡。乔尔不再忧郁了。他们又和好如初了，他的朋友回来了，他有理由继续前行了。

当两人满足地沉默时，他又有了主意。

"在我跳进水里之前，来场最后的狂欢？"

"接着说。"弗兰克催促着他，脸上渐渐浮现出狡黠的笑容。

"我正在改过自新，重新做人。我看过心理医生了。我假装成你，然后幸免于难了。"

"假装成我？"

"嗯，我就演成你那样的。"

"那到底是什么样？"

"你知道的，虚情假意，自信过头。"

"你说到点子上了。"

"但我周二去见他时，得告诉他事实。"

"要我说，越快越好。"

"好吧，好吧，稳住，"乔尔劝他，"那么，在我重新做人、变得无趣之前，再来一场狂欢怎么样？我们拿着那些贵宾卡出去找点乐子怎么样？"

弗兰克大笑了起来。

"首先，你从来都不有趣。你太古怪了，但我现在觉得你可能是真的疯了。"

"得了吧，"乔尔劝他，"再去城里待一个晚上。我从来都没当过 VIP。我又不是个有名的演员，我连 IP 都没当过。"

"明晚？"

"他们绝对想不到。"

"我们得有一个很好的逃跑计划。"

"所以你入伙吗？"

"无论如何也不会错过。"

又要耍鬼把戏，这感觉有点不对，但这一回他会写张便条，或者十张，或者给他女儿打个电话，告诉她他做了什么，或者他会做些什么来弥补损失，他太想去了。他想再做一次主。他衷心地希望心理医生不会让他吃药，或者把他关起来，但这些都是有可能的，他可能再也没机会了，他明天可能就要死了。

他们醉醺醺地计划着，直到护士来关了灯。

这个夜晚是他最后一次成为乔尔·门罗，因为从第二天起，他就会变成另一个人，这个念头令他感到恐惧。

　　山顶养老院里，威猛吉姆的生日比弗兰克·德·塞尔比的更引人注目。下午，前市长被领了出来，无论他是否知道今天是什么日子，他的头上都戴了一顶看上去有些凄凉的帽子。其他居民们聚在一起，享用着各种各样的食物和饮料，它们盛在专为这种场合准备的塑料小碗和小杯子里。乔尔知道他的生日就要到了，还有六天，他们就得再重复一次。这次他不会反对，也不会大发脾气。相反，他希望伊娃、莉莉、克里斯，甚至托尼都能来看他，而且他们会同他、尤娜和弗兰克坐在一起，乔尔觉得这可能是一段还不错的美好时光。只要他坚守承诺。

　　他努力不去担心自己会被注射大量的镇定剂，或者"为了他好"而被转移到精神病院。他努力告诉自己，这些事情的可能性很小，但他脑海中仍有一丝挥之不去的疑虑。他重新集中注意力,想起自己还有一项工作要做。

蛋糕出现了,它看上去格外华丽和美味,被巧妙地放在了威猛吉姆的棋盘上,他困惑地坐在它前面,吹灭了蜡烛。当他意识到发生了什么的时候,困惑被幸福取代,他身上散发出一种纯粹的快乐,热烈地鼓起掌来。乔尔记得自己曾多次可怜吉姆的无知,现在却感到嫉妒。

当歌声响起时,乔尔趁机溜出了房间,并在经过弗兰克时朝他点了点头。他全面而仔细地检查着走廊,搜寻着看护的踪迹。什么也没有,他穿过山顶的走廊,当他小心翼翼地走向护士站时,身后回响着"祝你生日快乐"。

护士站设在一个小房间里,勉强能容纳三人,尽管里面一般只有一个人。它的正面是一块可前后移动的小玻璃板。乔尔猜想他的身板刚好能从中穿过。

利亚姆在护士站里。

"需要帮忙吗,乔尔?"他问道。

乔尔有些心虚,他怀疑利亚姆护士知道自己在做坏事。

"我觉得弗兰克不太舒服。"乔尔告诉他。这不完全是撒谎,弗兰克有几分宿醉后的反应,他的胃里一阵恶心,脑袋一阵刺痛。

"哦?"利亚姆温和地问道。他在怀疑些什么。乔尔猜想,无论以后他和弗兰克一起做了什么,总会有人有所怀疑的。

"可能是他吃坏了什么东西?"乔尔提出。

"我知道了。"利亚姆说着,并未动身。

乔尔想要的东西触手可及。他很确定它就在滑动的玻璃板里面,但利亚姆一动不动。他不能叫他离开,那只能证实利亚姆对乔尔在搞鬼的怀疑,而他的确在。

"嗯……"乔尔心虚地说,"我只是觉得,得让你知道。"

"有什么情况再告诉我。"利亚姆漫不经心地对他说。

哦,他很机灵。

乔尔回到公共休息室,站在弗兰克身边。

"生病。"他对他的朋友说。

"什么?"

"我需要你真的生病。比如呕吐。"

"在这儿?"

"这儿,在我们房间,随便什么地方。"

"为什么我现在要生病?"

"利亚姆很聪明。我告诉他你不舒服,他并不买账。你生病他就会跑过来了。"

弗兰克不友善地盯着乔尔看了很久。

"只有一次机会,伙计。一定要趁他们在这儿的时候。"

派对上的歌声开始渐渐减弱,工作人员也随之散去,过不了多久,他们就会回到各自的工作岗位。弗兰克一脸痛苦。已经来不及想一个新计划了。

"他是个快乐的好人……"他开始唱道。

工作人员和居民们也一起唱了起来,庆祝活动的结束推迟了。接着,弗兰克毫无预兆地把一根手指伸进喉咙,将他一直在吃的东西都吐了出来。一些呕吐物落在了乔尔的鞋子上,他十分肯定弗兰克是故意的。

他马不停蹄地溜出了公共休息室,回到了护士站。利亚姆还在那里,一边在各种表格上草草写着什么，一边翻着写字板。

"他吐了。"乔尔告诉他。

利亚姆分外淡定的表情以一种令人极为满意的方式消失了，他立刻就行动了。

有一刻，他似乎打算开着护士站的门，但他最后向乔尔投去了一瞥怀疑的目光，接着把身后的门拉上了。当他转过拐角进入走廊时，乔尔开始了行动。

他向后推了推玻璃隔板，把头伸进了小小的办公间。

写字板挂在内墙的一个小钩子上，上面写着每个月的门锁密码。他把手伸进去，手指擦到了写字板。他更用力地伸了伸手，但还不足以把写字板举起来。

他再一次左右查看了一遍走廊，接着又开始了行动。这一次，他的头和胳膊都从那个小缝里挤了进去，如他所料，他刚好能进去。他靠着里面的桌子，弓着身子爬了起来，现在他的两腿悬在小窗缝外，左肩靠在桌子上。他伸出手，把写字板托了起来，飞快地扫视着那一页。他的视力已经不如从前了，因此他不得不多次调整木板的位置以便能够看清。上面写的是：底层号码——3266D。他费了好大的劲，才笨手笨脚地把写字板重新挂在墙上，然后笨拙地溜了出去。

尤娜·克拉克站在走廊里看着他，扬起了眉。

"尤娜。"乔尔向她打了个招呼，想要装出一副随意而无辜的模样。就好像几秒前，他的屁股没有悬在半空，两腿没有在身后晃荡似的。

"你的麻烦还不够大吗？"她近乎厌倦地问道。

"我不知道你在说些什么，亲爱的。"乔尔回答，接着，他想施展一下德·塞尔比的魔力，又补充了一句，"你今天下午多可爱啊！"

她情不自禁地露出了微笑，但同时又摇了摇头。

"说实话，"她对他说，"我不知道你们俩谁更坏。"

他向她露出了最灿烂的笑容，张开了最大的怀抱。她由他揽着，两人开始朝各自的卧室走去。当他们经过公共休息室时，人们正帮着弗兰克回房间，无论他是否需要这份帮助。他怒视着乔尔。

"我希望你觉得好些了。"乔尔冷静地对他说道，尽量不展露出自己的笑意。

"我希望你把这话塞回你的屁眼。"弗兰克回答，仍在用手帕轻轻擦着嘴。

* * *

他们一整天都很沉得住气。在卧室里休息，在公共休息室里吃晚餐，为他们最后的狂欢之夜的到来倒计时。

他希望伊娃不会生他的气，至少不会太生气。他需要这样做。在他们让他以一种前所未有的方式面对自我之前，这是最后一次。在他被迫开始接受治疗，在他们发现他有自杀倾向、他已经活腻了之前，这是他最后一次成为 VIP 的机会。而当他们弄清楚了——他很确定他们会弄清楚的——等待他的将会是药物、隔离间，或是别的什么，然后谁知道他的生活会变成什么样？这个夜晚是他最后一次成为乔尔·门罗，因为从第二天起，他就会变成另一个人，这个念头令他感到恐惧。

他决定给她写张便条。给他们都写一张。他甚至还会向瑞安护士道歉。

随着那一刻的临近，他觉得自己不再那么在意别人怎么想，或者谁会生他的气、为什么生他的气了。自从几周前的一个周日下午，他和弗兰克偷偷溜出去以后，他就爱上了那种第一次尝到自由的感觉，并对之念念不忘。他低头盯着院子里他的那块石头，回想着他的双脚触碰到墙外地面时的奇妙感觉。

两人抑制着兴奋，开始悄悄地计划进城之夜。弗兰克开始为乔尔挑选晚上穿的衣服，没人要求他这么做，他也没有等乔尔的允许。

"我选的有什么问题吗？"乔尔生气地问。

"我们是 VIP，你这个大笨蛋，"弗兰克对他说，"和 OAP[1]不一样。"

"但我们就是 OAP 啊。"

"那就是你的问题了，老头。"弗兰克轻快地回答。

"你可比我老。"乔尔一脸不屑地回答。

"别告诉别人。我不想让人觉得我已经一千多岁了。"

"哎哟，我就是这么想的。"乔尔对他说。

有那么一会儿，弗兰克像是要再次反击，但他只是微笑地看向了乔尔。

"我知道，我的朋友。我知道。"

乔尔没想让弗兰克当真，但他的确当真了。这敏感的一刻令他感到尴尬，尽管近来似乎经常如此。

护士们完成了夜间的最后一轮巡查，关上了身后所有卧室的房门，熄灯后，乔尔和弗兰克偷偷爬下了床。乔尔留给工作人员的便条先是写给伊娃的。

---

[1]在英国，领取养老保险金的人被称为"Old Age Pensioner"（OAP）。

伊娃：

亲爱的，今晚你不用担心我。明天我就要开始治疗了，我只是想再度过一个自由的夜晚，再和我的朋友喝一杯。我从来没有当过VIP。我一会儿就回来。

安吉莉卡护士：

以上只是写给伊娃的。如果我是你的话，就不会打扰她。我们只是想溜出去喝一两杯，一会儿就回来。

如果这给你带来了麻烦，我很抱歉。

真的。

乔尔·门罗

他露出了微笑。他们一定极其想知道，这两位老人是如何设法第三次（据他们所知）逃离养老院的。两人打扮成自认为最光彩照人的样子，在弗兰克昏暗的台灯下相互打量着。

弗兰克穿着自己唯一的一套棕褐色西装，加之配套的棕色背心和一件胸领；乔尔穿着一套海军蓝细条纹西服，这是他为数不多的几件从未穿过的西服之一。

"够好的了。"弗兰克嘟囔道，上下打量着乔尔。

"太他妈花哨了。"乔尔噘着嘴对弗兰克说。

"哦，"弗兰克突然说道，"还有一件事。"

他在床边的衣帽架上摸来找去，摸出了一条耀眼的镶白边天蓝色丝巾。

这是一件华丽的装饰品，乔尔怀疑如果不是遇到弗兰克·亚当斯，他这辈子可能都不会戴的。他任由那个小个子男人把丝巾围在他的脖子上，然后调整了一下。

"现在好一点了。但只是好一点。"

乔尔由他去了。

在昏暗的灯光中，乔尔用衰退的视力摸索着找到了安全面板。听到门闩打开的声音，两人都吓了一大跳，他们把门仅仅拉开了一英寸，静候着脚步声。没有人来。如果盛装打扮的他们被逮住了，是不可能解释清楚的。

卧室外面的走廊很安静，在夜晚的寂静中，几乎安静得可怕。乔尔意识到，除了上周喝得酩酊大醉回来以外，他从未在就寝时间之后到过走廊。他们身上有一种幽灵般的气息，这场景还有一种怪异的熟悉感。他总是梦到的那片贫瘠土地让他有同样的感觉，这种感觉令人惊恐不安。

"你还好吗？"弗兰克低声说道。

"闭嘴，你这个蠢蛋。"乔尔小声回答。

走廊上，过了公共休息室，在前台一带的某个地方，一束蓝光照着墙壁，伴随着低沉的私语。夜班护士正在看电视。两个潜逃者悄悄穿过走廊，走进公共休息室，缓慢、小心而安静地打开了一扇窗，进入了凉爽的夜色中。公共休息室是从建筑前方突出来的，若是从走廊走，离他们的住处有段距离，但离他们卧室的窗户却很近。乔尔在前面帮着弗兰克，几分钟后，两人就自由了。

他们走到了车道尽头，钻进了标志着山顶广阔边界的灌木丛和树林之中，缓缓地向他们的岩石走去。今晚比他们之前逃跑的时间要迟，黑暗是一团便于他们行动的可喜阴影。他们清理开了岩石，发现自己又一次爬上了通往瑞安护士家的墙顶，又一次朝下面的暖房望去。灯是开着的，但里面没有人。

"挪开你的老屁股。"弗兰克小声对他说。

他们实施着逃跑计划，现在两人积累了一定的经验，都感到更得心应手了。弗兰克先行着陆，把他的背作为乔尔降落的平台。乔尔感到一阵熟悉的头晕目眩。他想知道如果犀牛现在走进她的后花园，抓住正把弗兰克·亚当斯当梯子使的乔尔·门罗，还发现两个盛装打扮的人正要去城里尽情享受一夜，她会是什么表情。

"别傻笑了，"弗兰克一边说着，一边弯下了腰，"你会把我也逗笑的。"

两人还没来得及反应，就已经身在公交车站了，他们互相掸去身上的灰尘，整理好各自的围巾，准备出发。

"先生们，"公交司机边停车边微笑着招呼他们，"今晚上城里去？"

"当然。"弗兰克告诉他。两人爬上了车，又一次将山顶甩在身后。

在一个奇怪的时刻，更确切地说是
一瞬间，乔尔以为自己尝到了茶，或者
说在他意识到自己的处境是如此熟悉之
前，那种关于茶的记忆。

他们兜了约十五分钟的小圈子，终于找到了一家酒吧。这似乎是弗兰
克的办法：绕上一段路，左走右走，走够了就在第一个最方便的地方停下来。

"你觉得我再见到心理医生后会怎样？"当他们坐在桌旁喝酒时，乔尔问道。

"我不知道，老伙计。我想这得看他们怎么看你了。"

"你觉得他们会怎么看我？"

"和往常一样，"弗兰克对答如流，"暴脾气、偏执狂、疯癫的怪老头。"

"得了吧。你到底是怎么想的？"

"我真的觉得，你不能再表现得像是末日到了，而你已经准备等死了。"

"但如果这是我的末日呢？如果他们把我关起来了呢？"

"他们不会把你关起来的，你这个疯癫的老浑蛋。心理医生不会那样做

的，乔尔。"

"那谁负责把疯子关起来？"

"好吧。有时候他们会那么做，但大多数时候不会。"

"所以还是有可能咯？"

"他妈的。"弗兰克叹了口气。

"你看过心理医生医生吗？"乔尔突然问道。

他从未想过，他的朋友在经历了那些事情后，可能需要一个心理医生。

"不，从来没有。"弗兰克回答，"没什么可反对的，我以前认识几个心理学家。和心理医生或者精神病学家不完全相同，但是是类似的领域。"

"他们不一样吗，嗯？"

"不一样，你这……"

"大笨蛋。"乔尔替他说了。

"没错。就是这个。"

"所以医生是什么？"

"实施治疗的人。"

"蠢问题，蠢答案。"乔尔总结道。

弗兰克笑他。

"你想试着看看吗？"乔尔终于问道。

"我不需要。"弗兰克漫不经心地对他说。

"我也觉得我不需要，但你们他妈的都那么固执。"

"嗯，说句公道话，你是有自杀倾向的。"

"有道理。但是，你也可以把一些事情说出来的。"

弗兰克盯着他的啤酒。他没有抬头，也没有眼神交流。他几乎一动不动。

乔尔错了。弗兰克·亚当斯或者德·塞尔比有身份认同上的问题，这根本就错了。像自己这样的人才出了问题，乔尔总结道。世界上的乔尔·门罗们，他们短视、泥古不化、不肯妥协，拒绝接受周围的世界。那些乔尔·门罗就是殴打童年的弗兰克·亚当斯的人；那些乔尔·门罗就是当他坠入爱河时，在医院里给了他一记耳光的人；那些乔尔·门罗就是弗兰克·亚当斯走到哪里都戴着德·塞尔比面具，而且说不出"同性恋"这个词的原因。

"不过，我是不会改变你的。"乔尔对弗兰克说。

弗兰克疑惑地抬起头看他。

"我无论如何都不会改变你。那些发生在你身上的烂事，真的很烂。我想就算是我这样的人也不能泰然处之。"

"你的确问过我对你有没有同性恋方面的兴趣。"弗兰克提醒他。

"没错，好吧，我就是大笨蛋之类的。"乔尔笑着表示同意，"不过，说真的，你做到了。你活在一个这辈子都不得不遇见我这类人的时代。孩子们现在不同了，现在大多数人都不在乎，那些在乎的人看上去都像是疯子。我们那个时代不一样，你知道的，不由分说地就说那不对，但我们是被洗脑了，他们一边在学校里把我们打得鼻青脸肿，一边把那些东西灌输给我们，但你挺过来了，你做到了，而现在……"

他又停了下来，短短几天里经常这样。他渐渐习惯了讲话与分享，这对他来说是陌生的，但也是新鲜的。他决定一头扎进去。

"现在你是我见过最好的人。你完全是靠自己做到的。尽管你的家人告诉你，你应该讨厌自己，但你成了这世上最好的人，我为你骄傲。这么说很奇怪吧？我为你骄傲，我也为认识你而骄傲。"

"这么说并不奇怪。"弗兰克低声说道。

他用手背擦了擦眼睛。

"来吧，"弗兰克说，"我们去做 VIP。"

*　*　*

他们穿过街道，经过酒吧、餐厅、咖啡馆和路边的小饭馆，一切事物都活力充沛，市中心有一颗鲜活而跃动的心脏。人群中混杂着为数不多的老年人，你不得不仔细看才能发现。乔尔发现了他们，他想和他们进行眼神交流，他想说："我看见你了，很高兴见到你。"

年轻人占了大多数。直到最近，他都还有些怕他们。而现在，他们对他来说都是莉莉或克里斯——他外孙、外孙女的化身，当他看着他们成群结队地从一间酒吧走向另一间时，他感到了一种久未有过的冲动，他想要照顾他们，想要牵着他们的手，告诉他们什么对他们好，什么不好，以及他们在什么方面需要做得更好。他希望把那些智慧传给他的孙辈们还不晚。

他们东走西绕，当转过一个熟悉的拐角，路过了那扇通向夜店院子的宽大双开门时，乔尔几乎可以肯定，弗兰克又让他们迷路了。

他们摇摇晃晃地来到门口，两位保安朋友只有较矮的那个在，乔尔认为他是两人中的头头。乔尔整理了一下他那条花哨的围巾，尽量不显出太难为情的样子。那名保安对他们报以欢迎的微笑，站到一边让他们通过。

"晚上好，先生们。"当他们经过时，他主动说道。

这才像话，乔尔想，表示点尊重。他们不再需要像一周前那样为了乞求通过而作秀了。当他们经过时，乔尔亲切地点了点头，而不是像几周前那样可能要破口大骂。弗兰克几乎是和乔尔一起溜进去的，就像他这个年纪的人可能被形容的那样。夜里早些时候，他曾被当作人梯，这令他的动作少了几分优雅，但无论如何，他还是很好地让自己往前走。

在夜店大门里，一个女人坐在一张小桌旁，做些从顾客那里收钱之类的工作。当两位老先生走近时，她站起来微笑着迎接他们。

"先生们。"她热情地说。

夜店里的喧闹声越来越大，音乐、低音炮，令乔尔两股战战，几乎晃动了起来，但它是令人振奋的，彰显了生命与活力。那个女人走上前去招呼他们，接过了他们的贵宾卡，会意地点了点头，一切都感觉像是一部电影。他觉得自己仿佛置身影片，他和弗兰克是主角，有权势，有影响，有文化，有性格，无论他们走到哪里，人们都乐于见到和结识他们。

他们跟着这位年轻女士，沿着一根天鹅绒绳子的内侧走向贵宾区，这根绳子将夜店常客与贵宾们隔开。他们经过了夜店的第一批客人，那些已经喝了很多酒的年轻人，乔尔尽量不显出对自己地位的沾沾自喜。一些年轻人看着他们，令乔尔更加觉得自己身处好莱坞影片中。"那两个大人物是谁？"他想象着他们这样问自己。

贵宾区的入口站着另一位保安，他检查了他们的贵宾卡，又检查了他们两人。这是一次令人反感的漫长检查。他们站在原地，盯着站在那儿反复检查以确认无误的保安。

乔尔感到自己的脸颊因尴尬而发热。保安终于站到了一边，两人向那位年轻女士道了谢，从挡住他们去路的巨人身边走过。

贵宾区与夜店主场有些隔绝，尽管仍然吵得乔尔必须提高音量说话，但相对安静了一些。所有的绒布沙发、坚实的橡木家具边上的扶手椅，看上去都是崭新而昂贵的。盆栽棕榈树给房间增添了一种异国情调，不过，除了房间尽头的酒吧里有两名工作人员正悠闲地擦着玻璃器皿外，这里也很像是某个收费昂贵的医生的候诊室。

"真是个浑蛋。"他们朝酒吧走去时，乔尔生气地说。

"别太激动了，"弗兰克坚称，"他只是在做分内之事。"

"不过你看见了吧？我们有贵宾通行证，但他看上去还是一副要把我们赶出去的样子。"

"那又怎样？我们现在已经进来了。"弗兰克对他耸了耸肩。

"但他要阻拦我们。为什么？因为我们老？"

"要说就说你自己。我才不老。"

"不过说真的，他为什么要拦我们呢？因为他觉得我们是同性恋吗？"

"你一点脑子也没了吗？"弗兰克问他。

"我只是想知道他有什么问题。"

弗兰克又叹了口气，接着在离吧台不远的地方停了下来。他转向乔尔，抬起头看着他的朋友，抓住了乔尔的双臂。

"乔尔，老伙计，你必须停止把每件事都想成某种针对你的斗争。"

"我没有。"乔尔急忙说道，但他能感觉到他的朋友没错。

"但你就是这样，几乎对每件事都是如此，一直都是。有时候你被冤枉了——公道地说，可能多半不是——但有时候你只是碰到了今晚想挑事的浑蛋门卫。而当这种情况发生的时候，就不是你的问题，而是别人的问题，而快乐的唯一方法就是他妈的忘掉它，继续你的生活。"

在那一瞬间，乔尔重新审视了自己在弗兰克到来后约一个月里的诸多抱怨。他现在怀疑自己是不是理解错了许多所谓的侮辱，他可能完全断章取义了。可怜的利亚姆护士，他想，那个人曾经承受了一些无端的攻击。

"一切都好吗，先生们？"一个酒保问道。

"刚刚好，我的好先生，"弗兰克回答，轻松地切换成了德·塞尔比模式，"我这位暴脾气的老朋友只是对外头的门卫略有微词。"

"什么，贡佐吗？"酒保指着那个冒犯了他的保安问道，"别理他，他就是个刺儿头。"

乔尔和弗兰克都大笑了起来。保安贡佐是个刺儿头。乔尔想知道大家是否也会这么说他。他希望不会，但大家很可能就是这样说的。他继续回想着各种各样的遭遇和争吵，得出了他是一个极难相处的居民的结论。

"你觉得山顶上会有人觉得我是个刺儿头吗？"他问弗兰克。

"有可能。"他的朋友对答如流。

"真的吗？"

"我不知道，乔尔。你一直都很难相处。可怜的安吉莉卡怕你怕得要死。我想卡尔有几次也想暴打你的头。"

"利亚姆呢？"

"出于某种原因，那个男人似乎喜欢你，我想象不出是为什么。"

"我也想象不出。"乔尔承认。

"这是来自山顶倔驴难得的诚实时刻。"

"不过，我不是一直都有错的。"乔尔坚持说。

"对，你不是，伙计，"弗兰克一边伸手去拿鸡尾酒单，一边向他保证道，"只是你处理问题的方式不对。"

乔尔想要说一些机智的话来打压弗兰克，但后者正难以置信地扫视着酒单。

"怎么了？"乔尔问。

"这些价格都是对的吗？"弗兰克问酒保。

"恐怕是的。"酒保抱歉地回答。

"名字呢？"

酒保低垂着双眼，看上去有些尴尬。

"名字怎么了？"乔尔问。

"我脸上的性爱？"

"什么？"

"有一种鸡尾酒叫'我脸上的性爱'。"

乔尔忍不住大笑起来。除却其他，弗兰克出人意料的正经也是一大原因。如果他们中有一个人要抱怨饮品单上粗俗的文字游戏，乔尔认为也应该是自己。

"接着说。"他对弗兰克说。

"公鸡吸牛仔？"弗兰克看着酒保问，好像要把酒名和价格都怪到他头上。

乔尔又大笑了起来。

"我的天哪，"弗兰克意识到这要花多少钱时倒吸了一口气，"花那么多钱，它是想……"

乔尔觉得自己要笑到窒息了。酒保有些内疚，而弗兰克还是停不下来。

他们点了两杯"皇家王八蛋"，坐下来喝酒，贵宾区里的人渐渐多了起来。

其他贵宾的体型与身高各异。年轻的，年老的，男的，女的，还有一些乔尔难以归类的。他的结论是，没有他们这代人，世界也在继续前行。向来如此，他想，但不得不接受这个事实还是很难的。

他目睹了他父亲那一代人被电视的兴起所抛弃，地球似乎每年都在缩小。现在轮到他了，或者说轮到他们了。轮到他们被抛弃，被那一代人抛弃了，那一代人前所未有地信仰科技，为自己创造了虚拟的世界，而他被排除在外，因为他这一代是没有立足之地的。当然，也有很少一部分人学会了，但大多数情况下，他这类人在这里无处立足。那一代人为自己创造了一些特殊的东西，那是他这一代人从未做到的。更多的宽容，更多的接受，更多的丰富性。他们更有力量，他想。

如果他们足够幸运的话，就不会因为孩子敢于做自己而胖揍他们一顿，他们的父亲也不会由着自己喜欢就随便在家里打他们。

他意识到自己正变得郁郁寡欢。两杯黑啤和一杯"皇家王八蛋"显然对他产生了影响。

他们点了"滑溜溜的乳头"，尽量不让自己笑出声来。看着他们对名字低俗的鸡尾酒有着孩子般的热情，酒保报以了微笑和极大的耐心。乔尔想知道露西会怎么看待这一切。在午夜时分，他和一个男同性恋在酒吧里喝着"滑溜溜的乳头"，边笑边讲黄色笑话。他觉得她会喜欢的。不知为何，他觉得她会使劲笑很久，手指在他的头发里摩挲，然后说出"乔尔·门罗，你总是给我惊喜"之类的话。

"滑溜溜的乳头"装在昂贵的酒杯里端了上来，乔尔猜那是给贵宾区预留的。他背靠着柜台，而弗兰克环视了一下吧台，迅速用餐巾擦了擦杯子，把它塞进夹克的内侧口袋里。

"嘿！"乔尔几乎朝他吼道。

"别那么'贡佐'。"弗兰克轻快地回答，在座位上转过身来，又扫视了一遍房间。

他们的好心情吸引了一群人，其他贵宾也来到了两位衣冠楚楚的老绅士身边。乔尔告诉他们他是一个退休的修理工，他们却不信他的话。他没有撒谎，但他们还是觉得他在扯谎。弗兰克告诉了他们他是谁，他们都相信了，所以他一直说个不停。他详细讲述了他参演的小电影中的小角色、他获得的奖项、和他同台过的伟大演员，人们都很乐意听。他们几乎忽略了乔尔，乔尔现在已经喝了好几杯，对任何愿意听他说话的人都坚称他是一名退休的修理工。他们的相信对他来说是重要的。但他们还是不信。

大约凌晨两点半左右，他们道了再见，步入了温暖的夏夜。

"又要回去接受惩罚了？"弗兰克问，他有些口齿不清。

"如果你不介意的话，我想迟些再去。"乔尔提议。

他希望他们不要生他的气。他希望再有一次机会做他自己，做个贵宾，让人们把他当成一个人物。他想感觉自己是个人物，而不是一个占着养老院房间的、无关紧要的、多余的废物。

"去吃烤肉？"弗兰克问。

乔尔想起在一周多以来，他每天都在回味烤肉的味道并为之战栗。

"去河边那个小公园怎么样？"乔尔提议。

他们打了一辆出租车，全程都默契地保持沉默。乔尔感到一小片忧郁拉扯着他，但只是一小片。这是一个度过夜晚、追求自由的好方法。

他们坐在同一张小长凳上，又一次俯瞰着那条河。河水从他们身边奔流而过的乐音令人陶醉，在黑暗之中，街灯之下，他们身边的漩涡显得诱人又迷人。他看着河水从身边流过，享受着这一刻。

"还记得你告诉我，你是同性恋的时候吗？"他突然问弗兰克。

"我记得我告诉过你，我喜欢利亚姆。"弗兰克回答。

"我大吃一惊。"

"在整件事情上，你真是蠢得可以。"弗兰克表示同意。

"我猝不及防。不过我现在好多了，不是吗？"

"因为你不是头大蠢驴，就想要块饼干做奖励？"

"不，不是那样的。只是……"他迟疑了，酒精使他难以形成连贯的思想，"我想，我要变好一点已经太迟了，你知道吗？我好像已经无能为力了。"

"胡说八道。"

"我知道，我知道。我甚至讨厌别人提，你明白吗？可能是因为我老了，不能对自己的想法负责了，你明白吗？但事实就是这样。我想我可能太老了。"

"所以你因为自己长大了一点，就想要块饼干做奖励？"

"如果你能给我一块，我是不会拒绝的。"

他们都笑了。的确如此。乔尔有些自豪于自己的觉醒，曾经他也认为乔尔·门罗年纪太大，脾气太躁，不能再做出什么改变了。

"没有饼干，我的朋友，但你可以得到这个。"弗兰克对他说着，把手伸进夹克口袋，拿出了那只之前装"滑溜溜的乳头"的昂贵酒杯。

"一只脏兮兮的酒杯，"乔尔评论道，"你不该那样做。"

"你并不如自己想象的那样擅长挖苦人，你知道吧。拿着吧。作为你的收藏。"

"收藏？"乔尔困惑地问。

"你床头柜上的那些小摆件。"

乔尔微笑着拿起酒杯。酒杯像是在他的手上结了冰，沉甸甸的，他想，他的收藏品中又添了一样好东西。

"你还记得，"他接着说，"我告诉你我要自杀的时候吗？"

他们没有对此发笑。

"我记得。"弗兰克低声说道。

"我想了一段时间。"

"结论是？"

"我觉得我不会再想自杀了。"

借着街灯，他看见弗兰克笑得很开心。

"嗯，这很好。"

"这是因为你，你知道吗？"

"我？"

"是的。我想我多少忘记了人们的好。除了我妻子，我以前从来都没有过最好的朋友。现在我有一个了。这很好。"

"那你小时候呢？"

"没有。我父亲不让我出门。他是一个严肃的人。信教，信得很深。我没有多少朋友。"

"那是狗屎。"

"这么说不太好……好吧，"乔尔表示同意，"但还是比你不得不忍受的狗屎要好。"

"很好，"弗兰克对他说，"所以你不会自杀了。那很好。"

"的确。"

"说实话，我想不出什么比不自杀更好的事情了。"

"还是有几件的。"

"你什么时候决定的？"

"我想我改变主意已经有一段时间了。我想是莉莉第一次那样看我的时候，好像我没有浪费原本可以被更好利用的空气。我想了想，然后觉得那种感觉并不坏，也许还值得在人间盘桓一阵。"

"那就是莉莉改变了你的决定？"

"她有帮助。但主要还是你。谢谢你。"

弗兰克微笑着拍了拍他朋友的肩膀。

"不过，我想出了一个一流的自杀方案。"

"哦？"弗兰克坐直身子，"接着说。"

"你带笔记本了吗？"

"忘在家里了。我觉得带上它会助长不良行为。"

"你不写剧本了？"

"暂时不写了，但之后还会接着写的。"

"为什么不写了？"

"最开始是觉得写剧本会很有趣，然后是觉得可以用它来说服你放弃自杀，但最终它只是让我很沮丧。我想我不可能把一个我知道真的想自杀的人写成剧本。"

"但现在你知道我不想了吧？"

"噢，是的，当然。我马上就回去写。"

"好吧，所以它得是某种宗教的东西。"

"为什么？"

"我想一直都是如此，你知道吧。我父亲是个教徒，狠心的浑蛋。"

"但你不信教，也不狠心。你不是他，你是一个很好的人。"

"是的。不过，我觉得这是一部分。我不必和他一样。关于那份声明，你知道的。"乔尔说。

弗兰克带着一分鼓励和信任的神情，欣慰地点了点头。

"所以，我们得先闯进城堡……"

城堡是他们第一次一起外出的地方。乔尔那时候还不知道投石机是什么。他真的走了很长一段路。

乔尔想象着他和弗兰克偷偷溜进去。如果他们够精明的话，远在城堡另一头的游客中心可以在开放时间外让他们进去。乔尔承认，他可能需要做一些功课来提升"潜入"技能，但他不觉得这是什么大问题。

最坏的情况是，他们就在白天走进去，但这可能会给自己引来不必要的注意，因为那身修女的衣服。

乔尔决定在自杀的时候把自己打扮成修女。按照修女的习惯，最好是披着某种仪式性的斗篷。如果她们没有披斗篷的习惯，那他们只需要给自己添一个，因为这是至关重要的。

城堡里的投石机等待着他们。古老的中世纪弹射器能把巨大的石块抛向空中，投射到很远的地方。乔尔会穿得像个修女，但他的长袍可能会让他被石头压垮。拖着石头可能有些沉重，但他觉得自己能行。

他想象着自己坦然地挥泪与弗兰克告别。两人紧握双手，而打扮成修女的乔尔爬进了投石机。弗兰克穿着他最好的衣服，围着最华丽的围巾，等到乔尔找准位置后，摇着头惊叹他朋友的勇气，他会割断用于固定的绳子，将乔尔高高地发射到空中，射到两座桥之间的城墙上头。

乔尔会看到自己——飞行的修女划过天际，在桥上或是在对面码头上堵车的人们会拿出手机，拍下模糊的照片或是令人震惊的短视频。飞行修女会优雅地在空中划出一道弧线，然后扑通落入水中。身负沉重岩石的乔尔会沉入水底。

随着搜索这位飞行修女的力度加大，他能看到新闻头条的标题和模糊的头版照片。一段时间后，他们会问，他想要证明什么，他想要传达什么，他想告诉世界什么，而这本身就是他想要传达的信息。提出质疑，让人困惑。他们知道大多数事情都有动机，然后就会去分析它。

他们找不到任何理由。而那就是教训。虚无。

乔尔觉得这是他想出的最好的计划。

"你觉得怎么样？"他一说完就问弗兰克。

弗兰克沉默不语。

"反正我也不打算这么做，所以你不用担心。告诉我你到底是怎么想的，别那么吹毛求疵。"

弗兰克沉默不语。

"好吧，也许这个想法不是很哲学，我只是在最后编造了这些东西，但你得承认这很滑稽，而且是一条真正的光荣之路。"

弗兰克沉默不语。

在一个奇怪的时刻，更确切地说是一瞬间，乔尔以为自己尝到了茶，或者说在他意识到自己的处境是如此熟悉之前，那种关于茶的记忆。弗兰克沉默不语。不是安静，而是寂静。他没有发出任何声音，仍直直地坐着，但头向前点了点。乔尔后来想起，弗兰克的嘴角还挂着一丝微笑，他一贯的微笑。好像他知道一些你不知道的事情。

"不，不，不。"乔尔恳求道，开始摇晃他的朋友。

露西曾坐在她的床上。上一分钟还在说话，下一分钟就去世了。

"你不要也这样，求你了，求你了，哦，上帝，如果有上帝的话，求你了，别这样。"乔尔呜咽了起来，仍在摇晃着一动不动的弗兰克·亚当斯。

"你现在不能，你不能，你不能这样对我，弗兰克。求你起来。"乔尔一边哄着弗兰克，一边翻动着他的眼皮。

弗兰克什么也没说。什么也没做。

"去你妈的，弗兰克，醒醒！求你了！求你不要走！弗兰克，求你不要离开我！"乔尔一边恳求着，一边把弗兰克放在了环绕小公园的砖砌小路上。

乔尔不太清楚怎么做心肺复苏。他在电视上看过。他还见过安吉莉卡护士给米勒先生做。他检查了一下脉搏。

"求你了，求你了，求你了。"乔尔小声说道。他的手指探到了弗兰克的脖子，而那里悄无声息。

他身体前倾，捏住了弗兰克的鼻子，试着把自己的生命呼入他朋友的身体里。这不仅仅是呼吸，不仅仅是氧气。乔尔·门罗努力凝聚自己全部的生命和精神，将之注入弗兰克·亚当斯的身体中。

他的手用力地按在弗兰克的胸口，用安吉莉卡护士操作的节奏按压着他。他害怕用力太猛，又害怕力气还不够大。

"呼吸！"乔尔对着那个瘫软无力的家伙喊道。他曾经是弗兰克·亚当斯，更为人所知的名字是弗兰克·德·塞尔比。"呼吸，求你呼吸。"

他捏着鼻子又试了一次，把自己的生命注入那具身体的肺部。他按压着他的胸腔，请求他再做几次呼吸。

最终，经过了永恒，或者十秒，或者介于二者之间，乔尔·门罗停了下来。他能够感觉到，在他的按压下，那具曾经充满活力、如今显得那样虚弱的小小身体已经枯萎了。他讨厌那种感觉，讨厌自己可能伤害了弗兰克的感觉，尽管他没有。

当听到露西低声说要喝杯茶时，他正侧身躺着，面朝窗外浅睡。他再也没有听到她的声音，再也听不到那声音了。

现在，他低下头，望着一动不动的弗兰克·德·塞尔比，曾经叫作弗兰克·亚当斯的身体，他曾经对他吼着说出他的痛苦和悲伤。他的一部分精神在脑海中拼命搜寻弗兰克说的最后几个字。

"你是个很好的人。"弗兰克曾经说过。

乔尔再也听不到那个声音了。他失去了它。它成了记忆，不再真实，不再存在。

他又大声吼叫了起来，带着一种他无法控制的野兽般的悲伤。那些声音他再也听不到了。那些声音把他抛下了，他又是孤单一人了。

直到一对夜出的夫妇在回家路上听到了哭泣和呻吟，才有人报了警。

乔尔几乎没有看见他们，他哭泣着，拼命想要记起弗兰克的声音。

CHAPTER

29

他从车里爬了出来，缓缓地朝主楼走去。缓缓地，像一个心碎的老人，垂着肩，低着头，一路拖着脚步。他有生以来从未感觉自己如此苍老。

乔尔面朝山顶的窗户，侧身躺着，身上裹着布满悲伤和错愕的毯子，盯着他知道的岩石所在的地方。在他身后，酒杯放在他的小收藏品中，那是弗兰克送给他的礼物。乔尔躺在岩石和酒杯之间的床上，盯着下面院子里的岩石。他不知道自己为什么要盯着它看，岩石对他的魔力消失了，他现在对它的兴趣并不比对身后窃窃私语的山顶工作人员和居民们强。他身后是那张床。那张床曾经是露西的，后来是米勒先生的，再后来是弗兰克·德·塞尔比的。弗兰克的私人物品无处安放，没有人会来认领。如果还有人在乎，甚至也没有一个可以联系到他们的号码，或是能够知道他们在哪的办法。即便乔尔有足够的精力和金钱找到他们，他也不会这么做。

他们不配拥有弗兰克的财产，尽管那财产十分微薄。他们不配拥有那些书，那些围巾，以及弗兰克收藏的那些纪念品。

乔尔认识弗兰克才五个礼拜。但在那段时间里，他真正地了解了这个人。他们彼此分享，彼此相爱。相比他的朋友那令人厌恶的家庭，乔尔觉得自己更有权保留弗兰克的财产。

昨晚，当警察到达现场时，他们曾考虑逮捕乔尔。他们没有那样说，但他几近丧失的意识隐约感觉到了这一点。他们认为乔尔杀了他的朋友。唯一的目击者是几个二十来岁、喝醉了酒的年轻人，他们是在很晚的时候偶然撞见现场的。警察一直在暗地里讨论这是否是一桩谋杀案。乔尔没什么可说的。那究竟有什么意义呢？

救护车随后赶到，医护人员看到弗兰克就知道他是休克了。他们把他裹在毯子里，大声而缓慢地和他说话。他记得他们说话时脸上的表情，但不知道他们对他说了什么。他觉得其中一个人看起来有点像克里斯。他专注于这个念头，看着那个像克里斯的医护人员，直到那个人回头看了看他。当他们对视时，那个医护人员给了他一个怜悯的眼神，这让乔尔又哭了起来。那个乔尔不认识的女护士抱着他。这是一个温暖而关心的动作。他在她的肩膀上抽泣，直到她小心翼翼地把他交给了别人。

即使是在悲伤的时候，他不必看她也能认出她的气味。他感到他的女儿搂着他，于是又抽泣了起来。

他想坐上那辆送弗兰克去太平间的救护车，但医护人员告诉他不行，他的女儿用轻柔的声音催他离开，直到他进了她的车。当山顶的大门在他面前打开时，他停止了哭泣。他不知道自己为什么选择在这一刻停下来，也不知道为什么突然觉得没有必要再表达悲伤，他不再哭泣了。于是他从车里爬了出来，缓缓地朝主楼走去。缓缓地，像一个心碎的老人，垂着肩，低着头，一路拖着脚步。他有生以来从未感觉自己如此苍老。

他蜷缩在卧室的床上，背对着弗兰克的床和那只酒杯，盯着窗外。几个小时后，他醒了，保持着相同的姿势——蜷缩着，盯着前方。床在他身后，而在花园的尽头，沿着蜿蜒的车道向前，在那棵标志着山顶养老院边界的树背后，是那块岩石。

他蜷缩在床上，希望自己已经死了。他又开始这样想了。

"乔尔。"一个声音低语道。那是一个柔和的声音，和蔼，关切，是利亚姆。"我给你拿点早餐来好吗？"

"不。"他听到一个声音嘶哑地回答，他想那是他自己的声音。

"我很遗憾。"利亚姆告诉他。他说这话时声音有些哽咽，表明他抑制住了自己的抽泣。

乔尔想要翻过身去面对那个男人。他想告诉利亚姆，弗兰克曾经爱过他，或者至少喜欢过他，并且，乔尔想着，他也嫉妒过他。他在他身上看到了自己不被允许拥有的生活。乔尔想那样做，但他只是躺在那里。

伊娃那天早上也回来了。她抱着他那瘦骨嶙峋、依然蜷缩在床上的老迈身体，轻声安慰着他。他试图对她微笑表示感谢，但他的脸已经不属于自己。它不由自主、自行其是，它并不想对她微笑。

那是弗兰克·亚当斯，也就是大家熟知的弗兰克·德·塞尔比去世的次日早晨。乔尔侧身躺了一整天，他想着米勒先生，想着露西，想着他的朋友。他想死。

那天晚上，在人们来来往往，亲切地表达了他们的慰问后，他睡觉了。当他闭上眼睛时，他绝望地希望自己不会醒来。

第二天早晨的到来令他感到了痛苦的失望。

他不仅活着，而且还得上厕所。这意味着他必须下床，意味着他必须承认他身后的空床。他挣扎着从床边坐起，依然背靠着床。他在那里坐了一会儿，试图建立起行动的意志。他发现自己处于某种对抗之中，不想动弹的意愿对抗着小便的欲望。最终生理需求打败了他，他站了起来。

那只是一张床。他在短短几分钟里第二次感到了失望。那张床看起来很普通。弗兰克的东西还在那里，对此他很感激，但他一直不愿看的那张可怕的床依然只不过一张床而已，他想要更多，极丑或极美的东西，某种重要的东西，他责怪着那张床，它从他身边夺走了许多人，它像鬼魂一样缠着他。愚蠢的是，像鬼魂一样缠着他的东西竟然看起来如此普通，它该有尖刺、铁链、倒钩，或是别的什么。

他嫌恶地经过了它。那张床甚至都不能有幸给人留下印象。

小便后，当他在镜子里看到自己的倒影时，发现情况也是如此。那是一张很不起眼的脸。他努力回忆自己最后一次看到它，并为之骄傲的情景。他一直觉得自己看上去比实际年龄要年轻，现在他觉得自己和看上去的一样老了，沧桑，还有些毛病。

"门罗，"他对着镜子说，"你怎么还没死？"

他想知道最后要了他命的会不会是中风，他几乎是在为之祈祷。

"不，门罗先生，拜托别是现在。"安吉莉卡安静地对他说。

她的声音几乎令他惊讶。

　　显然，她是在必要时进来查看他的。他平静地洗了洗手，等着她离开。她的存在会让他感到尴尬和不安。她那厚实的双手仍让他有些害怕。她按压米勒先生的记忆，与他努力让弗兰克活过来的记忆交织在一起，令他想要哭泣。他愤怒地用手擦去眼泪，不能又像个孩子一样哭，他不会那样做的，不会是在这里。

　　他慢慢地擦干双手，听着她离去的声音。她没有离去。他想在浴室里等着，但那根本行不通。浴室显然是一道连乔尔·门罗也跨不过去的界线。

　　他出门的时候，她正站在那里。她看上去很怕他，还在怕着他，即便是在发生了这一切之后，她看上去仍像是被他吓坏了。

　　"别是现在，门罗先生，求你了。"她又用温柔的口吻说。

　　"为什么不呢？"他问她，听见了自己声音里的苦涩。

　　"我们不希望你这么做。"她告诉他。这话说得真好。

　　他对她露出了一个勉强的微笑，基本上又能控制自己的面部表情了。

　　"我累了，安吉莉卡。我非常非常累。"

　　"我知道。有时候我也是如此。有时候我精疲力竭。我已经在这里工作十八年了。你知道吗，门罗先生？"

　　他不知道。出于自私，他从不费心去了解这些。他打赌弗兰克已经知道了，尤娜肯定也是，她住在这里的时间几乎是他的四倍。

　　"我不知道，安吉莉卡护士。对不起，我之前没有留意。"

　　"没关系，门罗先生。我理解。"

　　她看他的眼神充满了理解。他很惊讶，但这是合理的。他从未想过，这完全合理。她在这儿已经待了十八年了，这里的走廊里挤满了她曾照料过的、认识的，熟悉或不熟悉的人的鬼魂。她理解，是因为她也累了。突然之间，她看上去不同了。

"这么久以来你是怎么做到的？"他问。

"就这么做，"她告诉他，"否则还能怎么做？"

"如果我不能做到呢？"他问她。

"门罗先生，如果是其他人问我，我可能会考虑一下我的答案，但我从来没有遇到过像你这样的人。我觉得你能做到任何你想做的事。你已经逃出去三次了……"

"四次。"他无心地纠正了她。

"四次，"她笑着说，"你只需要继续生活。拜托了，门罗先生，为了我，你继续活着，好吗？"

他又对她露出了微笑，这一次笑得更热情了一些，但仍然苍白无力。

"我想我要回去睡觉了。"他走过了那张十分普通的床，对她说道。

* * *

那天下午打盹时，他又做了个梦。又是一片荒凉多山的景象，米勒先生和亚当斯先生的尸骨遍布其间。趁着还来得及，他试图在一堆尸骨中寻找德·塞尔比。远处，露西和尤娜追着他，喊着他。他避开了那些骷髅，甚至开始和身后的骷髅拉开了一段距离，这时，一个低沉的隆隆声充塞了他的耳朵。他环顾四周，意识到花园尽头的那块石头正从每一座山上向他滚来，变得越来越大，将向他逼近的米勒先生和亚当斯先生的骨架碾得粉碎。他在原地团团转，想找一条逃生的路，但周围都是岩石，最终他能做的只是把手举到空中，等待着……

他被威猛吉姆那双粗糙的手摇醒了。这个苍老的人死死地直盯着他，他的脸离乔尔只有几英寸。

"无尽的悲伤令人难受。"他告诉乔尔。他看起来严肃笃定，眼睛清澈明亮，不似平时看上去的那样阴云密布。

"我做了个噩梦。"乔尔告诉他，试图摆脱那种末日来临的感觉。

威猛吉姆满怀期待地看着他。乔尔注意到这个人手里拿着一个装在盒子里的棋盘，如果他是主动为之的话，这个举动是可爱的。乔尔觉得吉姆可能是主动的，但他对下棋没有兴趣，因此他只是摇了摇头。

那天他也没吃东西。晚上他去取餐时，利亚姆护士关切地看着他，但他盘子里的食物最终却没被动过。

莉莉和克里斯来看望他。他们带来了巧克力和鲜花。莉莉装出一副高兴的样子，好像她活力满满地在房间里走来走去，就能感染她的外公似的，但那没用。克里斯试着和他说话，都是些老生常谈的东西，他在家里准备了一个关于汽车发动机的问题，希望往昔的岁月能使这位老人振作起来，却也没能奏效。

那天晚上睡觉前，尤娜来看他。

"我不忍心见你这样。"她对他说。

"对不起。"他认真地对她说道。

"我们都很伤心，乔尔。我们所有人。你知道他每天早上都和我一起吃早餐吗？你睡懒觉的时候，我们俩就去吃早饭。他也是我的朋友。"

"对不起。"乔尔对她说，他渐渐有了想哭的冲动。

弗兰克当然每天早上都和她一起去吃早餐。这是那个人典型的优雅姿态——每天早上带他的邻居出去吃早餐，即便带她出去只是意味着步行到公共休息室。他曾经还疑惑这个老无赖一大早都在干些什么。

"现在我们需要你，乔尔，"她诚恳地对他说，"这就是集体。我们共同生活，共担悲伤。"

他向她点头表示同意。她是对的。他躺了下来，蜷缩着身子，面向窗外，这样她就不会看见他哭泣了。

那天晚上，他睡了整整一夜，睡得深沉无梦，他醒来时疲惫而虚弱。他头脑昏沉，几乎不能从床上爬起来。

利亚姆护士又来了。又一轮换班，又一天到来。乔尔希望自己能为了他变得更坚强，为了他们所有人。他们根本不像自己以前想得那么可怕。

他们都像金子般珍贵。

他希望自己曾有勇气告诉他们。他希望在那些短暂而美好的日子里，当他真正活着，觉得自己又像一个人的时候，当他挺直身子走路，放声大笑，与朋友共进晚餐的时候，他能告诉他们，他很喜欢他们。

他真希望这么久以来，他不是一个自私而狠心的浑蛋。也许当他走的时候，他们还会记得那些美好的时光。他希望如此。

"乔尔，"利亚姆的声音从遥远的地方传来，像是那些在噩梦中缠绕和追逐他的声音，它们飘浮在空中，"吃点早餐吧，求你了。"

他的声音里有一种命令和权威的语气，这是他喊乔尔"门罗先生"时常用的语气。他希望这个声音能穿透迷雾，抵达那个偶尔不听指挥的乔尔，但它没有。他看着利亚姆护士，希望这个眼神能表明他有多抱歉，他有多感激这个年轻人长期以来为他所做的一切。

"乔尔，如果你不吃东西，我们就不得不向法院申请，命令你吃东西，或者打点滴什么的。求你了，乔尔，别让我们这么做，没人想这样。"

那男孩又来了。心理医生。卷着衬衫袖子。他是个不足为信的小东西。他现在不再耐心地微笑，也不再使用他那无邪的表情了，他是严肃的。

"门罗先生，我想你今天可能想谈谈。"

"你想错了。"乔尔喉咙干裂，嘶哑地对他说。

男孩的问题有些戳中他。乔尔坐在床上盯着他看。现在他不在乎那男孩是否知道他想自杀了。随着时间的流逝，他变得越来越虚无缥缈，好像他的躯体正在分崩离析，变成了一个幽灵。乔尔真的害怕过这种无足轻重的生物吗？

他走的时候，乔尔试着回去睡觉，但他睡不着。

乔尔想知道他是否会这样死去。不是从城堡弹出的那种精心设计的自杀，也不是一个精力与怒气都不受控制的人愤怒的自杀，而是简单而缓慢的死亡，他太累也太厌倦去做任何事情了，他太孤独也太悲伤了，他害怕自己的死亡迟迟不来。

当利亚姆护士端走一盘没动过的早餐时，他看起来像是要哭了。乔尔又去睡觉了。

然后伊娃来了，坐在他的床边。犀牛也在那里，只半身穿着制服，脸上满是悲伤的忧虑。她看起来太像个真人了。她过于悲伤，以至于无法成为自己本来的样子。

"爸爸。"当他从恍惚中醒来时，伊娃轻声对他说。

他看着她，努力想要微笑。她看起来很结实，也很真实。他一直都知道她长大后会成为一股不可小觑的力量。一个坚强的女人。她很温柔，也很有能力。至少，他为此感到自豪。

"爸爸，听着，我不想告诉你这个……"她犹豫着，手里不停地摆弄着一本小书。

乔尔看了看那本小书。那是弗兰克的。他认得它。

"爸爸，我知道你有多难过。我知道这是毁灭性的打击，但求求你……"她又迟疑了。她看上去那样真诚，那样担心。

"我知道有时候我很难对付，"她对他说，"我知道我本可以让你轻松一些，但我没有，对此我很抱歉，我太自私了。"

她说的都是他临走前迫切想要对她说的话。

"但我觉得我们还有机会修复，"她继续说道，"那天你来找我的时候，我很高兴。如果你没有……"

她没有说完。对他们两人来说，个中含义已经不言自喻了。他可能在他们修复关系之前就死了。

"我不想抹杀关于他的记忆，我知道你非常爱他，我知道的。我们不想告诉你这些，因为我们不想伤害你，但我们现在很担心。我们觉得你应该知道……"

她还在摆弄那本小书。他知道那是什么——《乔尔·门罗的不幸终局》。

"爸爸，弗兰克是一个非常孤独的人。我们觉得他想自杀。"

"什么？"乔尔难以置信地问。

他从床上坐了起来。

听见他说话，他们的脸上露出了震惊的表情，接着又露出了一丝希望。

"我们找到了他正在写的一本小书。里面满是关于他如何自杀的想法。他把它写满了。他状态很不好，爸爸。他谈到了开枪自杀和在钟楼上吊。我知道他的离去让人难过，但他走上这条路可能是最好的。"

他们找到了《乔尔·门罗的不幸终局》，但由于弗兰克从未写过书名，也没有以任何方式确定过书中的人物，所以他们认为这是自传小说，并且弗兰克想要自杀。

他们认为弗兰克想用最愚蠢的方式自杀。

乔尔突然放声大笑。

这是一种孱弱的笑声，没有了他几天前流露出的活力，但它是发自内心、实实在在的。

他笑到喘不过气来，眼睛也湿润了。有那么一瞬间，他觉得自己可能会笑得窒息而死，那不是很美妙吗？但他没有。相反，他深深地吸了一口气，试图止住另一次大笑。他伸手去拿杯子喝水，却看到了那只小酒杯。他又笑了起来。弗兰克把它塞进夹克之前还内疚地扫视了一下房间。用一只酒杯代替一块饼干的奖励。

伊娃和犀牛不知所措地看着他又笑又咳。

他平静了下来。

"哦，不，亲爱的，"乔尔安慰她，试图在床上坐起来一些，左右摇晃着脑袋，"不，不，不。"

"可是，"犀牛指着那本书，轻声反对道，"他都写在里面了。"

她的声音并不冰冷。它是温暖而关切的。他想象她和她的孩子们说话时就用的这种声音。他从未想过自己还会发现它的可爱之处。

乔尔试图把弗兰克代入自己向他描述过的那种荒谬的自杀情景。弗兰克穿着自杀背心。弗兰克控诉警察。这些荒唐事引发了他新一轮笑声。他们可能以为他疯了。他伸手去拿那只酒杯，把它握在手里，一边开始说话。

"不，亲爱的，"他对她说，笑得合不拢嘴，"弗兰克·德·塞尔比绝不会自杀。他太享受自己的生活了。他几乎每时每刻都热爱着它。"

"但他为什么要写这些呢？"

"这是一个故事，一出戏，一种写作练习。他是在做这些事，但那不是真的，"他告诉她，"弗兰克是有一些问题。他的家人是一群浑蛋，他们给他留下了一些创伤，但弗兰克·德·塞尔比太热爱他的生活了，他不会做那种事。他爱生命、爱人，他爱直面生活，没有什么是他克服不了的。"

"爸爸，每个人有时候都……"

"不，亲爱的，"他温柔而坚定地对她说，"弗兰克不会，我保证他不会。你瞧，他有一项本领，一项伟大的本领。他不是神，也不是什么超人。他只是做好了自己。"

他看着他们，看他们是否听懂了。伊娃看起来仍然很困惑，但犀牛并非如此。犀牛用一种他从未见过的表情看着他。她的眼睛里闪着光。

"我不明白……"伊娃困惑地回答。

"他和其他人一样悲惨，你知道吗？他有着和别人一样的问题，甚至比有些人更糟糕，但他总能找到方法克服，并热爱与它们共存。他看电视剧，做着这里所有人都在做的事情，只是他找到了一种能从中获得巨大快乐的方法。他热爱它。所有的……"

乔尔突然想明白了，他不再说话了。

弗兰克的确热爱一切。他满怀热情地度过每一天。即便是在懒散的日子里，他也珍惜这份懒散。他喜欢在酒吧里喝几杯，也喜欢和尤娜在一起吃早餐。他甚至可能也觉得山顶是一个监狱，但他没有愤怒地反对它，而只是乐在其中。

他每天都和乔尔坐在同一个房间里，听乔尔抱怨他的生活，而弗兰克·亚当斯也能找到某种方法让这一切变得愉快。他用不同的视角看待生活，看待一切。

更好的是，他把牢骚满腹的乔尔带入了自己的生活。他尽己所能地推迟了乔尔的死亡，让乔尔不知不觉地缓缓走向了他生活中更好的地方。

意识到他的离去是一件令人倍感心碎的事，但在意识到它的那一刻，乔尔感到了某种深刻而宏伟的东西。他对弗兰克的生命充满了感激。

* * *

葬礼的前一天，乔尔和威猛吉姆坐在公共休息室里下棋。

"我应该把它放在合适的地方。"吉姆一边说着，一边挪动了他的第一步棋。

"聪明的开局。"乔尔对他说着，也走了一步。

这不是经过深思熟虑的策略性移动。他只是把骑士移到了广场上。

威猛吉姆疑惑地眯起眼睛。他想了一会儿，接着又走了一步。

"这步棋很大胆。"乔尔告诉他，又走了另一步。他再一次不经思考地下了一步棋。

他们就这样你来我往地下着棋，但是随着棋局的进行，吉姆思考怎么走的时间越来越长，而乔尔发现自己也越来越喜欢这个游戏。他把王后推到了一个必死的位置。

"荒唐……"吉姆困惑地搔着头说。

他对着棋盘思考了很久，久到乔尔也决定看上一看。六步将死，回天乏力了。吉姆伸手去拿一枚棋，然后停了下来。接着又去拿另一枚，但又停了下来。他把手缩了回来，久久地看着乔尔。

接着，他露出了一个大大的微笑，那笑容热情而快乐。他从桌子边站起身来，走到了电视机前。

"结束了？"乔尔问他。

威猛吉姆没有理睬他。电视剧开演了。

＊　＊　＊

葬礼那天，乔尔穿得很肃穆。尤娜·克拉克帮了他，她的脸上带着几分宽慰，又带着几分恼怒，好像想要责备他却不忍心。她的确对他关心过头了。他愉快地接受了这一点。至少他是真的亏欠了她。

到了既定的时间，他站在外头前院的石子路上，等着车停过来。汽车三三两两地开来，山顶的居民们穿着他们最肃穆的衣服走了出来。那是一个阳光明媚的日子，一个适合在城里转悠到口渴的日子，乔尔回忆起那些便露出了微笑。它们让他有些伤心，在他的心上剜了一小块口子，但它们带着一股汹涌的感情。当莉莉和克里斯停下车来接他们的时候，他握着尤娜的手。

看到他多少恢复了健康，外孙和外孙女显然松了一口气，但对话却是生硬而近乎牵强的。他的消沉和近来发生的悲剧让他们都失去了一些东西。但乔尔不会让那些东西离开他。弗兰克也不会同意的。

"你见过保安贡佐吗？"乔尔在后座上问他们。

"贡佐？夜店里的吗？"

"对。一个大块头，看上去呆呆的。"

他们面面相觑，带着一种惊喜的愉悦。

"对，我认识他。"克里斯回答。

"他总是个刺儿头吗，还是我搞错了？"

克里斯发出了响亮的大笑。

"没错，"莉莉告诉他，"还是个讨厌鬼。你什么时候碰到他的？"

"上周一。"他告诉她。

他给他们讲了夜总会、"滑溜溜的乳头"和"公鸡吸牛仔"的故事，详细描述了弗兰克那出乎意料的正经反应。他们也大笑着讲了自己的故事。莉莉把手机递给尤娜，给她看了几十张弗兰克和她朋友们的自拍：凌晨一点半，他喝得酩酊大醉，在市中心一家拥挤的夜店舞池里跳舞。每一张尤娜都看笑了，尤其是弗兰克和乔尔一起的那张。

乔尔盯着那张照片看了很久，他的眼睛里微微泛着光。

* * *

乔尔独自站在墓地旁。独自一人，而又被人包围。弗兰克·亚当斯，在舞台和银幕上为人熟知的弗兰克·德·塞尔比，在世界上的某个地方有一个家，但他们不在墓旁，取而代之的是另一个家。山顶的居民和工作人员并肩站在一起，旁边站着一些剧院的工作人员、《光荣岁月》的制片人以及部分演员。一群人来看弗兰克·德·塞尔比，但当司仪问到是否有人想发言时，没有人站出来。弗兰克没有躺在皇家剧院里，他的德·塞尔比面具将大多数人小心地拒之门外。这对乔尔来说是件好事，他不希望这些人谈论弗兰克，他知道自己才是最了解弗兰克的人。尽管在一起的时间只有短短五周，但这已经是无可否认的事实了。乔尔走上前去发表悼词，他们向他鼓励地点了点头。

他没有说很多。他不确定自己是否有力量，但他说的话充满了悲伤、幽默、真诚和温暖。人们热烈地鼓掌，当他们开始把他的朋友放下墓地时，乔尔觉得自己又被打倒了。沉重浓厚的悲伤笼罩着他，但随之而来的是爱、集体、友谊和其他一切他以为自己早已遗忘的东西。

他们挨个向他表达关心。第一个出现的是犀牛，当他轻轻地哭泣时，她温暖地拥抱了他。他的外孙和外孙女也热泪盈眶。年轻的男人用力地握着他的手，因为他们认为这是自己该做的，而年轻的女人温柔地吻着他的脸颊。他的女儿，她是那样温暖而充满同情，吻了他，告诉他一切都会好起来。居民们、护士们和老剧院的工作人员们与他握手，表达着他们的悲痛，而他则极力抑制住自己小声的抽泣。

最后是利亚姆护士和安吉莉卡护士，两人都因悲伤而哭红了眼睛。这是他的老朋友送给他的最后一份礼物，一个他不知道自己还拥有着的集体。乔尔含泪向他的朋友微笑。

葬礼结束后，人们在几近肃穆的寂静中散去。没有人知道接下来该做什么。乔尔突然意识到，这种气氛极不符合弗兰克的风格，他不会容忍的，他会以某种慷慨的人道主义将他们从黑暗中解救出来。乔尔猜到了那可能是什么。

"我们去喝一杯吧？"乔尔问他们。

终 章

莉莉和克里斯把他的照片传到网上，来自他所不知道的地方的陌生人喜欢这些照片。这个世界因新一代人而变小了，而乔尔抓住了他们的衣服后摆，决心尽可能久地跟上他们。

这是乔尔第五次调整他的围巾了，他知道自己很紧张，他也不习惯戴围巾。

"要给你带什么吗，外公？"莉莉在客厅门口问道。

"一个新的心理医生？"他问，"一个看上去不像十二岁的？"

那个叫马丁的男孩坐在他对面苦笑，正为他们每周一次的见面做着准备。伊娃已经安排好了在她家里见面，她认为这会让乔尔感到轻松。这是对山顶的一项改进，他更喜欢这里，在她的房子里，在她摆放着舒适家具的舒适客厅里。几个礼拜过去了，他发现和马丁的谈话越来越轻松，他甚至有点喜欢他，尽管乔尔有时很难分清自己的好恶。谈话比以前轻松一些，但还是有些困难。

莉莉大笑着从走廊离开，边走边喊着厨房里的人。

当马丁整理好东西，让自己放松下来时，乔尔紧张地听着厨房里的谈话。那是傍晚时分，有人正在做饭，做饭时的声音和气味飘了出来。

他能听到伊娃说话，她的声音温柔而威严。他也能听到笑声，是莉莉和克里斯的。可能是在打趣他们的母亲，他们很喜欢这样做。他们不像弗兰克那么聪敏，但也差不太远。他为他们的聪明而骄傲。

那里也有尤娜的声音，悦耳而愉快。她和他一起来吃晚饭，握着他的手陪他度过了治疗艰难的开始。她一直握着他的手走到门口，他假装对她的小题大做生气，但也没有把她的手松开。

她知道伊娃不知道的东西，孩子们不知道的东西，她知道他曾经想自杀。

曾经。

现在不会了，他想。

马丁也知道，乔尔告诉过他。男孩同情地点了点头，然后继续治疗。他没有把乔尔关起来，他也没有做出评判。除了询问更多的问题外，他什么也没做。他开始总是会问同一个问题。

乔尔并不介意。弗兰克·德·塞尔比送给他的礼物是一份新的态度。他现在不那么害怕了，他也绝不那么厌倦了。他成立了一个象棋俱乐部。

山顶的墙对他来说不再那么可怕了。他和威猛吉姆下棋，输赢参半，他还加入了社交媒体，他不太懂，但抱有最终会弄懂的希望。莉莉和克里斯把他的照片传到网上，来自他所不知道的地方的陌生人喜欢这些照片。这个世界因新一代人而变小了，而乔尔抓住了他们的衣服后摆，决心尽可能久地跟上他们。

情况没有看上去的那样糟糕，事实上，尽管乔尔仍然不愿承认，情况甚至可以说是很好。很多事情都比它们最初的样子要好得多。

"门罗先生，"马丁开口说道，"你还想自杀吗？"

"不，我亲爱的孩子，"乔尔对他说道，又调整了一下自己的围巾，"现在还不想。"

致 谢

　　养大我的这个"孩子"集结了很多人的力量。如果没有长久的支持、鼓励、爱（偶尔的批评）以及那么多咖啡，我是不可能做到的。

　　首要的是皮特·摩尔。如果没有你，这个故事连一半都无法成型。你帮助我塑造了乔尔和弗兰克，我非常感激。叮叮叮。

　　妈妈、爸爸、席亚拉、珍、保罗、塔拉、约翰·P、老麦克、艾伦、米奇、艾米丽、格蕾丝、乔、梅根、梅芙和丹尼尔……哇，真是个大家庭。谢谢你们一直对我抱有耐心，我爱你们所有人。阿姨、叔叔、堂兄弟姐妹以及那些和我没有血缘关系，但我总是喊他们叔叔、阿姨和堂兄弟姐妹的人，谢谢你们的支持。

　　我永远钦佩和尊重亚历克斯·邓恩，他是一位有灵感的编辑，还有比我优秀的格莱恩·奥布莱恩，由衷地。

　　劳伦·帕森斯、利兹·斯坦和大卫·福雷尔，以及传奇出版社和帕克罗书店的所有人。我爱你们对这本书的关心，而当我们完成它时，我更爱的是你们。谢谢你们为之做出的努力和思考。我希望它不负众望。

　　感谢试读者们：艾德琳·奥尼尔、"红辣椒"约翰·卡尼、莫琳·穆尼、珍·穆尼、艾玛·兰福德、肯尼迪·奥布莱恩，当然了，还有克里斯汀·伯奈尔，谢谢你们的反馈，它们大多很可爱，偶尔也很残忍。我认为反馈也应当是这样的。

感谢罗斯，他似乎比我自己还要支持这项工作。你对我无尽的信任，就像你翻的白眼（你以为我没看到）一样令人印象深刻。

埃里克·凯莱赫，感谢你的网站和相关注解，这样傻瓜也能看懂了。

感谢利默里克的"作家帮"，他们都是些有灵感的作家、面包师、厨师、体育评论员和朋友，感谢你们的时间和聆听，在你们的陪伴下，我开始写作这本书并最终完成，所以无论你们喜不喜欢，你们就是它的教父教母。特别感谢莎拉·摩尔·菲茨杰拉德和鲍勃·伯克，他们在一个周六的早晨帮助乔尔和弗兰克走出困境。

感谢其他所有的群体、俱乐部和社团：我在香农控制中心的同事们，即便我让他们无聊到流眼泪，他们也还是富有耐心和善意；如果我过于戏剧化，火炬手和高校运动员似乎对此也并不介意；我希望永远不会改变的戏谑派——蒙斯特斯RFC，利默里克足球俱乐部，MRSC，等等。

威尔和约翰，你们怎么还没变？

致前罗马影业的保罗，我很感激你的帮助——为我准备一叠叠的文件和对我的耐心。

最后感谢克里斯汀，她鼓励和支持着我，她拍着我的背，告诉我我很不错，她就是我写这本书的那块岩石。我对你的感谢难以言表，我爱你。

写感谢信比写一本书还难——我很害怕把你们遗漏了。如果有所遗漏，我很抱歉，你们可以让我请你们喝查理·马龙的酒或咖啡。我从来没有仅靠自己就取得了什么成就，我总是需要你们的帮助。无论你们是谁。

挺身再战。

问题探讨

不断改善的人际关系最终拯救了乔尔。哪一种关系是阻止乔尔自杀的最重要原因？和女儿的，和外孙、外孙女的，还是和他的新朋友的？

乔尔把一些东西带回"家"，用以提醒自己外面世界的存在：陈旧的修理厂标语、幸运硬币和"保住皇家剧院"的徽章。你认为它们代表了什么？乔尔和弗兰克都有自己需要解决的问题，他们俩谁更容易受到那些问题的影响？哪些问题更棘手？

乔尔认为全世界都想控制他。你认为他是对的吗，还是他的观点受到了自杀想法的影响？

乔尔和伊娃为他看似幼稚的行为争吵，乔尔指责伊娃把他当孩子看待。你认为是他对她不公，还是她对他的态度有失尊敬呢？

弗兰克和乔尔的关系曾不被看好，你同意吗？他们有多少共同点？

如果乔尔实现了早些遇见弗兰克的愿望，你觉得他们会成为朋友吗？

乔尔的厌倦感和对心理医生的恐惧，是否意味着他有还没检查出来的更深层的心理问题？

死亡是故事中一个未被言明却不容忽视的角色。你认为这个角色对配角们（除了乔尔和弗兰克以外的人物）有什么影响？

弗兰克和乔尔的关系发展迅速，这是他们坦诚相待的表现吗？还是因为乔尔即将离世，需要友谊？

图书在版编目（CIP）数据

门罗先生的普普人生 / (爱尔兰) 丹·穆尼
(Dan Mooney) 著；周唯译. —南京：江苏凤凰文艺出
版社，2019.9

书名原文：The Great Unexpected

ISBN 978-7-5594-3980-2

Ⅰ. ①门… Ⅱ. ①丹… ②周… Ⅲ. ①长篇小说—爱
尔兰—现代 Ⅳ. ①I562.45

中国版本图书馆CIP数据核字（2019）第165433号

江苏省版权局著作权合同登记：图字10-2019-307号

THE GREAT UNEXPECTED By DAN MOONEY
Copyright: © DAN MOONEY 2018
Original edition published by Legend Press Ltd.
Through BIG APPLE AGENCY, INC., LABUAN, MALAYSIA.
Simplified Chinese edition copyright: © 2019 Beijing Fonghong Books Co., Ltd
All rights reserved.

书　　　名	门罗先生的普普人生	
著　　　者	［爱尔兰］丹·穆尼	
译　　　者	周　唯	
责 任 编 辑	孙金荣	
策 划 编 辑	彭亭亭	
特 约 编 辑	孙　琳	
出 版 统 筹	孙小野	
版 权 支 持	张晓阳	
封 面 设 计	刘振东	
出 版 发 行	江苏凤凰文艺出版社	
出版社地址	南京市中央路165号，邮编：210009	
出版社网址	http://www.jswenyi.com	
印　　　刷	三河市金元印装有限公司	
开　　　本	880毫米×1230毫米 1/32	
印　　　张	11	
字　　　数	248千字	
版　　　次	2019年9月第1版　2019年9月第1次印刷	
标 准 书 号	ISBN 978-7-5594-3980-2	
定　　　价	45.00元	

（江苏凤凰文艺版图书凡印刷、装订错误可随时向承印厂调换）

FONGHONG
凤凰联动出品